Iris Mariposa

SchmetterlingsSalsa

Romanze

comediantes

comediantes

Verlag für Lyrik und Belletristik des 21. Jahrhunderts

1. Auflage

Lektorat:
Uta und Wolfram Christ
Gesamtherstellung:
Zschiesche GmbH, BT Druckerei Zschiesche

Printed in Germany

ISBN 978-3-946691-26-6

Inhaltsverzeichnis

Liebe?
Was ist das schon?
Spöttelt das Schicksal,
Feilscht mit Hohn.
Liebe kämpft
Dagegen.
Machtspielchen.
Liebe und Schicksal
Konkurrieren,
Rivalisieren,
Brauchen Frieden.
Werden sich lieben?
Vielleicht.

1. Pleiten, Unglück und – leider auch alleine

Seele weint
Körper funktioniert
Zeit heilt alle Wunden
Oder nicht?

Klack, klack, klack, ... machte der Sekundenzeiger der Wanduhr. Er näherte sich der gefürchteten Zwölf. Bald würde es soweit sein. An jenem Abend war ich immer noch 24 Jahre alt und konnte es überhaupt nicht fassen, dass ich in weniger als einer Stunde die Hürde überschreiten würde: Ein Vierteljahrhundert. Oh, mein Gott! Was für ein Alter! Wer hätte das gedacht? Ich jedenfalls nicht. Die Kneipe roch regelrecht nach meinem bevorstehenden Alterungsprozess.

Für gewöhnlich mochte ich dieses dunkle Kneipen-Flair. Bilder an den Wänden zeigten Menschen aus einer anderen Zeit. Es waren schwarz-weiß Fotos von Leuten, die in die Kamera lächelten. Ob sie glücklich gewesen waren? So glücklich, wie ihr Lächeln auf den Fotos vermuten ließ? Ich brauchte unbedingt noch so ein tolles süffiges Getränk. Einen »Touchdown«.

Kennen Sie den? Das ist ein Cocktail mit Maracuja- und Zitronensaft, diversen anderen Leckereien und vor allem ziemlich vielen Prozenten. Apropos kennen: Mein Name ist Marie-Louise Maus und nach einigen Touchdowns kann ich ziemlich down sein, ehrlich! Dann muss ich auf allen Vieren nach Hause krabbeln.

An dem Tag krabbelte ich allerdings nicht, ich wurde nach Hause getaxelt. Der Fahrer war ganz nett und geduldig, nachdem er mich ungefähr zehnmal gefragt hatte, wohin es denn gehen solle. Dann hatte er es endlich kapiert: Nach dem Bahnhof und dem Supermarkt links, am großen Lindenbaum vorbei und bei der blinkenden Dönerbude rechts abbiegen. Ist doch alles ziemlich einfach. Nürnberg ist nun wirklich keine echte Großstadt. Gut, aber das passierte erst später. Wo war ich? Genau.

Jedenfalls wartete ich in dieser urigen Kneipe mit meinen zwei besten Freundinnen und meinen Touchdowns. Ich wartete und wartete vergebens auf den einen Menschen, von dem ich glaubte, in ihm meine große Liebe gefunden zu haben.

Irrtum, Schwachsinn! So etwas wie die große Liebe gibt es nicht! Höchstens im Film, nicht bei einem Normalo wie mir. Meine Gedanken fuhren Achterbahn. Konnte das wohl an den Touchies liegen, hm …?

»Denk positiv!« sagte ich mir. Bestimmt hatte er eine Panne oder wurde von Außerirdischen entführt und versuchte gerade, sich irgendwie zu befreien, um auf die Erde und natürlich, am allerwichtigsten, pünktlich zu meinem Geburtstag zu kommen, damit er mir nach Mitternacht gratulieren konnte. Vielleicht lag er auch blutend in einer gottverlassenen Gegend, weil er überfallen worden war und kein Smartphone griffbereit hatte, um wenigstens anzurufen und mir zu gratulieren. Möglichkeit Nummer vier bestand darin, dass er bei einer seiner anderen Weiber auf dem Sofa saß, sich die Eier kraulen ließ, ein Bier trank und lautstark rülpste.

Okay, ich würde ihn mit bloßen Händen erwürgen, wenn er meinen Geburtstag vergessen hatte. Das wäre schon schlimm. Ich müsste mich wieder einmal grundlos besaufen. Falsch, dieses Mal hätte ich einen Grund. Haha.

Der Barkeeper schaute mich komisch an, weil ich zu laut lachte. Es konnte gut möglich sein, dass er mich für durchgeknallt hielt. Mir doch egal. Ich bin wie ich bin und gerade eben nun einmal kurz vorm Betrunkensein.

Wieso sind Männer immer so unzuverlässig? Sie saufen, rülpsen, furzen, zeigen ihre nackten Hintern in der Öffentlichkeit und pinkeln an jede Hausecke. Sie rauchen und schauen nach einer durchzechten Nacht morgens trotzdem besser aus als wir Frauen. So etwas nenne ich Ungerechtigkeit. Warum bin ich kein Mann geworden? Aber das Beste kommt noch: Sie können sich je nach Bedarf am Sack kratzen, um ihr »bestes Stück« wieder in die richtige Stellung oder Position zu schieben, wo auch immer die sein soll. Das Phänomen Mann wird mir immer ein Rätsel bleiben.

Eine Frau hingegen muss, wenn es sie auch mal juckt, wie eine Bekloppte laufen, ohne mit den Händen einzugreifen, um dieses Gefühl beim Bewegen loszuwerden. Im nächsten Leben werde ich, falls ich Glück haben sollte und als Mann geboren werde, Eros heißen und meinem Lulu Freigang gewähren, wann immer mir der Schuh drückt. Klingt das logisch? Nein. Na und? Wer hat gesagt, ich müsse logisch argumentieren, wenn ich frustriert bin? Eben.

MÄNNER! Ich frage mich oft, warum der liebe Gott so etwas Hässliches erschuf. Der männliche Körper ist nun wirklich nichts Besonderes: zwei Litschis, eine Mini-Zucchini und überall Haare! Furchtbar! Nein, Rolle rückwärts, ich könnte kein Mann sein, denn ich würde mich definitiv hässlich finden. Vor allem, wenn ich da an diese komischen Früchte aus China denke: Litschi … uh … Die schauen eklig aus, wenn der Same keimt. Schon mal gesehen? Gekeimter Litschi-Samen schaut aus wie Sperma. Was natürlich nichts Gutes bedeuten kann. … Kneipengedanken.

Nach einer gefühlten weiteren Stunde bestellte ich mir den nächsten Touchdown. Nummer drei. Zwei mehr von der Sorte und mein Geburtstag wäre gelaufen. Er hatte noch eine Stunde, bevor ich dem Vierteljahrhundert hallo sagen würde. Ich wünschte, er wäre hier, und ich könnte mit ihm in meinen Geburtstag hineinfeiern. Ich wünschte es mir so sehr, dass es schon wehtat.

Meine besten Freundinnen unternahmen alle Anstrengungen, um mich abzulenken und scherzten wie wild. Aber alle Kichereien und Ablenkungsmanöver fruchteten nicht, mich von dem einen Gedanken loszureißen und die geglaubte Liebe meines Lebens aus meiner Welt zu löschen. Es gab leider keine Delete-Taste, die die schlimme Zeit, die tausend geweinten Tränen und die desaströsen Situationen ungeschehen machen konnte, die diese Trennung mit sich gebracht hatte. »Entfernen« drücken, zack und weg. Das wäre zu schön, um wahr zu sein, wenn sowas ginge. Nein, niemand konnte mich aufbauen, weder meine Freunde noch meine Familie.

Manchmal wünschte ich trotz allem, meine Verwandtschaft würde nicht am Anus der Welt wohnen. Okay, es war nicht schlimm, dass ich in Nürnberg lebte und einen gewissen Sicherheitsabstand zu meinen Eltern genoss. Als Teenager fand ich ihre ständigen Liebespraktiken so nervig, dass ich mit siebzehn beschloss, auszuziehen. Da kam der damalige Aushilfsjob gerade recht und ließ mich nach Nürnberg flüchten. So gelangte ich aus dem tiefsten Oberfranken ins gutsituierte »Nörnberch«. Leichtsinn? Vielleicht.

Zu meiner Verteidigung: Für Teenager ist alleine schon der körperliche Umbau furchtbar, aber wenn dann noch liebeshungrige Eltern jede Nacht aufs Neue mit ihrem Metallbett an die Wand krachen, dass das ganze Haus vibriert, dann ist das kein Spaß mehr. Mit Liebespraktiken meine ich alle erdenklichen Übungen und Stellungen, die man sich nur ausdenken kann, vermutete ich jedenfalls aufgrund der Geräusche. Mir blieb also nichts anderes übrig, als das Weite zu suchen. Abgehakt.

Das Schlimmste im Moment war die Einsicht, dass er nicht kam. Ich musste es mir nun endlich eingestehen: Er würde nicht auf einem Schimmel angeritten kommen, elegant absteigen, mit einer Rose in der Hand. So etwas gab es wirklich nur im Film. Er würde mich nicht tausendmal um Verzeihung bitten und zu mir zurückkommen. Nein, denn er war es gewesen, der unserer Beziehung ein Ende gesetzt hatte. Er und nicht ich, was alles noch viel schmerzlicher machte.

Jeder redet vom männlichen Ego, aber was ist mit uns Frauen? Hallo? Wir haben auch so etwas wie Stolz! Und mein Stolz und meine Würde waren mächtig angekratzt, weil er mich wegen einer Go-Go-Tänzerin sitzengelassen hatte. Das sind die, die sich um eine Stange schlängeln, halbnackt herumlaufen und Männern ihre genialen, superdurchtrainierten Gerippe hinhalten, damit sie dann von den notgeilen Säcken Euroscheine sonst wohin gesteckt bekommen.

Das Allerbeste oder besser gesagt das Allerfieseste daran war, dass er mich einen Monat vor unserer Hochzeit betrogen und sitzengelassen hatte. Und zwar mit der Begründung, dass der Sex mit ihr viel besser sei, und er bemerkt hätte, dass er sich mit seinen 29 Jahren noch nicht fest binden könne, weil ja so viel Frischfleisch herumlaufe.

Dass der Markt groß ist, begriff ich, aber dass der Sex mit ihr besser sein sollte? Nein, nein, nein, damit konnte ich mich nicht abfinden! Vor allem deshalb nicht, weil ich mir ein Jahr zuvor mehrere supergeniale Kamasutra-Bücher gekauft und diese mit ihm von vorne bis hinten ausprobiert hatte.

Klar, mein Ex hatte schon was von einem Schnitzel. Sehen und reinbeißen. Wobei, Schnitzel stimmt auch nur begrenzt. Der Mann verursachte bei mir den sogenannten »Denk-an-eine-Zitrone-Effekt«: Kaum denkst du an eine saftige, fleischige Zitrone, sabberst du schon wie wild los. Über diesen Punkt waren sich auch andere Mädels im Klaren. Nicht über den Zitrone-Effekt, sondern über den »Friss-mich-jetzt-gleich-Effekt«. Als ich ihn kennenlernte, war ich total verblüfft, dass er ausgerechnet mich ansprach.

2. Wie ich meinen Herzensbrecher kennenlernte

Erinnerung
Verlorenes Glück
Herz schlägt schneller
Kein zurück?

Es hatte alles vor einer Disko in Nürnberg begonnen, zu der ich mit meinen beiden besten Freundinnen unterwegs war. Fabienne und Lena hatten mich damals überredet, den Schuppen mal näher unter die Lupe zu nehmen. Kurz vor der Disko: eine riesige Schlange. Mir verging die ohnehin kaum vorhandene Lust. … Bis ich ihn sah. Er stand nur zwei Meter von uns entfernt und ich bemerkte sofort, wie mein Herz schneller zu schlagen begann. Mit seinem sexy Outfit und der Lederjacke hatte er schon einen Pluspunkt bei mir.

Oberflächlich? Ich? Niemals! Die dunkelblauen Jeans lagen gut an, sein Knackarsch sprach Bände und man konnte einfach sagen, dass er zum Anbeißen gut ausschaute. Ein glattes Schnitzel eben, durch und durch! Hatte ich schon die tollen blauen Augen erwähnt und seine kurzen schwarzen Haare? Sein Körper wirkte gut trainiert. Mit 1,90 hatte er genau die richtige Größe, um sich von ihm küssen zu lassen. Ich küsse lieber nach oben, als nach unten.

Sein Lächeln war verschmitzt und seine strahlend weißen Zähne fielen mir sofort auf, nachdem ich Po und Gesicht gecheckt hatte. Traumhafte Zähne, schlichtweg bilderbuchreif. Keine gelben Raucherzähne, keine schwarzen Zähne und auch keine Goldzähne. Ich schmolz regelrecht dahin.

Zähne spielen in meinem Liebesleben eine besonders große Rolle. Wenn ein Mann keine gepflegten Zähne hat, dann kann er noch so ein Topmodel sein. Allein die Vorstellung, jemanden mit hässlichen, gelben, von Zahnbelag und Karies befallenen Zähnen zu küssen, löst bei mir schon »Rückwärtsessen« aus. Aber in diesem Fall passte optisch alles.

Und dann geschah etwas, das nur höhere Fügung sein konnte: Durch eine ungeschickte Bewegung fiel sein Portemonnaie runter. Er bückte sich, um es aufzuheben, und da sah ich ihn deutlicher, seinen Hintern. Hammer! Das dachte sich Lena damals auch und kniff ohne zu zögern rein. Die nächsten Sekunden hielt ich die Luft an: Oh mein Gott, das gibt Ärger!

Aber der Supermann drehte sich nur um und schaute mir tief in die Augen. Mir blieb die Spucke weg. Ich konnte mich kaum bewegen. Als ob mich der Blitz getroffen hätte. Ich verliebte mich sofort in seine blauen Augen. Gott sei Dank rettete mich Lena und lächelte den Typen angriffslustig an.

»Netter Hintern, aber noch ausbaufähig«, meinte sie.

Er lachte und setzte gekonnt einen drauf:

»Du hast den Rest noch nicht gesehen. Darf ich eure Hintern auch mal anfassen? Dann können wir einen Po-Contest starten.« Er lachte und grinste so schelmisch, dass ich sofort rettungslos verloren war.

»Na freilich, da lässt sich drüber reden …, bei einem Drink.« Mit diesen Worten schaute Lena in unsere Richtung. Fabienne, der immer alles peinlich ist, drehte sich sofort weg und ich, der mir nie etwas peinlich war, lief rot an und lächelte wie ein kleines Mädchen, das soeben eingeschult wurde. Ich muss dazu sagen, dass ich immer in den Mauerblümchenmodus verfalle, wenn mir ein Mann gefällt. Aus der munteren und vor allem schlagfertigen Marie-Louise wird dann ein unscheinbares »Sprich-mich-bloß-nicht-an« Prinzesschen.

Jedenfalls gab er uns allen etwas aus, was ich damals einfach nur genial fand. Gleich am ersten Abend war es um mich geschehen. Wobei ich vielleicht erwähnen sollte, dass das bei mir immer recht schnell geht. Schnell verliebt, schnell entliebt! Nicht aber in seinem Fall.

3. Übergib dich nie auf einen Go-Go!

Seine Grenzen zu kennen ist goldwert
Bevor sich der Magen umkehrt
Aber wie lernt man sowas?

Mein Herzensbrecher hieß Nick, er war 29 Jahre alt und hatte mich wegen eines Go-Go-Häschens verlassen. Nach fünfjähriger, glücklicher und Kamasutra geprüfter Beziehung war er der Meinung, dass er seine Freiheit brauche. Männer!

»Ich will ihn wiederhaben«, dachte ich, und dann wieder: »Nein, ich will ihn nicht wiederhaben. Doch! Ich will ihn …« Anstatt mit Lena und Fabienne in der Kneipe zu sitzen, hätte ich in diesem Moment mit ihm am Strand liegen sollen, um durch ständiges Auf- und Abwippen fleißig für Nachwuchs zu sorgen. Oh Mann, ich verstand die Welt nicht mehr, und wie aus weiter Ferne hörte ich mich sagen:

»Gebt mir noch einen!« Die Mädels schauten sich nur an, aber als Lena etwas einwenden wollte, hielt Fabienne sie zurück. Kaum ausgesprochen, stand Touchdown Nummer vier vor mir. Ich nahm einen Schluck und schaute auf die Uhr. Es fühlte sich an, als ob die Welt bald nicht mehr dieselbe sein würde. Eine halbe Stunde vor Mitternacht! Auf diesen Schock hin zog ich energisch mit meiner ganzen noch vorhandenen 24jährigen Kraft am Strohhalm und trank das kühle Getränk in großen Schlucken. Die Eiswürfel im Glas klirrten. Ob es Aschenputtel auch so gegangen war, kurz bevor sich der Zeiger der Zwölf näherte? Gedankenverloren schaute ich zu den

Bildern mit den lachenden Menschen an der Wand.

»Marie-Louise, nimm es nicht so schwer, wir sind doch hier. Du schaffst das«, versuchte Lena mich aufzubauen. Sie nahm mich in den Arm. Natürlich hatte sie recht.

»Schluss mit dem Selbstmitleid und Bedauern«, schwor ich mir deshalb, »dadurch kommt er auch nicht zurück. Ich werde jetzt ein neues Leben anfangen und mir aus Rache auch einen Go-Go-Tänzer angeln.«

So kam es, dass wir schließlich vor der »La Bomba Azul« endeten, einem Striplokal nur für Frauen. Laut Zeitungsberichten sollte da immer die Post abgehen. Als wir vor Arnie standen, dem riesengroßen Türsteher, fehlte nur ein kleiner Satz, um mich wieder zu entmutigen:

»Du kommst hier fei net nei.« Aber er war ein netter Türsteher. Er sagte nichts dergleichen. Kaum drin, zog mich ein Tänzer auf die Bühne. Ich bekam eine kostenlose Tanzeinlage. Wahrscheinlich sah man mir meine Verlassenheit und Verzweiflung an.

Das Ambiente des Lokals war sehr auf nackte Tatsachen ausgerichtet. Die Form der Holzstühle glich gespreizten Frauenbeinen. Das Licht? Maximal gedimmt, um nur das Nötigste zu erhellen. Die runden Tische standen auf farbigen Ständern. Auf penisförmigen Ständern, wohlgemerkt. Was in den nächsten Minuten geschah, erinnerte eher an einen Junggesellinnenabschied: Ich bekam meine eigene Stripeinlage. Wegen meines Alkoholpegels an diesem Abend fehlen mir zwar ein paar Details, aber ich erinnere mich, dass noch ein zweiter Typ dazu kam, der mich festhielt, während der andere mich zum gemeinschaftlichen fröhlichen »Happy Birthday«-

Gesang meiner Freundinnen mit Erdbeerlimes abfüllte.

Oh ja, und die außergewöhnlichen Tanzbewegungen sind auf der Festplatte gespeichert. Ich erinnere mich sogar noch daran, wie einer der Beiden sich auf meinen Schoß setzte und der andere ein Tuch um ihn hielt, damit nur ich allein die Früchte seiner männlichen Schönheit bewundern konnte. Schönheit liegt immer im Auge des Betrachters und hat mit der individuellen Wahrnehmung zu tun. Zu meiner Ehrenrettung: Meine Wahrnehmung entsprach um die Zeit nur noch ungefähr der eines Maulwurfs.

Einer der Stripper forderte mich auf, Erdbeerlimes von seinem Körper zu schlecken. Im nüchternen Zustand hätte ich das nie und nimmer getan! Laut Fabienne und Lena kam es allerdings nicht zum Äußersten. Nein, es kam schlimmer. Dadurch, dass ich von ihm ruckartig nach oben gezogen wurde, um ihn abzulecken, musste eine chemische Reaktion in meinem Magen in Gang gesetzt worden sein, die wohl letztendlich auf meine vier oder fünf Touchdowns in Kombination mit dem Erdbeerlimes zurückzuführen war. Der bis dahin lächelnde Mann verwandelte sich laut Lena in einen wütenden Rambo. Und zwar infolge der Tatsache, dass ich mein Wiener Schnitzel in halbverdauter Form inklusive Touchdowns auf seinem durchtrainierten Körper verteilte.

Tja, letztlich hatte ich meine Go-Go-Rache bekommen. Ich hatte bewiesen, auch ich war in der Lage, eines dieser Stangentiere zu bändigen. Und die Moral von der Geschicht‘? Übergib dich niemals auf einen Go-Go, denn du wirst lebenslanges Hausverbot bekommen, und Arnie wird dich auf eher unsanfte Art und Weise hinausbefördern! Zudem landet noch ein Briefchen in deinem Postkasten, in dem steht, dass du eine Reinigungsrechnung in Höhe von 100 Euro zahlen musst. Für was genau ich bezahlen musste, weiß ich bis heute bedauerlicherweise nicht, es lag keine Auflistung bei. Vermutlich mussten sie Klein-Rambo ein Wellness-Wochenende ausgeben, damit er sich von meinem Rückwärtsessen erholen konnte. Leider werde ich das wohl nie erfahren. Ich bezahlte, ohne zu fragen.

4. Tatsächliches Alter: 25 – gefühltes Alter: 125!!!

Cellulite!
Dynamite!
Besenreiser!
Dafür weiser

Am darauffolgenden Tag fühlte ich mich nicht wie ein Vierteljahrhundert, sondern mindestens wie das Fünffache davon. Eher mehr. Erst einmal ein Bad einlaufen lassen und entspannen, entschied ich. Danach geht's mir für gewöhnlich besser. Während das Badewasser lief, schaute ich kurz, ob sich noch jemand bei mir gemeldet hatte. Und tatsächlich: drei Anrufe in Abwesenheit und eine SMS. Ich ging auf Öffnen und wünschte, ich hätte es nicht getan! Nick hatte geschrieben. Ob er mir nur gratulieren oder sich entschuldigen wollte?

Hey Marie-Louise, ich wünsch dir alles Gute zu Deinem 25. Du machst das schon. Halt die Ohren steif, altes Mädchen.

Mit einem Smiley hatte er es geschrieben. Den hätte er sich sonstwohin stecken können, und der letzte Satz hätte erst recht nicht sein müssen. Männer wissen doch genau, dass wir solche Sachen nicht hören wollen und stapfen trotzdem regelmäßig ins Fettnäpfchen. Absicht?

»Vollidiot, Blödmann, Dumpfbacke …« Ich überlegte angestrengt, was ich antworten könnte. Leider fielen mir mal wieder nur böse Sachen ein, die mir hinterher sicher leidtun würden. Schlussendlich schrieb ich dann doch etwas Nettes, in der Hoffnung, dass sich alles zum Guten wenden könnte:

Danke. Wollen wir nicht noch einmal reden? Dein altes Mädchen.

Nachdem ich die Nachricht abgeschickt hatte, meldete sich ein »Oh-Mann-ich-bin-jetzt-alt-und-wurde-auch-noch-verlassen« Heulkrampf bei mir an. Ich will mich nicht selbst bemitleiden, aber manchmal darf man das doch, oder? Prompt kamen die immer gleichen Fragen wieder in mir hoch:

Warum ist mein Leben nur so, wie es ist? Wieso kann ich nicht verheiratet sein, glücklich mit zwei Kindern und mit anderen Müttern über Babykost um die Wette klugscheißern? Im Moment habe ich gar keine Energie mehr. Die Uhr tickt und die Zeit läuft mir davon! Heute ist der 28. März, ich bin 25 Jahre alt und nicht verheiratet. Mein sehnlichster Wunsch ist es, einfach nur zu schlafen und wieder in meinem alten Leben aufzuwachen. Kann mir jemand diesen Wunsch erfüllen?

Letzten September hatten wir heiraten wollen. Im August hatte er mir gebeichtet, dass er eine Affäre hätte und sich nicht sicher sei. Ich verzieh ihm und wollte ihn immer noch. Die Hochzeit sagten wir vorsichtshalber ab. Wir wollten sie verschieben, bis sich die Situation beruhigt hätte und mit uns wieder alles im Lot wäre. Zwei Tage vor der ursprünglich geplanten Hochzeit betrog er mich dann allerdings erneut. Wir führten in der Folge ein sehr emotionales Gespräch. Nick meinte, er könne und wolle sich einfach nicht binden. Er wolle mich aber auch nicht verlieren und mich trotz dieser ganzen unglaublichen Sache heiraten. Bleibt einem da nicht die Spucke weg?

Natürlich sah er nicht ein, warum ich auf Rückzug ging. Angeblich bedeutete ihm die Affäre nichts. Das Wort »Entschuldigung« gehörte nicht zu seinem Repertoire, was mich noch wütender machte. Unser Hochzeitstermin hätte der 5. September sein sollen. Fast ein Jahr lang hatten wir Vorbereitungen getroffen. Weil ich die Feier wenigstens einen Monat vorher absagte, erließen mir diverse Ämter und das Restaurant einen erheblichen Betrag dessen, was ich beziehungsweise wir hätten zahlen müssen. Geplant war, dass die Kosten durch vier geteilt würden: die Hälfte hätten Nick und ich gezahlt, die andere Hälfte unsere Eltern. Leider hatte ich meine Kreditkarte als Zahlungssicherheit angegeben und somit buchten alle möglichen Leute mächtig von meinem Konto ab. Hinterher hatte ich rund 3500 Euro eingebüßt und 1500 Euro Schulden bei der Bank, was meinen Dispokredit sprengte. Meinen Eltern wollte ich es nicht zumuten, für etwas zu bezahlen, das nie stattgefunden hatte. Obwohl ich mich auf sie hätte verlassen können, wollte ich da alleine durch. Nick hatte sich zurückgezogen und eine Zeitlang nicht mehr gemeldet. Er ließ mich auf meinem Schuldenberg sitzen.

Nun, ein gutes halbes Jahr später, hockte ich in einer halbleeren Wohnung. Verlassen, verkatert und verschuldet. Weil wir hier immer recht glücklich gewesen waren, machte mich der Anblick jetzt doppelt traurig. Eine Altbauwohnung in der Innenstadt von Nürnberg, drei Zimmer mit kleinem Balkon. Die ehemals liebevoll eingerichteten Räume wirkten nun trist und grau, obwohl sie bei Tageslicht in bunten und lebensfrohen Farben strahlten. Wenn ich mein Fenster öffnete, konnte ich runter zum Hauptmarkt schauen und zum »Schönen Brunnen«. So heißt der wirklich und der Name ist sehr passend. Ich liebte den Ausblick. Jetzt ließen sogar meine fünfzehn Orchideen ihre Köpfe hängen, als wollten sie mit mir weinen.

Ich hatte nur zwei Möglichkeiten, der Finanzmisere zu entkommen: Entweder suchte ich mir einen Nebenjob oder ich fing an, Lotto zu spielen. Gut, ich könnte mich auch in einen Millionär verlieben oder betteln gehen oder, was noch viel besser wäre, ich könnte höchstpersönlich zur Go-Go-Tänzerin mutieren. Das ergab jetzt schon fünf Möglichkeiten. Na ja, Mathematik war noch nie meine Stärke. Go-Go-Tänzerin zu werden, stand allerdings nicht direkt als Nahziel auf meiner Agenda.

Nee, lieber nicht, entschloss ich mich. Ich bin nämlich ein kleiner Klemmi, wenn es darum geht, meinen makellosen Körper in der Öffentlichkeit zu zeigen. Schon als ich damals mit meinem ersten Freund zusammen war …, oder sollte ich besser sagen: Mit meiner ersten Pfeife? … konnte ich das nicht. Obwohl ich damals noch keine Zellulitis-Ansätze hatte und auch keine Besenreiser oder Krampfadern, konnte ich mich nicht als Frischfleisch in der Sauna präsentieren. Er hatte immer in die Sauna gewollt. Ich war nur einmal mitgegangen, aber erst nach stundenlangem Betteln. Mit einem riesengroßen Handtuch hatte ich mich auf die Holzbänke gesetzt.

Saunabesuche haben für mich gar nichts Reizvolles an sich. Bei manchen Männern konnte man nicht mal sehen, ob es sich wirklich um einen Mann handelte, da die fetten Bäuche alles verdeckten. Und zum Thema Rasur? Da könnte man auch ein ganzes Buch schreiben. Pfui! Ein bisschen Rasen mähen wäre meines Erachtens manchmal schon angebracht, bevor man eine öffentliche Anlage betritt.

Meine erste Pleite hieß Marcel. Ich war damals 17 und er fünf Jahre älter als ich. Besser gesagt, war er fünf Jahre dümmer. Löwe trifft Widder. Und zwar mich, was die Konstellation nicht gerade einfacher machte. Zuvor hatte ich in diversen Büchern gelesen, dass Widder und Löwen gut zusammenpassen würden. Dass ich nicht lache! Mir fällt, wenn ich daran denke, immer ein Spruch unseres Lehrers ein:

»Mädels, wenn ihr einen reifen Burschen wollt, dann sucht euch einen, der mindestens sieben Jahre älter ist als ihr, denn erst dann ist er auf eurem geistigen Niveau.«

Das Fazit: Wäre Marcel noch zwei Jahre älter gewesen, hätte es funktionieren können. Aber ich hätte auch dann wohl nur als Zweitfrau neben seinem Auto bestehen können, und das wollte ich nicht. Ich weiß bis heute nicht, warum er lieber unter seinem blöden Auto lag als unter mir. Nicht, dass ich etwas gegen Autos hätte. Vielleicht war für ihn Sex mit seinem Auto einfach besser?

Eins hätte ich trotzdem gerne behalten von Marcel: seine Eltern. Die waren einfach nur toll! Seine Mama war die beste Köchin weit und breit und sein Papa war mir schlichtweg sympathisch. Er hatte Marcel damals verklickert, dass der ein riesiges Problem mit ihm bekommen würde, wenn er mit mir Schluss machen würde. Hans und Gabi hatten mich auf Anhieb gemocht und ich sie auch. Was aus Marcel geworden ist, weiß ich nicht, aber ich hoffe, dass sein Dad ihm gehörig die Leviten gelesen hat. Leider nützt es einem nichts, wenn man mit den Schwiegereltern gut kann, aber der Hauptdarsteller nicht mitspielt. Sollte mir das zu denken geben? Nö!

Ich bin cool, intelligent, zumindest manchmal habe ich gute Einfälle, und die kommen ja letztendlich auch von einem kleinen Genie, oder? Klingt das eitel? Selbstbewusst! Ich halte mich für witzig, aufgeschlossen, unternehmungslustig und bin 1,70 m groß. Ich habe blaugraue Augen, die sich im Sommer in verführerische grünblaue Augen verwandeln, und im Übrigen braune, schulterlange Locken.

Damals hätte ich sie wegen Marcel beinahe blond gefärbt. Allerdings stand für mich fest, dass ich nicht wie eine unechte Blondine aussehen wollte. Deshalb hatte sich dieses Thema schnell erledigt. Damit passte ich nicht in sein »Blondie-Schema«, womit sich die Geschichte mit uns schnell erledigte.

Wo waren wir stehen geblieben? Ach ja, mein Aussehen: Ich bin kein Topmodel aber ich kann schon behaupten, dass ich, wenn ich mich style und ausgeschlafen bin, durchaus Vorzeigepotenzial besitze. Die Waage zeigt momentan 58 kg an, und ich habe Körbchengröße »undefinierbar klein«. Ich nehme an, dass es damit höchstwahrscheinlich »A« sein muss, aber ich hoffe darauf, dank meines kleinen Freundes, des Brustsaugers, bald Körbchengröße »B« zu haben. Der Brustsauger ist ein Gerät, das kleine Brüste massiert. Zumindest hat mir das mal ein Verkäufer in einem Sex-Shop erzählt. Was sich letztendlich als falsch herausstellte. Der Sauger leistete lediglich zum Liebesakt seinen Beitrag.

Auch wenn meine Omi immer der Meinung war, dass eine Handvoll gerade richtig wäre und alles, was drüber ist, »gemein« sei, stimmte mich diese Aussage nicht unbedingt optimistisch. Sag das mal einem Kerl, dessen Tagträume von vollen Brüsten bestimmt werden, und du darfst die nächste Zeit alleine Party feiern. Männer brauchen immer Brüste. Oder, um ihre vulgäre Sprache zu gebrauchen: Titten.

5. Warum mir?

Sagte ich nicht laut genug NEIN?
Anscheinend nicht!
Aus andrer Sicht
Mist!

Egal in welchen Schwierigkeiten ich stecke, eine heiße Badewanne ist bei mir immer die Lösung für alle Probleme! Okay, fast immer. Sternzeichentechnisch hätte ich da eher ein Fisch oder eine Jungfrau werden sollen. Letztendlich kam Widder mit Aszendent Wasserratte heraus. Wasser ist definitiv mein Element.

Die Wanne war schon fast voll, da klingelte das Telefon. Es war meine Mom. Sie gratulierte mir zu meinem Vierteljahrhundert und lud mich zum Essen ein. Da mir die Touchdowns immer noch schwer zu schaffen machten, sagte ich ab. Seit Nick Schluss gemacht hatte, rief sie mindestens gefühlte zehnmal am Tag an und fragte, wie es mir gehe. Na, super ging es mir! Wie sollte es mir denn nach einer Trennung gehen? Ich war wieder frei, relativ jung und konnte mein Leben wieder genießen. Ha!

Um das Wellness-Flair beim Baden noch zu vervollständigen, benötigte ich ein paar Kerzen und Musik. Ich ging in unser Schlafzimmer und schnappte mir das Radio. Auf dem Rückweg zum Badezimmer stolperte ich über seine Gitarre und dabei fiel mir das Radio aus der Hand.

»Mist, heute ist einfach nicht mein Tag!« schimpfte ich. Die Antenne hing jetzt wie abgestorben am Radio. »Blöd, blöd, blöd!« schrie ich aus vollem Halse.

Anscheinend so laut, dass mein Lieblingsnachbar beschloss, mit dem Besen »nachzuschreien«. Gut, dann mussten eben die Lavendelkerzen reichen. Schnell zog ich mich aus und ließ mich in die Wanne gleiten. Tief sog ich den Duft des Badewassers ein.

Lavendel ist für mich immer wohltuend und erfüllend und erinnert mich an die Zeit, als ich noch ein Kind war. Damals legte meine Mom immer ein Lavendelsäcklein zwischen meine Unterhosen in den Schrank.

Kurzzeitig schwelgte ich in Kindheitserinnerungen. Der Schaum knisterte und ich beobachtete die Vereinigung mit dem Wasser. Meine Hände griffen den Schaum, führten ihn zum Mund. Im nächsten Moment wirbelte er wie Schneeflocken durch die Luft. Schön!

Allerdings vergingen nicht mal fünf Minuten, da erregte ein Geräusch meine Aufmerksamkeit. Ein Geräusch, das sich wie eine zufallende Tür anhörte. Ja. Es war tatsächlich eine Tür ins Schloss gefallen! Mein Herz fing an, schneller zu schlagen. Außer mir hatte nur einer den Schlüssel zu unserer Wohnung, und das war Nick. Meine Gedanken überschlugen sich:

»Er kommt wieder zu mir zurück! Oder will er nur seine Sachen abholen? Vielleicht denkt er, dass ich nicht da bin, weil ich nach meinen Touchdowns das Auto in der Stadt stehen gelassen habe.« Plötzlich hörte ich ein lautes

»Hallo?« Es war Nick. Oh Mann, wie ich mich freute! Gleich würde er mir einen Blumenstrauß schenken, und wir würden doch noch heiraten.

Aber was war das? Ich hörte eine zweite Stimme, eine weibliche. Es dauerte ein paar Sekunden bis ich begriff, was hier los war. Das durfte nicht wahr sein! Der Kerl besaß echt die Frechheit, jemanden in unsere Wohnung zu bringen. Eine fremde Frau. Ein halbes Jahr nach unserer Trennung, in unsere Wohnung! Nein, ich fasste es nicht. Vor Schreck konnte ich gar nichts sagen. Langsam kehrte die Wut zurück. Jetzt hörte ich diese »sie« lachen. Na die konnten was erleben. Die Schlafzimmertür wurde geöffnet und eine CD eingelegt. Unglaublich!

Sollten jetzt unsere »Love Songs« ertönen, dann wusste ich, dass die sich nicht nur unterhalten würden. Ich konnte es mir einfach nicht vorstellen, dass er es schon wieder tun würde. Und noch dazu in unserem Schlafzimmer, mit einer anderen, an meinem Geburtstag! Es war schlimm genug, dass er mich vor der Hochzeit betrogen hatte. Und jetzt das!

»Was für ein Riesenrindvieh!« schimpfte ich leise. »So ein elendiger Schweinehund!« Dann ermahnte ich mich: »Marie-Louise, bewahre einen kühlen Kopf!« Erst einmal musste ich sicher gehen, dass er wirklich jemanden im Schlafzimmer hatte, denn nur dann dürfte ich mich rächen. Ich versuchte, möglichst ohne Geräusche, aus der Wanne zu steigen. Blitzschnell trocknete ich mich ab, zog meine alten Klamotten wieder an und schlich Richtung Schlafzimmer.

Er hörte wirklich unsere Lieblings-CD. Die bekannten Love Songs gaben mir den Rest. Die Tür hatten sie im Eifer des Gefechtes nicht geschlossen, deshalb war es mir möglich, mit einem Auge hineinzuschauen. Was ich dort sehen musste, bescherte mir fast einen Herzinfarkt: Oh, mein Gott! Was machten die da? Beide splitternackt und in einer Position, die bestimmt nicht einmal in meinem Kamasutra-Buch aufgelistet war! Durch ihren tollkühnen

Liebeskampf bekamen sie nichts von ihrer Umgebung mit, und das war auch gut so. Ein Gefühl des Ekels und des Würgens stieg meine Kehle hoch. Eng umschlungen und laut stöhnend machten sie Amore in meinem Schlafzimmer.

»Marie-Louise, du musst dich jetzt zusammenreißen!« sagte ich mir. Ich fühlte mich verletzt, gedemütigt und konnte es kaum glauben, was sich da in meiner Wohnung abspielte. War hier irgendwo eine versteckte Kamera? Leider kam niemand, um mich fröhlich zu überraschen.

Also Rache! Ich dachte nach: Was würde ich als Erstes zerstören? Auto, Gitarre oder Klamotten? Das Auto lieber nicht und die arme kleine Gitarre konnte auch nichts dafür. Aber die Klamotten wären eine gute Gelegenheit, um meine Aggression positiv auszuleben und sie nicht direkt an Menschen auszulassen. Gehörte ich jetzt schon zu den Psychos? Klar. Warum nicht? In welchem Film sind Klamotten zerschnippelt und aus dem Fenster geworfen worden? Egal, ich drehte jetzt meinen eigenen Film! Hauptdarstellerin war ich selbst, Marie-Louise Maus, betrogen, belogen und sitzen gelassen. Das gab gleich mehrere gute Gründe, um mein Vorhaben zu rechtfertigen. Das Opfer in diesem Fall: Nick Falkenstern. 29 Jahre. Leider immer noch sehr gutaussehend! Ich frohlockte.

»Mal schauen, ob sein Stern heute untergeht und er dann nur noch Falke heißt, wenn er fertig gevögelt hat. … Wo ist die Schere? In der Küche, zweites Fach rechts.«

Das Tatwerkzeug lag zum Einsatz bereit, jetzt fehlten nur noch seine Sachen. Da ich schon vor Monaten vorgesorgt und fast alles in Säcke verpackt hatte, war es ganz einfach. Ich schnappte mir die Säcke, die ich in den Flur gestellt hatte und wollte gerade mit dem Schneiden anfangen, da hörte ich die Tür vom Schlafzimmer. Panik: Oh Shit, wo konnte ich mich jetzt schnell verstecken? Flink wie ein Wiesel schlüpfte ich hinter den Garderobenschrank, da lief sie auch schon an mir vorbei.

»Hallo?!« schoss es mir durch den Kopf. »Bitte noch einmal zurückspulen! War das nicht die Kellnerin von unserem Lieblingslokal?« Als ich Nick getroffen hatte, sind wir in der Kennenlernphase oft dorthin gegangen. Das Mädel wurde unsere Lieblingskellnerin, weil sie sich manchmal zu unseren Gunsten verzählte. In mir keimte ein Verdacht: Wenn sie nicht tatsächlich grottenschlecht in Mathe war, hatte sie nun genau das erreicht, was sie wahrscheinlich von Anfang an wollte: Sich einen supergutaussehenden Mann angeln! Meinen Mann!

Sie ging ins Badezimmer; wahrscheinlich, um sich frisch zu machen. Oh nein! Mir fielen die Kerzen und das Wasser in der Wanne ein. Hoffentlich flog ich nicht auf.

»Nick«, kreischte sie. Ich hörte schnelle Schritte.

»Was ist denn?« fragte er. Wahrscheinlich nahm er sie gerade schützend in den Arm. Dieses Arschloch!

»Sie ist noch in der Wohnung!« keifte das besorgte Etwas. Ich hätte ihr eine langen können! Meine Wut wurde immer unbändiger. Ich hasste sie, ich hasste Nick, ich hasste diese ganze absurde Situation.

»Nein, dann wäre sie längst aufgetaucht. Ich nehme an, dass sie es einfach vergessen hat. Sie kann froh sein, dass wir es bemerkt haben. Brennende Kerzen in einer leeren Wohnung! Sie ist ziemlich vergesslich«, erklärte Nick, blies die Kerzen aus und ließ im gleichen Atemzug das Wasser aus der Wanne.

»Na warte!« grollte ich. Oh, wie es in mir brodelte! Nachdem sie sich erneut ins Schlafzimmer begeben hatten, kroch ich wieder aus meinem Versteck. Jetzt erst recht! Kein Pardon! Leise schnappte ich mir die schwarzen Plastiksäcke und schleppte sie in die Küche. »So, lieber Nick«, triumphierte ich innerlich, »verabschiede dich von deinen Lieblings-Boxershorts und deinen schwarzen Lederhosen.« Schnipp-schnapp, war das ein gutes und erleichterndes Gefühl! Die Boxershorts ließen sich wesentlich einfacher zerschneiden, weil sie aus feinstem Satin bestanden, die Lederhosen hingegen bereiteten einige Mühe. Es folgten T-Shirts und Unterhosen und Sack Nummer eins war fertig. Auf zu Nummer zwei! Der beinhaltete Hosen und Hemden, die Nick für seine Arbeit als angehender Rechtsanwalt brauchte, was bedeutete, dass hier der wesentliche und gewichtigere Anteil an Kohle drinsteckte. Es war in diesem Moment wie eine Therapie für mich. Das Schneiden wirkte befreiend und verlangte nach mehr.

Dann war es endlich vollbracht. Unsere Küche hatte sich in einen Flohmarkt für Designerfetzen verwandelt. Ehemals teure italienische Designeranzüge, jetzt Putzlappen. Eigentlich schade, Herr Nick, dachte ich und hoffte, er würde mich nicht verklagen. Da er seine Prüfungen als Bester bestanden hatte, kannte er sich mit solchen Dingen ja sehr gut aus. Egal, da musste er jetzt durch! Außerdem: Wenn er die Sachen ein halbes Jahr nicht gebraucht hatte …?

Fenster auf und raus mit dem Plunder! Lustigerweise landete alles vor seinem Auto und teilweise auf seiner Motorhaube. Es flogen im wahrsten Sinne die Fetzen.

Oh, mein Gott, das fühlte sich echt gut an! Das hatte der dreiste Kerl verdient. Monatelang nicht wirklich ausziehen und dann sogar die Ex in deren Wohnung betrügen! Wie dumm und naiv war ich gewesen? Oder besser gesagt, welches Pech verfolgte mich gerade? Hoffentlich vermisste er seine Klamotten wenigstens dann, wenn er sie in zerkleinerter Form auf der Straße liegen sah. Ich überlegte, ob ich mit meinem Rachefeldzug fortfahren sollte. Es blieben noch die Gitarre und das Auto. Ich entschied mich dagegen. Aber mit den Kleidern, die sie in ihrer Ektase im Flur fallengelassen hatten, ließe sich noch etwas anfangen. Mir kam eine Idee: Juckpulver! Wir hatten vom letzten Fasching noch Juckpulver übrig! Ich wünschte den beiden Turteltauben von ganzem Herzen und tiefster Seele einen langanhaltenden Intimausschlag. Während ich suchte, hörte ich ihr Stöhnen bis in die Küche. Ich hätte einfach nur kotzen können. Das Pulver war in unserem Arzneischränkchen in der Küche.

»Wie gut, dass ich all die wichtigen Sachen immer in der Küche aufbewahre«, schmunzelte ich in mich hinein. Ich nahm einen gelben Spülhandschuh und begab mich in den Flur. Langsam hob ich ihre Hemden auf und verteilte alles sehr sorgsam. Danach kamen die Unterhosen dran. Ich rubbelte mit aller Gewalt das Pulver hinein und versuchte, die Sachen wieder so hinzulegen, wie sie gefallen waren. Vorher begutachtete ich natürlich ihren Slip. Ich hielt einen dunkelroten Tanga hoch, der eher an einen dünnen Nähfaden erinnerte, als an eine Unterhose. Am liebsten hätte ich reingespuckt aber ich zügelte meine angestaute Wut und richtete meine ganze Aufmerksamkeit auf meine Mission: Rache.

Ich muss schon sagen, dass ich manchmal wirklich tolle Einfälle habe! Obwohl diese Aktion eher ein Kinderstreich war, freute ich mich diebisch. Auf dass ihre Ärsche brennen sollten!

Schnell zog ich mir noch die Schuhe an und rannte aus der Wohnung. Vorher brachte ich einen Zettel mit einem riesigen Smiley an der Wohnungstür an. Genauso einen, wie ihn mir Nick zum Geburtstag per SMS geschickt hatte.

»So, mein lieber Nick«, dachte ich zufrieden, »heute war definitiv dein persönlicher pay day. Zahltag! Du kannst ja den Verlust deiner Klamotten von ihrem Trinkgeld abziehen.« Ich musste kichern. Als ich die Tür ins Schloss fallen ließ, hörte ich kurz Stimmen. Einen leisen Aufschrei der Dame. Leider konnte ich ihre Gesichter nicht sehen. Ein wonniges Gefühl breitete sich in meinem Körper aus. Dies war definitiv ein faires Pendant zu ihrem Orgasmus. Glückshormone!

6. Kurzschlussreaktion mit Folgen

Verrückt in die Welt
Ohne Verstand, ohne Geld
Überleben mit Glück
Mit Dusel zurück?

Minuten später konnte ich nicht mehr an mich halten. Ich fuhr und fuhr ohne nachzudenken, was ich gerade getan hatte und was da eben in unserer Wohnung passiert war. Ich konnte mich nicht mehr erinnern, wie ich aus dem Haus gekommen und ins Auto gelangt war. Mein Kopf drehte sich. Angesichts meiner tollen Laune wäre ich gerne an einen Baum gefahren. Die anfängliche Genugtuung wechselte schlagartig. Warum war keiner da, wenn ich mal einen brauchte? Ich fühlte mich wie im Boxring: In der einen Minute haute man dem Gegner eine rein und in der nächsten Runde lag man selbst am Boden. Meine Wut nahm immer mehr zu. Auf der einen Seite war ich zu allen möglichen Taten bereit, auf der anderen Seite konnte ich vor lauter Tränen kaum noch das Lenkrad gerade halten. Ich war verzweifelt und Angst kroch in mir hoch. Sie sagte:

»Jetzt bist du wieder alleine! Endgültig. Niemand wird für deine Probleme zu Hause sein. Keiner wird dich in den Arm nehmen nach einem stressigen Tag, und niemand wird dir in einer kalten Nacht deine Füße wärmen.« So oft hatte Nick mich trösten müssen. Zumindest immer dann, wenn ich meinen Job wechselte. Schon seitdem ich mit sechzehn Jahren ohne Abschluss von der Schule gegangen war, sahen meine Chancen schlecht aus. Vom

Tellerwäscher bis zu schlecht bezahlten Callcenter-Jobs versuchte ich alles, um zu überleben. Inzwischen arbeitete ich in einer Trockenreinigung.

Nick war immer derjenige gewesen, der mich jedes Mal aufbaute, wenn ich desillusioniert von Arbeit kam. Als Teenager hatte ich den Drang verspürt, die Schule hinzuschmeißen. Ich war jung und dumm. Später bereute ich zutiefst, dass ich meinen Abschluss nicht gemacht hatte. Die Chance, zu studieren oder wenigstens eine ordentliche Lehre zu absolvieren, war vertan. Im Nachhinein musste ich mir eingestehen, dass meine Eltern recht hatten. Sie wollten, dass ich die Schule beende und eine Ausbildung anfange. Aber je öfter man die erwachsenen Worte als Teenager hört, desto mehr versucht man, aus dem Alltag auszubrechen, die Verpflichtungen zu ignorieren und seinen eigenen Weg – in meinem Fall den falschen – zu wählen. Vielleicht würde ich mich irgendwann einmal aufraffen und all das Versäumte nachholen.

Im Moment beschäftigte mich aber ehrlich gesagt nur diese Straße. Durch meinen Tränenausbruch und einen plötzlichen Platzregen konnte ich kaum noch etwas sehen.

»Der liebe Gott hätte doch, wie beim Auto, auch beim Menschen Scheibenwischer für die Augen installieren können«, murrte ich, vor mich hin schniefend. Meine Augen brannten, ich konnte die Schwellung rund um meine Augen regelrecht spüren. Und von den Kopfschmerzen mal ganz abgesehen, war ich müde, hungrig und einfach nur erschöpft. Es war, als ob mir jemand meinen Lebenswillen genommen hätte. Wie ein Vampir, der so lange trank, bis kein Tropfen Blut mehr im Körper war und nur eine leere Hülle zurückblieb. Blätter wirbelten umher und was als Platzregen angefangen hatte, entpuppte sich nun als Sturm. Blitze zuckten. Bei jedem Donner fuhr ich zusammen.

So ein Sturm kann wahnsinnig schnell aufziehen. Erst hinterher siehst du, was für ein Chaos er angerichtet hat. Draußen in der Natur genauso wie im Leben. Ich musste dringend auf andere Gedanken kommen, mich von meinem Problem ablenken, um mich wieder auf die Straße konzentrieren zu können. Nur wie?

Zum Beispiel: Mein kleiner roter Flitzer könnte einen Frühjahresputz brauchen. Gutes Thema! Andererseits sollte man sich nie etwas vornehmen, das man nicht halten kann. Kennen Sie vielleicht vom Rauchen. Auch ein gutes Thema. Jeder meint, er müsse aufhören und reißt sich für mehrere Wochen oder sogar Monate zusammen, um letztendlich zu sagen, dass der innere Schweinehund zu stark gewesen sei. Aber im nächsten Jahr …

Im nächsten Jahr räume ich mein Auto auf. Ganz ehrlich! Dann gibt es hier drin keine Kaugummipapierchen mehr, keine vollgerotzten Taschentücher und keine Tankrechnungen. Ich werde auch meine Klamotten und Schuhe nicht mehr herumliegen lassen, sondern sie in den Kleiderschrank räumen. Im nächsten Jahr wird alles besser. Bestimmt. Hoffentlich. Mal schauen. Zumindest nahm ich mir in diesem Moment vor, es zu versuchen!

Die Ablenkung klappte nur mäßig. Mittlerweile war es draußen stockfinster geworden. Ich stellte fest, dass ich nicht darauf geachtet hatte, wohin ich fuhr. Es kam wie es kommen musste, ich nahm eine Abfahrt und damit veränderte sich, rückwirkend betrachtet, mein ganzes Leben. Zu meinen Eltern wollte ich nicht, weil die sich schon genug Sorgen um mich machten. Sie lebten in einem kleinen Örtchen mitten im Frankenwald. Es hieß Sonnenfels und war ein sehr schönes Fleckchen. Für Rentner, um Urlaub zu machen! Mit etwas Glück hatten sogar Elektrizität und fließendes Wasser den Weg zu ihnen gefunden.

Nein, so darf ich das eigentlich gar nicht erklären. Es gibt Menschen, die gehen mit der Zeit, und es gibt Menschen, die bauen ihre eigenen Kartoffeln an und wickeln ihre Kinder mit Stoffwindeln. Sie lästern über die Skandale anderer Leute oder tratschen über die Schandtaten des Pfarrers. Apropos: Meiner Meinung nach sollten alle Geistlichen ein Recht darauf haben, selbst eine misslungene Ehe zu führen und andere Tragödien zu erfahren, damit sie dann in ihrer Sonntagspredigt mit ehrlichem Gewissen behaupten können, zu wissen, was da draußen in der Welt von Sex, Drugs & Rock and Roll abgeht. Ich glaube nicht, dass es Jesu Wille gewesen wäre, viele seiner treuen Seelen unglücklich zu sehen, weil sie gezwungen sind, sich zwischen Leben und Kirchendienst zu entscheiden. Ich schweife ab.

Jedenfalls besteht Sonnenfels aus circa 1500 Einwohnern, seinen dorfüblichen Skandalen und einer überaus hohen und steigenden Kinderzahl, welche wiederum auf die Skandale oder auf die hohe Arbeitslosigkeit zurückzuführen sind. Gott sei Dank hatte ich rechtzeitig die Kurve gekratzt, um nicht mein letztes Bisschen an geistigem Gut zu verlieren, zu versaufen oder zu verbumsen.

Nichtsdestotrotz gab es superliebe Menschen in diesem Ort, die ich immer wieder gerne besuchte. Aber jeder muss nun mal seine eigene Entscheidung treffen, wo und wie er leben möchte. Meine fiel eben auf Nürnberg.

Meine Eltern wohnen in einem Zweifamilienhaus in der Nähe der »Wilden Rodich«. So heißt der Fluss und höchstwahrscheinlich hatte der Name auch Einfluss auf das Eheleben meiner Eltern. Das ging schon mit unserem Haus los: Es war knall orange gestrichen und ging in ein leichtes Gelb über. Obwohl für zwei Familien ausgelegt, wirkte es auf den ersten Blick klein und sehr gemütlich.

»Irgendwie wäre es schon schön, wenn ich jetzt zu Hause wäre«, dachte ich, in Erinnerungen schwelgend. Stattdessen war ich wohl irgendwo in der Fränkischen Schweiz gelandet. Stellte sich nur die Frage, wo genau eigentlich?

Dummerweise kann ich Landkarten zwar lesen, weiß dann aber trotzdem oft nicht, wo ich mich gerade befinde und frage lieber mal nach dem Weg. Bei Männern ist das ja etwas gänzlich anderes. Die verfahren sich nie, sagen sie jedenfalls, und wenn doch, dann wird die Schuld einfach abgewälzt: auf uns Frauen!

Beim Blick auf die Tankanzeige wurde mir klar, dass es keinen Sinn machen würde, zurückzufahren. Die letzte halbe Stunde hatte ich nämlich dieses rote Blinklicht ignoriert. Der Tank war so gut wie leer. Ein Glück, dass mein Auto überhaupt noch fuhr.

»Na prima! Das hat mir gerade noch gefehlt! Halleluja.« Es wurde dunkel, ich befand mich mitten im Nirgendwo der Fränkischen Schweiz, war verlassen worden und weiß der Geier wie oft betrogen. »Kann es viel schlimmer kommen?« überlegte ich. »Nein, lieber positiv denken.«

Ich hielt Ausschau nach einer Tankstelle oder besser gesagt nach einer Stadt. Nach weiteren zehn Kilometern erreichte ich ein Dörfchen, das mich mit einem Schild »Grüß Gott in Himmelblau« ordentlich begrüßte.

»Hm, würde es ‚Rabenschwarz' heißen, dann würde es viel besser zu meiner Laune passen. Aber okay, okay, alles easy«, redete ich mir Mut zu. »Plan A: Ich versuche, eine Pension zu finden und fahre am nächsten Tag nach Hause. Plan B: Ich schlafe im Auto, oder Plan C: ich lasse mich von Außerirdischen entführen und mir einen Chip einpflanzen, der mich von Kopf bis Fuß emotionslos macht.«

Ich resümierte, dass ich keine gute Wahl für Außerirdische wäre, weil ich sie vermutlich totquatschen würde. Plan B war auch nicht gut, weil ich immer noch meine »Weggehsachen« von der letzten Nacht anhatte und mich mein rückenfreies Top vor Kälte nicht schützen würde. Etwas Wärmeres war in der situationsbedingten Eile leider nicht zu finden gewesen. Natürlich hatte ich für so einen Fall auch keine Decken, Kissen oder sonstige Notausrüstung im Auto. Wozu? Das hatte ich schließlich noch nie nötig gehabt. Stattdessen fand ich nur meinen kleinen braunen Baba-Bär auf dem Rücksitz, den Teddy, der mich immer begleitet, wenn ich autofahre. Als Kuschelersatz nicht optimal, aber immerhin. Ich griff nach meiner Tasche, um zu schauen, wie viel Geld ich mithatte und erlebte den nächsten Schock: Vom gestrigen Abend waren gerade mal zehn Euro übriggeblieben.

»Verdammte Touchdowns!« fluchte ich, »Wieso habe ich mir nicht in der Happy Hour gleich fünf Stück bestellt?« Zu spät, daran konnte ich jetzt auch nichts mehr ändern. Aber eines stand fest: Übernachtung und Tanken ließen sich nicht miteinander vereinbaren, und tanken musste ich auf jeden Fall. Also zurück zu Plan B.

Ich kam auf einen Platz, der aussah wie ein Marktplatz. Eine Bank, eine Art Maibaum und dekorierte Sträucher mit Blumen konnte ich in der Dunkelheit erkennen. Dort stellte ich mein Auto ab und versuchte zu schlafen. Eine durchweg unheimliche Atmosphäre, aber welche Wahl hatte ich? Die Situation war dubios: Ich saß mit ziemlich aufreizenden Klamotten im Auto auf einem Parkplatz in einem wildfremden Dörfchen namens Himmelblau in der Fränkischen Schweiz. Ich hoffte nur, dass es hier keine komischen Bauern gab. Gedanklich spielte sich bei mir schon wieder ein regelrechtes Kopfkino ab, wie ich gefesselt auf der Ladeklappe eines Traktors lag.

»Ich werde einfach den Motor noch ein bisschen laufen lassen, damit ich es noch ein paar Minuten warm habe, bevor ich einschlafe«, beschloss ich. Die Müdigkeit machte sich langsam bemerkbar. Also legte ich mich auf die Rücksitzbank und musste ein paar Minuten später eingeschlafen sein. Mit laufendem Motor wohlgemerkt. Weshalb es kurz darauf an meine Scheibe klopfte. Ein Angstschrei. Ich erschrak tierisch. Etwas leuchtete von außen in mein Auto. Ich sah schon die Schlagzeilen vor mir:

»Ungeklärter Mord in Himmelblau. Bitte melden Sie sich umgehend bei der örtlichen Polizei, falls Sie irgendwelche Auffälligkeiten an dem besagten Abend beobachtet haben.« Gelähmt vor Angst kauerte ich zitternd auf der Rückbank. Mir lief ein Schauder über den Rücken zu den Zehen und wieder hoch in meinen Kopf.

Meine Beine hielt ich wie ein eingeschüchterter Teenager mit beiden Armen umklammert, als könnten sie wegrennen.

Theoretisch sollte uns Angst nicht lähmen, sondern Kraft geben, um wegzulaufen. Bei mir funktioniert das nicht. Die Uhren ticken bei mir eben nicht rechts herum, sondern links. Was soll ich machen?

7. STOPP! Was halten Sie von einer Tasse Tee?

Eine gute Tasse Tee blendet für einige Augenblicke sogar den Weltuntergang aus

Ich konnte mich nicht bewegen. Die Tür ging auf und mein Herz klopfte bis zur letzten Gehirnzelle hoch. Es war wie in einem Horrorfilm. Sollte dies nun mein Ende sein? Ich war doch noch viel zu jung, um den Löffel abzugeben: gerade mal 25! Hallo? Ja, ich weiß, ich hatte mich erst gestern noch über mein »hohes« Alter beschwert, aber heute befand ich mich doch in einer ganz anderen Situation mit einem ganz anderen Kontext.

»Hilfe!« schrie ich innerlich so laut ich konnte. Laut sagte ich gar nichts. Wie von weitem hörte ich eine Stimme fragen:

»Fräulein, geht es Ihnen gut?«

»Puh, es ist nicht der böse schwarze Mann, der mich holt«, dachte ich erleichtert, »nein, es ist die Polizei!« wobei ich mir nicht sicher war, was jetzt schlimmer wäre. Immerhin befand ich mich in Sicherheit, aber ob das nun unbedingt besser war? Bislang hatte ich keine guten Erfahrungen mit der Polizei gemacht, und ich konnte mir kaum vorstellen, dass sich daran jetzt plötzlich etwas ändern würde. Langsam fand meine Stimme zurück ins wahre Leben.

»Hallo, ich habe mich verfahren, kein Geld für eine Übernachtung. Mein Tank ist fast leer, und ich habe auch nicht getrunken«, sprudelte es nur so aus mir heraus. Lächelnd entgegnete er:

»Sie können aber hier nicht im Auto schlafen. Darf ich

bitte mal Ihre Papiere sehen?« Ich reichte sie ihm wortlos. »Hm, alles in Ordnung. Können Sie jemanden anrufen, der Sie abholt?«

»Nein«, entgegnete ich weinend. Besorgt fragte der Polizist:

»Was ist denn passiert?« Ich zögerte. Was sollte ich ihm erzählen? Schließlich ließ ich dann doch alles raus.

»Mein Freund hat mich betrogen, einen Monat vor unserer Hochzeit, und er ist jetzt gerade wieder in unserer gemeinsamen Wohnung, einen Tag nach meinem Geburtstag, und …« Ich konnte den Satz nicht mehr zu Ende sprechen, ich brach zusammen und saß nun weinend wie ein Häufchen Elend vor dem fremden Mann. Es war dunkel und die Situation mehr als bizarr. Und dann kam alles ganz anders. Der Polizist sah mich an und meinte nach kurzem Nachdenken:

»Was halten Sie von einer Tasse Tee?« Mehr als ein Nicken bekam ich nicht zustande. Er half mir auf die Beine. Ich folgte ihm willenlos. Er erklärte mir, dass man abends nicht alleine unterwegs sein sollte, vor allem nicht als junges Mädchen. Wort- und kraftlos stieg ich in seinen Streifenwagen ein, und wir fuhren gerade mal zwei Straßen weiter.

Komisch, normalerweise redeten Polizisten bisher meist nur in hartem Befehlston und ziemlich barsch mit mir. Und fast nur bei Alkoholkontrollen. Dieser hier erinnerte mich allerdings eher an meinen Dad als an einen Polizisten. Er hatte liebe Wesenszüge, lockige Haare, war gepflegt, rasiert und natürlich trug er eine Brille.

Alle Beamten tragen eine Brille. Glaube ich jedenfalls. Wollen sie intelligenter erscheinen oder sind sie es tatsächlich? Das war eine Frage, die ich mir schon oft gestellt hatte. Mal sehen, vielleicht würde ich ja heute eine Antwort bekommen.

»Woher kommen Sie? Und was ist genau passiert?«

»Das ist eine lange Geschichte«, erwiderte ich abwehrend.

»Bei einer Tasse Tee lässt es sich leichter erzählen. Wir sind auch schon da.«

»Vielen Dank für Ihre Einladung, das ist wirklich nicht nötig.«

»Ich glaube schon, Mädchen. Es ist sehr kalt draußen und im Auto zu übernachten stellt keine Option dar.«

Ich schwieg. Wo er recht hatte, hatte er recht. Was mache ich hier, fragte ich mich. Ich war in einem wildfremden Dörfchen gelandet und folgte jetzt auch noch einem wildfremden Polizisten, der mich mit zu sich nach Hause nahm. Als ich ihn noch einmal anschaute, wurde mir erst bewusst, was es doch für eine eigenartige Situation war. Vielleicht war er nicht mal verheiratet und schleppte gelegentlich so junge Hüpfer wie mich ab. Schon parkte er das Auto. Jetzt war es definitiv zu spät, um auszureißen. Sollte ich meiner Mom noch schnell eine SMS schreiben? Lieber nicht, sie würde sie ja doch nicht lesen. Frauen und Technik, irgendwie war schon etwas dran an diesem Spruch. Sie konnte selbst mit den simpelsten Geräten nicht umgehen.

Das Haus des Polizisten sah richtig idyllisch aus. Das konnte ich im Licht der Straßenlaterne erkennen. Es war eine Art Landhaus, weiß getüncht mit rotblauen Blumen um einen großen Holzbalkon. Eine Scheune und ein Traktor daneben. Aus der Scheune hörte ich leises Wiehern.

»Das ist unsere Stute Schnucki. Und Schnecke, unseren Schäferhund, wirst du auch gleich kennenlernen. Meistens schläft er bei ihr und bewacht sie.«

»Aha, er redet immer von ‚unser'.« Das beruhigte mich ein wenig. »Da wird er bestimmt eine Frau haben. Er ist also ein guter Bulle, der Bulle aus Himmelblau.«

Die Tür stand halb offen und wir traten ein. Kaum drinnen, sprang mir ein großer Vierbeiner in die Arme.

»Langsam, Schnecke, erschreck unseren Gast nicht!«

Der Schäferhund schien freundlich zu sein und ließ sich von mir streicheln. Sofort warf er sich auf den Rücken und erwartete von mir, dass ich ihm den Bauch kraulte.

»Es ist doch immer das Gleiche mit den Hunden«, schmunzelte ich amüsiert.

»Mensch, Klaus, kannst du nicht anrufen, wenn du später nach Hause kommst? Du weißt doch genau, dass ich mir Sorgen mache!« Eine aufgebrachte Frau mit weißen, kurzen Haaren kam uns entgegen. Als sie mich entdeckte, lachte sie: »Hast du schon wieder jemanden mit nach Hause gebracht? Entschuldigung, ich bin Inge«, stellte sie sich vor und streckte mir freundlich ihre Hand entgegen. »Mein Mann bringt oft Leute mit. Wegen seines Berufs.«

»Ach, das habe ich ja ganz vergessen: Mein Name ist Klaus. Ich hatte mich noch gar nicht vorgestellt«, lachte der Polizist und gab mir nun ebenfalls seine Hand.

»Ich bin Marie-Louise.«

»Inge, bitte mach unserem durchgefrorenen Gast eine Tasse Tee.«

Nachdem ich ihnen die komplette Geschichte erzählt

hatte, bot mir Inge an, die Nacht bei ihnen zu verbringen. Sie wischte sich heimlich eine Träne weg, so ergriffen war sie von meiner Geschichte. Zuerst wollte ich nicht, um keine Umstände zu bereiten und weil mir die Situation recht peinlich war, aber sie gab nicht nach.

»Du kannst das erste Zimmer oben rechts nehmen, das gehört unserem Sohn. Der ist nicht da. Ein T-Shirt nimmst du dir aus seinem Schrank. Wenn du was brauchst, komm einfach runter. Du weißt ja jetzt, wo die Küche ist.« Mit diesen Worten klemmte sie mir ein sauberes Handtuch unter den Arm und wünschte mir eine gute Nacht.

»Mädel, es wird alles wieder gut«, versuchte Klaus mir Mut zu machen. »Gib dir Zeit!«

»Dankeschön! Ich weiß gar nicht, was ich sagen soll. Ich bin einfach nur gerührt. Vielen Dank für eure Hilfe und Gastfreundschaft.«

»Nichts zu danken und jetzt ab ins Bett. Es ist schon spät«, tadelte mich Inge ein wenig, aber auf eine liebe und fürsorgliche Art. So herzlich war ich schon lange nicht mehr behandelt worden. Ich konnte nicht verhindern, dass mir eine Träne über die Wange kullerte. Manchmal liegen Glück und Traurigkeit eng beieinander. Mit diesen beiden Gefühlen schlief ich ein, mit Tränen, aber auch mit einem Lächeln im Gesicht.

Weniger toll war mein Traum. Wie sollte es anders sein? Die Psyche verarbeitet die Dinge, Geschehnisse und Situationen ja immer erst im Schlaf. Ich träumte von Nick. Er beschimpfte mich aufs Übelste, warf meine Sachen aus dem Fenster und fuhr mein Auto zu Schrott. In dem Augenblick, als er es gegen den Baum knallte, wachte ich auf. Schweißnass und orientierungslos. Draußen dämmerte es. An Schlaf war nun nicht mehr zu denken.

Ich beschloss, eine warme Dusche zu nehmen. Bevor ich mein Zimmer verließ, warf ich schnell noch einen Blick auf die Sachen, die sich darin befanden. Dafür hatte mir gestern die Kraft gefehlt. Über dem Fernseher hing ein Bild, das einen jungen Burschen von schätzungsweise 15 Jahren zeigte, der eine Medaille um den Hals hängen hatte und frech in die Kamera grinste. Weitere Bilder des Jungen standen auf der Kommode, die ihn mal auf einem Pferd und dann auf einem Traktor zeigten.

Ich ging ins Badezimmer. Die hellgrünen Fliesen mit Blümchenmuster ließen mich lächeln, solche kannte ich von zu Hause. Neben dem Klo lagen Motorrad-Zeitschriften und auf dem Waschbecken standen ein Männerparfüm und ein babyblauer Zahnputzbecher mit einer roten Zahnbürste drin.

»Von Feng-Shui haben die hier sicher noch nichts gehört«, schmunzelte ich. Während ich mich auszog, grübelte ich. »Ob Klaus früher Motorrad gefahren ist oder sogar noch fährt? Ich denke, er bevorzugt eher den Traktor und seinen Streifenwagen.«

Dusche und Badewanne gab's in einem Stück. Die Wanne konnte durch eine Glaswand zur Dusche umfunktioniert werden. Als das Wasser lief, bemerkte ich, dass es nur Männerprodukte gab. Ich ließ mich davon aber nicht beirren, denn ab und zu nehme ich ganz gerne Männersachen: Männerdeo, Männerduschgel, Männershampoo …, und ich trage auch gerne Boxershorts. Aber pssst, nicht verraten!

Das Wasser auf meinem Körper ließ mich für kurze Zeit entspannen. Wasser ist für mich wie ein Heilmittel für Seele, Geist und Körper. Ich stellte mir vor, auf einer einsamen Insel zu sein und unter einem Wasserfall zu duschen. Das Wasser war erfrischend und die Sonne ließ die Landschaft zu einem unglaublich schönen Bild werden, das nahezu paradiesisch wirkte. Es flogen die buntesten Vögel vorbei und zwitscherten ihre Lieder. Einer tauchte sogar kurz ins Wasser ein. Ein anderer trällerte sein Lied, als ob es kein Morgen gäbe. Gerade so, als wollte er mir eine Geschichte erzählen. Vielleicht wollte mich der Vogel sogar warnen:

»Schließ immer die Türe, wenn du in einem fremden Haus duschst!« Der Text kam leider zu spät an. Ein Geräusch riss mich aus meinem Traum. Erschrocken drehte ich mich um und entdeckte durch die Glaswand eine Gestalt. Zwei Sekunden benötigte ich, um mich zu sammeln, bevor ich meine Brüste mit den Händen bedecken und mich zur Wand drehen konnte. Aber da war der Mensch auch schon wieder verschwunden.

Gott sei Dank hatte die Hitze die Glasscheibe anlaufen lassen. Ich hoffte nur, dass dieser Jemand nicht alles von mir gesehen hatte. Von Null auf Hundert war ich nun hellwach und rekapitulierte: Ich hatte mich verfahren, befand mich in einem Dörfchen in der Fränkischen Schweiz in einem fremden Haus bei fremden Leuten und jetzt hatte mich auch noch ein Fremder nackt gesehen.

»Toll, der Tag fängt schon gut an, oder?« schimpfte ich vor mich hin. »Kann nur besser werden!« Während ich mich anzog, überlegte ich, was ich sagen könnte, um die Situation zu entschärfen: Ich könnte einfach lachen oder weglaufen oder einfach nur knallrot anlaufen? Rot ist ja schon immer meine Farbe gewesen, haha …

Na schön, auf in den Kampf! Während ich die knarrenden Treppenstufen hinunterlief, zog mir der Duft von Kaffee und bratenden Eiern in die Nase. Hm, ein Frühstück wäre jetzt nicht schlecht. Aber nach dem peinlichen Vorfall eben? Zu spät.

»Guten Morgen, Marie-Louise. Hast du gut geschlafen?« hörte ich Klaus fragen.

»Ja, bestens«, log ich und errötete zeitgleich.

»Du kommst gerade rechtzeitig zum Frühstück«, warf Inge ein. »Bei der Gelegenheit kannst du unseren Sohn kennenlernen.«

»Habt ihr nicht gesagt, der wohnt nicht mehr hier?« fragte ich neugierig.

»Ja, aber er ist heute Morgen mal kurz von Nürnberg mit dem Motorrad rübergekommen. Normalerweise wohnt und arbeitet er dort.«

»Alter Schwede!« dachte ich. »Na, holla die Waldfee, jetzt wurde mir einiges klar. Ich konnte eins und eins zusammenzählen. Ich glaube, ich muss mich beeilen, bevor ich diesem ‚ihm' begegne!« Ich mochte zwar Motorradfahrer und fand sie auch recht sexy, aber keinen Fremden, der mich nackt in der Dusche gesehen hatte. Noch dazu hatte ich mich schon seit drei Wochen an lebensnotwendigen Stellen nicht mehr rasiert. Theoretisch ist mir das ja egal, aber wenn jemand einen schon nackt sieht, dann sollte man doch passabel aussehen!

Wobei ich bei der allgemeinen Frage angelangt wäre: Wieso wachsen einem Schamhaare? Bei Frauen sind sie da, um rasiert zu werden und beim Mann, um die hässliche Fleischwurst zu bedecken? Aber die ultimative Frage lautet natürlich auch: Warum wachsen die Haare an den unmöglichsten Stellen, wo kein Mensch vernünftig hinkommt, ohne sich zu verrenken oder sich zu schneiden?

Na ja, egal, jedenfalls musste ich mir Gedanken machen, wie ich Mr. »Ich-habe-dich-nackt-gesehen« nicht begegnen müsste. Inge beendete meinen Gedankengang:

»Du möchtest doch sicher mit uns frühstücken, oder? Ich habe dir schon einen Teller hingestellt.« Sie deutete mit ihrem Löffel auf den hübsch dekorierten Tisch. Freundlich lächelte sie mich an, während sie Spiegeleier in der Pfanne wendete. Wäre mir die Situation im Badezimmer nicht so peinlich gewesen, hätte ich dieses Angebot kaum ausgeschlagen.

Ich liebe nämlich Essen. Nichts, aber auch gar nichts finde ich toller als Essen. Fast nichts, denn zugegebenermaßen würden mir doch ein oder zwei Dinge einfallen, die besser wären, aber dazu bräuchte ich leider einen Mann oder zumindest einen Vibrator.

Beides stand gerade nicht zur Verfügung und nach Lage der Dinge musste ich schnellstens hier raus, bevor ich ihren Sohn kennenlernen konnte.

»Tut mir leid, Inge, ich muss los. Vielen lieben Dank für alles. Ihr seid wirklich sehr nett zu mir gewesen, mich einfach so aufzunehmen. Das macht nicht jeder.«

»Aber Marie, du bist jederzeit willkommen. Du warst ein angenehmer Gast, und du bist so ein liebes Mädel!«

»Komm uns halt einmal besuchen«, schloss sich Klaus an, der gerade seinen Kopf zur Tür hereinsteckte. »Halt uns auf dem Laufenden!«

»Vielen lieben Dank für alles«, sagte ich auch zu ihm. »Das werde ich nie vergessen, und ich werde mich revanchieren. Es tut mir leid, wenn ich euch irgendwelche

Umstände gemacht habe.«

Klaus winkte nur ab, als ob es selbstverständlich wäre, und ich schloss daraus, dass ich gerade mal wieder Unsinn redete.

»Hier hast du noch zwanzig Euro, damit schaffst du es bestimmt bis nach Hause.« Kaum hatte er den Satz ausgesprochen, hatte ich auch schon das Geld in der Hand. Beschämt nickte ich, und plötzlich drückte mich Klaus und mir kullerten schon wieder die Tränen. »Ach, Mädchen, das wird schon wieder«, munterte mich Inge auf und schob mir noch schnell ein Sandwich in die Hand.

Nachdem ich mich nochmals bedankt hatte, verabschiedete ich mich. Klaus versetzte meinem Auto mit seinem Ersatzbenzinkanister den nötigen Schub. Er hatte es schon vom Parkplatz abgeholt, als ich noch schlief. Diese Menschen waren meine rettenden Engel. Als ich losfuhr, rief mir Inge hinterher, dass ich ihren Sohn unbedingt mal kennenlernen müsse.

»Ja, bestimmt nicht«, dachte ich nur, lachte in den Rückspiegel und winkte ihnen zum Abschied.

8. Up and Down

Mal hoch, mal runter
Und Kopf unter
Raus aus`m Wasser
Luft holen!

Im Auto liefen mir schon wieder die Tränen. Meine pessimistischen Gedanken kehrten zurück. Sie klopften an wie ein ungebetener Gast, der seinen Fuß zur Tür hereinsteckt, wenn man gerade dabei ist, sie zuzuschlagen.

Wieso können Männer ihre Gefühle immer beherrschen? Warum können sie nicht einfach mal den gewünschten Romeo spielen? Ich nehme schwer an, dass bei ihnen die Casanova-Version statt der Pretty-Woman-Variante einfach fest einprogrammiert ist. Was würde es wohl kosten, Männer umzupolen? Es gäbe immerhin ein Werkzeug: sein bestes Stück. Richtig, seinen Schwanz. Man müsste ihn einfach vom Mann trennen, um die Emotionen und natürlich auch die richtige Software freischalten zu können. Warum brauchen wir Männer? Warum? Nur um Kinder zu bekommen? Nein, wir wollen schließlich auch ein wenig Spaß haben. Aber dieser Spaß ist dann auch nicht mehr spaßig, wenn man morgens schon wieder die Latte im Rücken spürt. Und das, obwohl man ihn schon die halbe Nacht mit diversen Spielchen vergnügt hat. Man bekommt das gute Stück meistens liebevoll in den Rücken gerammt. Es spricht dann mit einem:

»Nimm mich, hier und jetzt! Ich bin dein Gebieter, und ich bin scharf auf dich!« Können die Kerle nicht einfach aufs Klo gehen, pinkeln und sich wieder schlafen legen?

»Are you ready to rock?”
»No, I’m ready to sleep.”
»Thank you very much, next time.«

Dass ich Sex liebe, steht außer Frage. Ja, im Ernst! Und manchmal habe ich richtig Spaß dabei und muss keinen Orgasmus vortäuschen. Aber nach einer durchgemachten Nacht, und damit meine ich drei bis vier Höhepunkte, könnte das kleine hässliche Würstchen wegen mir auch gerne mal eine Ruhepause einlegen!

Mit der Zeit musste ich lernen, dass Männer immer oder zumindest eine Million Mal öfter können. Ob in der Dusche, im Wohnzimmer, im Schlafzimmer, im Esszimmer, in der Speisekammer, im Zug, im Flugzeug, im Wald, im Auto, auf öffentlichen Toiletten (igitt, igitt), in Schwimmbädern und so weiter. Männer können immer und überall, egal wie dreckig und muffelig es an diesen Orten sein mag. Wenn‘s Hösle juckt, dann ist alles andere vergessen, und ist Druck im Schlauch, dann wird gepoppt, bis es raucht. Es nervt einfach, dass sie immer wollen und auch immer können. Reicht es nicht einmal in der Woche oder im Monat? Muss Sex überhaupt sein?

Die Antworten lauten ja und nein: Würde es nur nach uns Frauen gehen, dann bräuchten wir nicht unbedingt Sex. Im Schnitt würde ein bis zweimal im Monat völlig reichen. Natürlich gibt es auch die Männer-Frauen. Männer-Frauen sind Frauen, bei denen sich das entscheidende Chromosom nicht entscheiden konnte, ob es ein Mann oder eine Frau wird. Meine Theorie ist, dass diese Frauen zu viel Testosteron haben und dadurch öfter diesen Drang nach Sex verspüren als die Otto-Normal-Frau. Ich glaube, dass ich zu den Otto-Normal-Frauen gehöre, wenn ich nicht gerade meine sportlichen Tage habe. Das sind dann meistens die, an denen ich meinen Eisprung habe und alles und jeden packen könnte; manchmal passiert das auch an anderen Tagen. Aber an diesen anderen gibt es keinen Sex, denn schließlich stechen Männer nicht gerne ins rote Meer und abgesehen davon, würde es eine ziemliche Schweinerei geben, und das muss nun nicht unbedingt sein.

Am allerbesten ist es, wenn man geduscht ist und aus jeder erdenklichen Öffnung frisch duftet. Hygiene ist mir sehr wichtig. Ich mag keine Männer, die nach Schweiß, Pipi und anderen undefinierbaren Gerüchen müffeln. Gepflegte Männer sind Mangelware, aber ich habe gehört, dass es auch davon irgendwo noch ein paar Exemplare geben soll. Ich muss nur Geduld haben.

Die Sache hat ihre Tücken, denn es dauert meist ein paar Jahre, bis solche Männer begreifen, dass sie mit den falschen Frauen verheiratet sind. Bis sie dann geschieden sind, ist man selber schon reif fürs Altersheim.

Viele Männer können sich einfach nicht entscheiden. In Liebesangelegenheiten schon gar nicht. Außer, es geht darum, die falschen Entscheidungen zu treffen und Schluss zu machen oder ihre Frau zu betrügen, dann sind sie ganz groß dabei. Auch den Satz:

»Lass uns doch Freunde bleiben!« halte ich für zweifelhaft. Was sagt dieser Satz schon aus? »Es liegt nicht an mir, es liegt an dir.« Und wie lange halten solche Exfreund-Freundschaften? Meine Theorie: Bei über 90 Prozent klappt es nicht. Warum sollte ich gerade zu den glücklichen auserwählten Frauen gehören, die sich zu den restlichen zehn Prozent zählen können? Nein, ich glaube, im Schnitt schaffen es wahrscheinlich sage und schreibe fünf Prozent und die anderen fünf treffen sich ab und zu, weil sie niemanden finden können oder weil sie ab und zu noch Sex miteinander haben.

Während ich so über das alte Mann-Frau Thema grübelte, lief im Radio mein aktuelles Lieblingslied: »Like the way I do« von Melissa Etheridge. Ein großartiger Song. Ich liebe ihre Musik. Sie stellt ihre Gefühle immer so kraftvoll dar. Ich beschloss, eine Pause einzulegen. Mein Oberteil war schon wieder ganz nass geweint.

»Ich werde jetzt nicht mehr weinen!« nahm ich mir trotzig vor. »Kein Mann ist es wert, dass um ihn getrauert wird. So, Punkt, aus, finito, se acabó!«

Ich musste aus dem Auto raus, ich brauchte frische Luft. Nachdem ich ein Plätzchen zum Halten gefunden hatte, stieg ich aus. Ein Spaziergang war genau das, was mir guttat. Schuhe ausziehen und die Freiheit barfuß genießen!

Ich hatte ein Bild vor Augen: Ein junges Mädchen hüpft unbeschwert über die Wiese, lacht und lässt sich ins hohe Gras fallen. Genau das wollte ich auch tun, und obwohl ich es ein wenig peinlich fand, sprang ich los. Die Wiese war nicht so bunt wie die in meiner Vorstellung. In meinem Kopf wimmelte es von rotem Mohn, blauen Glockenblumen und Margeriten, auf meiner realen Wiese langweilten sich einige mickrige Gänseblümchen und Pusteblumen. Sie flogen und wirbelten umher, wenn ich sie mit meinen Füßen streifte.

Immerhin, die Pusteblumensamen ließen die Wiese in einem herrlichen Weiß erscheinen. Es schaute fast aus, als ob es schneite. Das Ganze wirkte sehr idyllisch, wie in einem Liebesfilm. Langsam fand ich die Welt gar nicht mehr so schlimm. Ich konnte mich sogar richtig freuen. Gerade eben flatterte ein Schmetterling vorbei. Die Sonne schien und ließ jeden Baum, jede Blume und jede Pflanze in allen Farben leuchten. Es war schön, hier zu sein! Die Wärme, die ich empfand, war unbeschreiblich. Ein »Sonntag« im wahrsten Sinne des Wortes. Alles strahlte und lächelte mich an. Ich war nur noch umgeben von Licht. Ich spürte keinen Hass, keinen Rachedurst und keinen Neid, ließ mich von positiven Gedanken leiten und war einfach nur glücklich.

Am Montagmorgen war von dieser Leichtigkeit nichts mehr zu spüren. Spätestens als ich auf meine Uhr schaute:

»Ach, du meine Güte!« rief ich. »Verschlafen! Meine Chefin wird mich lynchen!« Im Grunde wäre es mir auch recht gewesen, wenn sie mich direkt umgebracht hätte, denn dann hätte ich mir jedenfalls keine Gedanken um eine neue Arbeit machen müssen.

Das Anziehen geschah wie in Trance. In der Reinigung angekommen, spürte ich schon an der Ladentür, wie mein kompletter Brustkorb vor lauter Rennen schmerzte. Es war ein Tag, an dem man sich wünscht, gar nicht aus dem Bett gestiegen zu sein. Frau Meier, die hinter dem Annahmetresen stand, warf mir einen mitleidigen Blick zu. Oje! War das jetzt ein »Du-tust-mir-leid-da-du-gleich-gekündigt-wirst-Blick« oder eher nur ein »Du-tust-mir-leid-Blick«? Ich hätte jetzt am liebsten meinem Namen alle Ehre gemacht und mich sonst wo verkrochen, aber auf dem Weg zu Frau Beißers Büro fand ich kein menschengroßes Loch, in das ich mich hätte verkrümeln können.

Frau Beißer, meine Chefin, besser gesagt meine Noch-Chefin, konnte manchmal auch nett sein. Immer dann, wenn sie mit ihrem Freund am Wochenende mal wieder ordentlich … ein Gespräch gehabt hatte. Dies merkten wir Angestellten immer daran, dass sie freudestrahlend und voller Tatendrang ins Geschäft kam. Dann wussten wir, dass bei ihr am Wochenende der Bär gesteppt hatte.

Ich hoffte inständig, dass besagter Bär letztes Wochenende zu Besuch war, denn andernfalls musste ich jetzt mit dem Schlimmsten rechnen.

»Frau Maus, setzen Sie sich!« Der Tonfall klang schon mal nicht gut. Ich fühlte mich wie ein Schulkind, das etwas ausgefressen hatte. Ich setzte mich auf den pinkfarbenen Stuhl vor ihrem Schreibtisch. Ich fand, meine Chefin hatte ihr kleines Büro stilvoll eingerichtet: Die Wände grün-orange gestrichen, dazu gab es gelbe Vorhänge. Es wirkte bunt und lebensfroh.

»Mal sehen, ob ich das Zimmer auch lebensfroh wieder verlasse«, dachte ich. In Gedanken legte ich mir schon Sätze zurecht: »Frau Beißer, es tut mir leid, ich hatte einen Autounfall … Frau Beißer, meine Oma liegt im Krankenhaus und meine Katze hat Durchfall bekommen …«

Nein, ich beschloss, ihr die Wahrheit zu sagen: dass mit Nick Schluss war, ich mich verfahren und letztendlich heute verschlafen hatte … Ich wurde abrupt aus meinen Gedanken gerissen.

»Frau Maus, abgesehen davon, dass Sie zu spät gekommen sind und ihr Freund Sie bereits vor einem halben Jahr verlassen hat, wollte ich Sie fragen, ob Sie in den

Schönheitssalon wechseln wollen. Sie wissen ja, dass das mein zweites Standbein ist. Ich brauche dort eine sympathische und gewissenhafte Kraft an der Rezeption. Die Kunden waren hier am Wäschetresen sehr zufrieden mit Ihnen, deshalb würde ich Sie gerne drüben im anderen Geschäft einplanen. Eine zuverlässige Mitarbeiterin ist schwanger geworden, und ich brauche jemanden, der es versteht, die Belange der Kundinnen richtig einzuordnen. Trauen Sie sich das zu? Die Dame, die in die Babypause geht, würde Sie noch vier Wochen lang einarbeiten. Sie würden 150 Euro mehr bekommen. … Was sagen Sie zu dem Angebot? … Frau Maus? Frau Maus, geht's Ihnen gut?«

»Hallo! Kann mich mal jemand kneifen?« dachte ich. »Nach all den Pannen, die mir passiert sind, kaum zu fassen!« Das Blatt hatte sich gewendet.

»Frau Maus, nun sagen Sie doch, ob Sie den Job möchten oder nicht!«

»Ja, ja, ja, ja und nochmal ja, Frau Beißer, ich will den Job!« jubelte ich.

»Dann dürfen Sie zur Feier des Tages jetzt nach Hause gehen und sich einen schönen Tag machen. Nach all dem, was Frau Meier mir da erzählt hat, können Sie ein bisschen Ruhe sicher gut gebrauchen. Und wenn ich Ihnen einen Rat geben darf: Vergessen Sie den Idioten! Für Sie kommt schon noch der Richtige. Den Vertrag unterschreiben Sie dann morgen. Schönen Tag, Frau Maus.«

»Danke! Ihnen auch, Frau Beißer, und nochmals vielen Dank für das Angebot. Bis Morgen!« Mehr fiel mir nicht ein. Kopfschüttelnd schloss ich die Tür und schnaufte, als ob mir ein riesiger Stein von Herzen genommen wäre. Ich war baff, geschockt, perplex. Endlich war ich mal wieder positiv überrascht worden. Heute schien vielleicht doch mein Glückstag zu sein.

»Alles in Ordnung, Marie?« fragte mich Frau Meier.

»Oh ja, alles ist gut«, entgegnete ich und gab ihr einen Riesenknutscher auf die Wange. »Bis morgen!«

Es ist doch einfach unfassbar, wie das Leben spielen kann: In einem Moment weint man und hasst die ganze Welt, und im nächsten ist man völlig hin und weg von der wohligen Wärme des Schicksals, das einen umgibt und immer wieder einen Schritt nach vorne schubst, während es einem zuruft: »Na los, geh deinen Weg, auf was wartest du?« Dieses Glücksgefühl könnte man mit einer vollen Nougatschachtel vergleichen. Es ist ein Kribbeln im Bauch, aber es ist kein Verliebtheits-Kribbeln, es ist vielmehr ein »Ich-bin-glücklich-Kribbeln«. Warum ich das mit einer Nougatschachtel verbinde? Ganz einfach, Nougat ist Perfektion! Ich liebe Nougatpralinen über alles. Ich würde sogar meine Ex-Schwiegermutter für eine Schachtel Nougatpralinen verkaufen.

Nicks Mutter hätte ich zugegebenermaßen auch freiwillig verschenkt. Sie war einfach nur ein biestiger Drachen, dem man nichts recht machen konnte. Aber egal, diese Drachen-Zeiten waren ein für alle Mal vorbei. Ich ließ mir von nichts und niemandem diese Stimmung verderben.

Nicht einmal von dem Knöllchen, das an meinem kleinen Flitzer klebte. Das war heute alles kein Problem, denn mit dem Extra-Geld von Frau Beißer konnte ich den Zettel locker bezahlen und zusätzlich mein Auto monatlich weitere fünf Male falsch parken. Vom Rest würde ich eine Rate von der Hochzeit abbezahlen. Und sollte ich den Job einige Jahre behalten, dann wäre ich ungefähr in zehn Jahren schuldenfrei.

Gut, das war jetzt übertrieben. Ein Jahr würde es aber bestimmt dauern. Gute Voraussetzungen! Ab sofort konnte alles nur noch besser werden.

»Die alte Marie-Louise ist zurück, haltet euch fest! Ich werde mich nicht mehr so leicht aus der Bahn werfen lassen, von niemandem! Auch nicht von … Wie hieß er doch gleich nochmal? Nick? Nicht einmal von ihm!«

Zu Hause angekommen, sah die Situation schon wieder anders aus. Ich musste mich am Türrahmen festhalten, um nicht ein zweites Mal umzufallen. Nick war da gewesen. Er hatte meine Wohnung in ein leeres Zuhause verwandelt und fast alle Möbel mitgenommen, die bei mir hätten bleiben sollen. Zumindest war es so abgemacht gewesen. Wo unser Garderobenschrank gestanden hatte, tummelten sich Staubflusen auf dem Boden. Auf der kahlen Wand dahinter kamen überall weiße Flecken zum Vorschein. Meine Schuhe hatte er alle schön auf dem Parkettfußboden verteilt; er hatte sie einfach rausgeschmissen. Nur die Pinnwand, die Schuhe und die Spinnweben, die hatte er mir gelassen.

Im Wohnzimmer sah es nicht besser aus. Nick hatte mir nur unseren hellen Buchentisch stehen lassen. Ansonsten war auch hier alles weg. Von der Kuschelcouch und dem Fernseher war nichts mehr zu sehen. Ich wagte es kaum, einen Blick ins Schlafzimmer zu werfen. Als ich es betrat, stockte mir der Atem. Wo unser Rattanbett gestanden hatte, lag eine blaue Luftmatratze. Was für ein gemeiner Arsch, wie konnte er mir das nur antun?

Auf der Matratze fand ich eine Notiz:

Ich habe mir das genommen, was Du mir an Schaden angerichtet hast. Damit meine ich meine Klamotten. Aber damit Du nicht auf dem Boden schlafen musst, habe ich dir eine Matratze besorgt. Solltest Du noch Sachen von mir finden, was ich bezweifle, dann kannst Du sie in den Blauen Falken bringen und Susanne geben. Happy Birthday, mein Geschenk an Dich.

Woooaarr! Ich glaubte es nicht.

»Zwickt mich hier mal jemand!« schrie ich in meine leeren Zimmer hinein. Leider ohne Erfolg! Die Einzigen, die Antwort gaben, waren die Staubflusen, die herumwirbelten und sich in den Räumen verteilten. Wie konnte ein Tag, der so gut angefangen hatte, eine derartige Wende nehmen? Das Leben war unsagbar gemein.

Ich hasste ihn! Nein, ich liebte ihn noch immer. Im ersten Moment hatte mir die leere Wohnung zugesetzt, aber die Leere, die Nick in meinem Herzen hinterließ, war viel schlimmer. Meine Gefühle fuhren Achterbahn und ich konnte mich nicht entscheiden, ob ich ihn hasste oder letztendlich aus tiefstem Herzen liebte. Gefühle sind schon eine komische Angelegenheit, und wenn man nicht unbedingt in Ausnahmesituationen geraten würde, könnte man glatt behaupten, sie nicht zu besitzen. Aber dann klopfen sie plötzlich an deine Tür und erinnern dich, dass im Leben mal etwas nicht glatt gelaufen ist.

Mein aktuelles Gefühl hieß Liebeskummer. Und das ist das beschissenste überhaupt. Es ist ein Gefühl, ohne den Anderen nicht auskommen zu können. Und dieses

Gefühl lässt leider nicht Tag für Tag nach, nein, es wird immer schlimmer und unangenehmer. Es wird immer stärker, bis man meint, ohne den Anderen nicht existieren zu können.

Ich wollte nur heulen, mich ins Bett kuscheln, einschlafen und neben ihm wieder aufwachen. Dazu würde dann eine Kuschel-CD eingelegt werden, und ich könnte locker mit ihm einen neuen Pazifik ergründen. Warum kann der Andere nicht genauso fühlen? Warum leidet er nicht unter der Trennung? Wieso kann man die Liebe nicht festhalten, wenn sie einen umgibt? Warum war meine Liebe nicht stark genug, um ihn zu halten? Ich liebte diesen Menschen. Für unsere Liebe hätte ich alles getan. Ich wollte lieben, ich wollte Liebe schenken, ich wollte Liebe ernten. Für ihn hätte ich sogar den Mond vom Himmel geholt und die Sterne neu konfiguriert. Ich hätte die Sahara in einen tropischen Regenwald verwandelt, den Regenwald in ein Paradies und dieses Paradies dann zu unserem gemacht.

Liebe ist wie eine zarte Blume: Wenn man sie nicht hegt und pflegt, verwelkt sie und wird nie wieder blühen. Nur wenn man sich um sie sorgt, blüht sie und wird immer wieder blühen. Für mich war diese Blume noch nicht verblüht, sie würde in meinem Herzen weiter blühen. Die Liebe war für mich das schönste Geschenk, das man nur bekommen konnte. Jemanden zu lieben, seinen Seelenpartner gefunden zu haben, das musste der Sinn des Lebens sein.

Aber was machte ich bloß ohne diesen Seelenverwandten? Ich wollte ausbrechen, frei sein von Konventionen und tristem Alltag, wollte glücklich sein, Sternschnuppen zählen, am Strand liegen und mich ab und zu auch über Regentage freuen.

»Ein Leben ohne Liebe ist kein Leben«, sagte meine Oma immer zu mir, und sie hatte damit verdammt nochmal recht. Manche Menschen schätzen diese Stunden nicht, weil sie die Wichtigkeit des Zusammenseins aus den Augen verloren haben. Im Gegenteil, es wird dann oft über Lappalien gestritten und kleine Nichtigkeiten zerstören die wertvollen Momente.

Wenn ich die Möglichkeit gehabt hätte, die Zeit zurückzudrehen, hätte ich viele Chancen besser genutzt, intensiver gelebt und mich über die kleinen Dinge des Lebens gefreut, denn das sind die wahren Schätze des Lebens. Ein bloßes Lächeln kann alles verändern. Mit einem Lächeln kann das Eis brechen, egal wie dick die Eisschicht vorher gewesen sein mag.

Ich hatte noch vieles mit Nick gemeinsam machen wollen: Einen Salsa-Kurs, Liebe auf dem Eiffelturm, sich heimlich durch den Hintereingang ins Kino schleichen, den Mount Everest besteigen und einen Stern kaufen. All diese Dinge hatten wir auf unsere gemeinsame To-do-Liste geschrieben. Selbst tauchen hatten wir lernen wollen, um die versunkene Stadt Atlantis zu finden. Tolle Sachen waren in Planung gewesen.

Jetzt stand ich alleine da. Ich wollte leben und Liebe machen, sooft und wann mir danach zumute war. Ich wollte alles aus meinem Leben herausholen. … Nach Lage der Dinge musste das aber wohl oder übel ohne Nick angehen. Gut, nicht zu ändern.

»Heute werde ich nicht mehr traurig sein«, redete ich mir deshalb ins Gewissen. »Ich werde ausgehen, tanzen und Spaß haben. Ich werde die nächsten 1000 Jahre meine Hochzeitsschulden abbezahlen, und ich werde mein Leben wieder in den Griff bekommen. Wäre doch gelacht, wenn ich das nicht schaffe! Ich bin Marie-Louise Maus, die Frau, die sich von der Männerwelt nicht mehr veräppeln lässt. Die Männer werde ich verführen und ausnutzen, ich werde meinen Spaß haben und ab sofort auf niemanden mehr Rücksicht nehmen!«

Mit wilder Entschlossenheit wählte ich Fabiennes Nummer. Nach einigen Sekunden der Stille kam immer noch kein Ton. Seltsam! Die Kabel waren alle angeschlossen und die Rechnungen bezahlt. Dachte ich jedenfalls. Oder hatte ich die letzte Mahnung übersehen? Jetzt fiel es mir wieder ein: Die Rechnungen und Mahnungen lagen unter den Brautmoden-Katalogen in meinem Auto. Na super!

Ich machte mich auf die Suche nach meinem Handy. In der Küche war es nicht und auch nicht im Schlafzimmer. Ich rannte ins Badezimmer, wo ich meine Tasche zuletzt hingestellt hatte, aber auch da war es nicht. Blieb nur noch das Auto. Da musste es sein! War es aber nicht. Ein leichtes Panikgefühl klopfte an. Hatte ich es verloren? Das wäre dann Handy Nummer drei. Nummer eins hatte ich verloren und Nummer zwei war mir in die Badewanne gefallen. Gott sei Dank hatte ich aus meinen Fehlern gelernt und nur noch Prepaid-Handys zum Aufladen gekauft. Es ist zwar ärgerlich, wenn man sein Handy alle zwei Tage aufladen muss, weil man wieder zu lange gequasselt hat, aber was will man machen? Wenn es eine Versicherung gäbe, die Schusseligkeit versichert, dann wäre ich die Erste, die eine abschließt.

Egal. Ich wollte mich amüsieren und flirten ohne Ende. Ganz gleich, ob ich mein Handy wiederfand oder nicht. Würde ich eben zu Fabi und zu Lena fahren und sie direkt fragen, ob sie Lust hätten, mich zu begleiten.

9. Die Latino-Bombe

Knallkörper mit Zündstoff
Hochexplosiv
Brennende Lunte
Oder Fehlzündung?

Eine Stunde später waren Lena, Fabi und meine Wenigkeit schon auf der Piste. Ausgerüstet, aufgedonnert und fast ein wenig overdressed starteten wir in den Abend. Wir einigten uns auf unsere Lieblingsbar, eine Salsa-Bar. Sie lag mitten in der Fußgängerzone von Nürnberg. In dem Laden waren grundsätzlich alle Mädels overdressed. Die Brüste mehr als hochgeschnallt, die Miniröcke eher breite Gürtel und die Heels higher als Mount Everest und Mont Blanc zusammen. Für Männer schlichtweg ein Traum, weswegen es hier nicht an Typen mangelte. Leider musste man die Spreu vom Weizen trennen, was bedeutete, nüchtern zu bleiben, um die verschiedenen Kategorien Mann auseinanderhalten zu können:

Kategorie uno (1): Der Prolo-Fitness-Typ. Er kann nicht tanzen, ist nur auf einen One-Night-Stand aus und sieht zudem auch noch total affenartig aus. Damit meine ich die Goldkettchen, die in der viel zu haarigen Brust beinahe verschwinden. Ein weißes Hemd und eine eng anliegende Hose zeichnen ihn aus.

Kategorie dos (2): Die hübschen Latinos, die tanzen können, dich aber mit keinem Blick würdigen, weil sie genau wissen, wie gut sie aussehen und was – vor allem wen – sie alles haben können. Sie bevorzugen in der Regel Blondinen!

Kategorie tres (3): Die etwas pummeligen Latinos, die zwar tanzen können, dann aber auch gleich deine Nummer haben wollen und dich mit ihren Ausdünstungen nach dem dritten Tanz vertreiben.

Kategorie cuatro (4): Gutaussehende Männer, die dich bei Gelegenheit ansprechen, mit dir tanzen und sich mit dir treffen, bei denen man aber gleich merkt, dass etwas fehlt, nicht stimmt oder nicht richtig läuft. Damit meine ich gelbe Zähne, Mundgeruch, Selbstverliebtheit, Schusseligkeit oder einfach nur einen IQ unterhalb von … reden wir nicht drüber.

Zu mir kamen grundsätzlich immer Männer der Kategorien drei oder vier, da gab es keine Ausnahmen. Halt, eine Kategorie hab ich noch vergessen:

Kategorie cinco (5): Verheiratete gutaussehende Männer, die mit ihren Frauen unterwegs sind, manchmal auch alleine, und denen es wirklich nur ums Tanzen geht. Dieser Typ kommt aber eher selten vor!

Manche der süßen lateinamerikanischen Chicos in dieser Bar waren ein echter Hingucker. Den einen oder anderen hätte ich am liebsten eingepackt und mit nach Hause genommen. Die braune Haut und das schöne Gesicht, dunkle Augen … rrrrrr. Mein Höschen hüpfte schon im Dreieck, wenn ich an solche Männer nur dachte. Mir wurde heiß und kalt zugleich.

Leider standen die meisten dieser Männer wie oben schon erwähnt auf blond. Was bedeutete, dass zuerst Lena angemacht wurde und ich sozusagen nur die zweite Wahl darstellte. Ich konnte ihnen da schlecht einen Vorwurf machen. Sie wollten halt mal etwas Anderes erleben als daheim in ihren südlichen Ländern. Dass ich nicht ganz ihrem Beuteschema entsprach, hatte ich meiner dunklen Lockenpracht zu verdanken. Beim oberflächlichen Scannerblick der Kerle war ich damit durchgefallen. Das bedeutete, dass ich nur durch meinen Hüftschwung glänzen konnte und den hatte ich richtig drauf. Zumindest hatte mir das mal ein Latino der Kategorie 3 gesagt:

»Bailas como una Latina«, was so viel heißt wie: »Du tanzt wie eine Latina.« Jedenfalls kann ich meinen Allerwertesten taktvoll schwingen und auch beim Ausdruckstanz glänzen. Ausdruckstanz bedeutet für mich, alleine zu tanzen und die Welt um mich herum zu vergessen, die Musik zu spüren und zu tanzen, als ob ich von niemandem beobachtet würde. Das löst bei mir Glücksgefühle aus.

An besagtem Abend hatte ich es aber kaum nötig, allein zu tanzen, denn es fanden sich einige echt tolle Typen in der Salsa-Bar. Zum Beispiel ein Kolumbianer, der mit einer ekelhaft dünnen und gutaussehenden Blondine tanzte. Sie trug einen schwarzen Minirock beziehungsweise Gürtel von nicht einmal 20 Zentimetern Breite und dazu ein beigefarbenes Top mit Ausschnitt bis zum Bauchnabel. Dass sie heute Abend mehr wollte, war nicht zu übersehen. Dieser Kolumbianer, ihr Tanzpartner, sah aber auch rattenscharf aus: Schwarze kurze Haare, ein Minibärtchen, haselnussbraune Augen. Er war mittelgroß, muskulös und konnte tanzen! Sprich, er war mit Sicherheit auch gut im Bett. Warum ich wusste, dass er Kolumbianer war? Keine Ahnung! Ich mag Leute aus Kolumbien. Ich wünschte, ich hätte mit dieser Barbie tauschen können. Oh Mann, wie er sie herumführte … Einfach nur der Wahnsinn! Er tanzte toll, wohingegen sie überhaupt nicht tanzen konnte. Was aber nicht weiter schlimm war, da ein guter Tänzer immer die Führung übernehmen kann. Mir blieb fast die Spucke weg. Lena riss mich aus meinen Gedanken.

»Marie-Louise? Hallo? Kannst du den Mund wieder zu machen? Wen gaffst du denn an?«

»Ach, niemanden«, log ich.

»Das sieht doch ein Blinder, dass da etwas im Busch ist. Komm, erzähl es mir! Wen starrst du an?«

»90 Grad nach links«, rutschte es mir heraus. »Ach Lena, ich liebe Latinos.«

»Hm, ich weiß, Marie. Die können einfach besser tanzen und haben auch mehr Sexappeal.«

»Ja, kenne ich aus meinem Sprachurlaub. Weißt du noch, als ich für vier Wochen nach Madrid geflogen bin? Da haben mich die Spanier für eine Spanierin gehalten und mich ständig auf Spanisch angequatscht.«

»Ich erinnere mich. Wie war das? Du konntest doch kein Wort Spanisch!«

»Ach, auch die Musik hier erinnert mich an diese Zeit. Ich bin runter geflogen, hab in einer Studenten-WG gewohnt. Das war die beste Zeit meines Lebens.«

»Erzähl!«

»Na ja, vor allem hab ich was über Land und Leute gelernt. Anfangs verstehst du natürlich wenig, aber der Intensivkurs hat viel gebracht. Wir durften nur Spanisch sprechen. Deutsch übersetzen oder ein paar Brocken auf Englisch reden war da nicht drin. Die wichtigsten Wörter habe ich gleich zu Beginn gelernt: Te quiero - ich liebe dich, buenos dias - guten Tag, gracias - danke, de nada - keine Ursache.«

»Und, konntest du dich dann verständigen?«

»Ging so. Ich bin ganz gut mit dem Grundwortschatz zurechtgekommen.«

Fabi interessierte etwas anderes:

»Wie war es mit den Männern? Oder willst du uns das Wichtigste vorenthalten?«

»Na ja, für einen Flirt hat mein Spanisch gereicht. Ich liebe Spanien, die Menschen, das Essen, das Wetter, einfach alles! Mit 52 Kilo bin ich damals runter und mit 57 bin ich nach Hause gekommen. Und das in nur vier Wochen! Könnt ihr euch das vorstellen?«

»Ein paar Pfunde mehr können dir nicht schaden«, lächelte mich Lena an und gab mir einen Klaps auf den Hintern.

»Aber wir hatten auch eine super Köchin in der WG. Sie hieß Flora. Ich liebte ihr Essen. Es gab fast jeden Tag Tortillas, Paella und überall, wohin man ging, konnte man Tapas kaufen.«

Erinnerungen kehrten zurück. Ich war damals in ein fremdes Land gegangen und hatte nichts darüber gewusst. Ich hatte keine Ahnung gehabt, was alles auf mich zukommen würde. Ich hatte null Spanisch gesprochen und dementsprechend wenig verstanden. Die ersten paar Tage waren anstrengend gewesen. Der Sprachkurs allerdings war total günstig und brachte viel. Nach vier Wochen machten wir einen Test. Ich war Drittbeste. Manchmal ist es gut, sich einfach auf ein Abenteuer einzulassen.

Dass ein guter Abschluss im Spanischkurs nicht vor Peinlichkeiten bewahrt, ist eine andere Sache. Wir saßen mal in einem Restaurant. Der Kellner fragte mich, was ich denn gerne essen wollte. Ich sagte:

»Me gusta mucho el polla«, was meiner Meinung nach die richtige Übersetzung für »Ich mag das Hühnchen sehr gerne« war. Kaum hatte ich den Satz zu Ende gesprochen, schauten sich der Kellner und meine Verabredung an und brachen in lautes Gelächter aus. Dann fragten sie mich erneut, was ich gerne essen wollte. Ich wiederholte meinen Satz. Ich war mir meiner Sache jetzt nicht mehr sicher. Dem Kellner schossen Lachtränen in die Augen. Was sollte das? Ich entriss dem Kellner die Speisekarte und zeigte aufs Huhn. Der Kellner verkniff sich einen erneuten Lachanfall und verschwand. Alejandro, meine Begleitung, erteilte mir dann eine Spanisch-Stunde, die ich nicht so schnell wieder vergessen sollte. Er erklärte mir, was polla bedeutet. Ich hatte die Endungen der Wörter verwechselt: »pollo« bedeutet Hühnchen und »polla« … Alejandro sprach es nicht aus, kniff die Augen zusammen und deutete auf sein bestes Stück! Seitdem habe ich nie wieder auf Spanisch Hühnchen bestellt.

»Marie, sei mir nicht böse, aber ich bin müde und gehe jetzt nach Hause«, gähnte mir Fabi nach einer Weile entgegen.

»Kein Problem. Schön, dass du mit dabei warst.« Fabi hatte eigentlich gar keine Lust gehabt, heute mitzukommen. Die Schichten im Krankenhaus schlauchten sie. Wenn ich davor fast fünfzehn Stunden gearbeitet hätte, wäre ich am Abend mit größter Wahrscheinlichkeit auch müde gewesen. Lena hingegen, die Steuerfachangestellte, war immer zum Weggehen zu animieren. Ich gab Fabi zwei Küsschen, und sie hopste in Richtung Ausgang.

Lena tanzte. Ein schnuckeliger Latino flirtete mächtig mit ihr. Rrrrrr! Nach einer Stunde war ich dann doch nicht mehr so wählerisch und nahm den alten Latino der Kategorie 3, der mich zuvor schon mal gefragt hatte. Ich war schließlich zum Tanzen da und nicht, um mir einen Mann zu suchen. Richtige Lebensabschnittsgefährten findest du an solchen Orten nicht, höchstens etwas zum »Schnackseln«, quasi zum einmaligen Verzehr. Der Markt musste schon was äußerst Gutes anbieten, damit man es mit nach Hause nehmen wollte. Aber heute schien es hier kaum Frischware zu geben, dafür umso mehr ältere, verbrauchte Säcke.

Nee, danke! Da kauf ich mir lieber einen Vibrator und gönn' mir ab und zu neue Batterien. Dann kann ich wenigstens wann ich will und so oft ich will und wenn ich aufs Knöpfle drücke, hört es automatisch auf. Ich muss nicht lügen und sagen, dass ich Kopfschmerzen hätte.

Nach drei Stunden Tanzen kam auch bei mir die Müdigkeit. Lena hatte sich in der Zwischenzeit verabschiedet, da ihr Freund ihr über WhatsApp eine Szene gemacht hatte. Wenn klein Marcelilein anrief oder sich meldete, sprang Lena sofort. Wie ein braves Hündchen, das von seinem Herrn »Fressie Fressie« kriegt. Eifersucht ist schon etwas Schlimmes.

Zum Glück war ich nicht eifersüchtig. Ich hatte Nick immer seinen gebührenden Ausgang gelassen und rief dann auch nicht alle zwei Stunden bei ihm an.

Meine größere Sorge galt jetzt meinem Latino: Wie werde ich einen Typen los, der mir fast schon am Po klebt, dazu müffelt und erwartet, dass ich mit ihm die halbe Nacht durch vögele? Obwohl er richtig toll tanzte, konnten wir uns auf der Tanzfläche nie einigen, wer den männlichen Part zu übernehmen hatte. Ich tanzte zwar andere Salsa-Schritte als er, aber die waren mindestens genauso feurig und leidenschaftlich.

Egal. Ich hatte heute genug von Salsa und ertrug auch diesen penetranten Schweißgeruch nicht mehr. Komisch, dass man selbst nie mitbekommt, wie schlimm es um einen steht. Präziser gesagt, wie schlimm man(n) eigentlich stinkt.

»I need a break!« Mit diesen Satz wimmelte ich meine Kategorie drei auf der Tanzfläche letztendlich ab. Auf dem Weg zur Toilette fiel mir ein gutaussehender großer Latino auf. Boom, tschiki, wow-wow! Ein toller Hengst! Groß, schlank, Jeans, schwarzes Hemd, keine Goldkettchen und was noch viel wichtiger war: Das Hemd war nicht in die Hose gestopft. Seine dunklen Augen strahlten und hey, er lächelte in meine Richtung! Nein, ich musste geträumt haben. Aus dieser Kategorie hatte mich vorher noch nie einer angelächelt.

Sie kennen das sicher: Jemand nickt Ihnen zu und lächelt und Sie denken, Sie sind gemeint, aber in Wirklichkeit steht jemand hinter Ihnen und winkt dem anderen zu. Bevor mir das passiert, drehe ich mich lieber einmal um. So auch diesmal.

Es gab aber keine vollbusige Blondine hinter mir und im nächsten Augenblick stand er auch schon vor mir. Ich erschrak förmlich: Mr. Perfekt in Latino-Version in voller Lebensgröße. Oh, mein Gott! Ich merkte, dass sich etwas in meinem Höschen tat. Oje, hoffentlich wollte er jetzt nicht auch noch tanzen. Er streckte mir die Hand entgegen. Nahm ich sie an, dann standen meine Chancen gut, später am Abend wieder mal meine Beckenmuskeln zu bewegen. Nahm ich sie nicht an, dann würde ich mir das mein Leben lang nicht verzeihen, und ich könnte meinen Enkelkindern nicht berichten, mit was für Schnitten die Oma getanzt hatte. Damals! Als sie noch heiß und jung war und keine Cellulite-Ansätze und Winkfleisch hatte.

Also los. Mit einem Gegenlächeln nahm ich seine Hand und ab diesem Zeitpunkt lief alles wie in einem Film. Ich sah uns schon überall in meiner Wohnung Liebe machen. Unsere Kinder würden schwarze Locken und braune Augen haben, sie würden zweisprachig aufwachsen, und ich würde jeden Abend leidenschaftlichen Latino-Sex haben. Die Situation wäre deutlich besser als in »Dirty Dancing«. Mit einem Latino-Mann an meiner Seite könnte ich sogar auf einer Müllhalde tanzen und bräuchte keine Melone dazu. Alles, was um mich herum war, verschwamm. Er tanzte wie John Travolta und Patrick Swayze zusammen. Die Salsa-Musik wurde immer schneller, er wirbelte mich nur so herum und schmiegte sich an mich. Bald spürte ich aber nicht nur die feurigen Tanzbewegungen, sondern auch seinen Latino-Bären. Oh, mein Gott! Ich glaube, er war ready for action. Alleine nach dem zu urteilen, was ich von den Körperreibereien mitbekam, musste er schon extrem groß sein.

Im Grunde sind mir diese Reibereien ja total unangenehm. Schließlich reiben wir Frauen ja auch nicht unsere Vagina jedem x-beliebigen Mann in den Schritt, um ihn damit zu fragen:

»Hey, Baby, heut geht noch etwas, oder?«

Aber meine drei Mojitos entschärften die Situation. Nach einer halben Stunde Tanzen fragte er mich dann auf Englisch:

»How are you?« Nach seiner Aussprache musste er ein

waschechter Südamerikaner sein. Ich antwortete natürlich gleich auf Spanisch:

»Muy bien, gracias. Y tu?« Was bedeutet: »Danke, sehr gut, und dir?« Das war natürlich wieder ein folgenschwerer Fehler, da er mir jetzt in ferrari-schnellem Spanisch antwortete. Was macht Frau dann? Lächeln? Ich hätte es natürlich auch erneut mit der Sí-sí-Masche probieren können; hier ging es schließlich nicht um pollos und pollas … oder vielleicht doch? Was, wenn er mich verführen wollte? Jemand wie er musste doch Absichten haben, oder?

»Wahrscheinlich hat er sich schon eine Blonde reserviert, die er dann mit nach Hause nehmen wird«, sagte ich mir, aber die nächsten Sekunden sollten das Gegenteil beweisen. Geschickt tanzte er mich in die Ecke und nun gab es kein Entkommen mehr: Ich musste mich einfach küssen lassen, ich hatte keine andere Wahl. Ehrlich!

Sein Kuss war wild, leidenschaftlich und fordernd. Mit diesem Kuss ließ er alles in mir vibrieren, vom Kopf bis zum Fuß und von der Brust bis zum Venushügel. Alles bei mir war in Bewegung und verlangte einfach nach mehr. Dieser Mund, diese wunderschönen Augen, diese Tanzbewegungen, dieser tolle Mann … All das machte mich wahnsinnig. Ich war nicht mehr Herr meiner Sinne. Ich hätte ihn mit meinen drei Mojitos sofort geheiratet. Meine Gedanken überschlugen sich, als er sich an meinem Hals zu schaffen machte. Jetzt wäre ich gerne an einem gemütlicheren Ort gewesen. Bis dato war ich ein wirklich braves Mädchen gewesen. Noch nie, wirklich noch nie hatte ich je einen One-Night-Stand gehabt, und in einer Beziehung hielt ich mich auch anfangs immer zurück. Die ersten zwei Monate in einer neuen Beziehung war Sex für mich tabu. Außerdem spielte ich immer das »Hard-to-get-girl«. Immerhin machte ich mich dadurch interessant und die Männer rasend.

Wie dem auch sei, ich glaubte, dass ich an diesem Abend meine Ansichten über Bord werfen und neue Ozeane ergründen müsste. Ich würde nicht nein sagen, sondern meinen Spaß haben. Schließlich war ich Single und hatte jedes Recht dazu. Aber nichtsdestotrotz musste ich mir eingestehen, dass mir mein kleines Herzlein sonst wohin rutschte. Andererseits schrie mein Körper regelrecht nach Liebe. Nach Latinoliebe! Als er mir dann noch romantische spanische Liebesschwüre ins Ohr flüsterte, gab ich nach. Diesen Kampf hatte ich eindeutig verloren.

Woher ich wusste, dass es sich um spanische Liebesschwüre handelte? Na, ganz klar: In jedem Satz, den er mir ins Ohr flüsterte kam »Amor« vor! Er küsste mich, und ich stellte mir vor, welche Kamasutra-Posen ich mit ihm erleben würde, unsere nackten Körper, von Leidenschaft getrieben, grenzenlose Hingabe und ungehaltener Sex! Am Strand wäre es jetzt toll gewesen, aber mir hätte auch schon ein Kamin gereicht mit dem passenden Tigerfell dazu. Heute Abend würde ich meine Grenzen überschreiten und mich meiner Lust ganz und gar hingeben. Es würde einfach nur toll werden, denn so wie dieser Mann tanzen konnte, musste er einfach eine Wucht im Bett sein. Ob bei ihm ein Vorspiel dazugehörte? Bei dem Temperament glaubte ich das eher nicht. Auch egal, ich würde mich einfach überraschen lassen!

Nachdem wir noch etwas an der Bar getrunken hatten, stand für uns fest, dass wir den Abend woanders ausklingen lassen würden. Wir einigten uns auf seine Wohnung, da meine leider nur eine Luftmatratze zu bieten hatte. Danke, Nick! Bevor ihr die Luft ausginge und unser Liebesspiel dadurch gestört würde, fand ich den Vorschlag, zu ihm zu gehen, ganz praktisch. Nach fünfzehnminütiger Taxifahrt kamen wir bei ihm an. Er wohnte in einer total schönen Gegend, zweihundert Meter vom Stadtpark entfernt.

Nachdem er kavaliersmäßig das Taxi bezahlt hatte, zog er mich an sich, küsste mich und flüsterte mir ins Ohr, wie wunderschön ich sei, und dass er sich freue, mit mir die Nacht zu verbringen. Aber nicht nur er freute sich darüber, auch mein kleines Mädchen fuhr schon eine Achterbahn nach der anderen. Selbst ohne all diese Komplimente hätte er mich nicht allzu sehr überreden müssen. Ich wäre wie Lena heute einfach nach Hause gegangen, aber mit ihm.

Vielleicht hatte Marcelilein ihr auch irgendetwas Liebes und Tolles ins Handy geflüstert, dass sie wuschig wurde und es plötzlich so eilig hatte? Hm, wer weiß? Ich musste sie morgen einfach fragen und ihr dabei zufällig von meinem tollen Fang berichten. Ich konnte es kaum erwarten. Lena und Fabi würden Augen machen, wenn ich ihnen von dieser Nacht erzählte! Wozu erlebte Frau denn solche Momente? Ist doch glasklar: um es danach den besten Freundinnen weiterzuerzählen. Verdammt, ich würde heute Spaß haben! Egal, was das Morgen für mich bereithielt. Getreu dem Motto: »Carpe Diem. Nutze den Tag!« Richtig. Lebe deinen Tag, als wäre es dein letzter. Besser gesagt, lebe und liebe jede Nacht, als wäre sie deine letzte! Wie dem auch sei, heute Nacht würde

Amor bei uns sein und uns einen tollkühnen Liebespfeil nach dem anderen in unser Herz schießen. Oder woandershin!

Als wir schließlich in seiner Wohnung standen, war ich überrascht, wie sauber und ordentlich alles war. Stilvoll eingerichtet, warme Farben ließen sie freundlich wirken. Überall sah ich getrocknete und frische Blumen, einige Van-Gogh-Drucke hingen an den Wänden und insgesamt schien mir die Einrichtung eher feminin und romantisch. Und genau an dieser Stelle hätte Sherlock Maus misstrauisch werden sollen. Wurde sie aber nicht. Gehirn abgeschaltet!

»Bitte warte einen Momento, ich bereite das Schlafzimmer vor.« Bitte? Hatte ich mich verhört? Also konnte er doch ein wenig Deutsch. Und er bereitete das Schlafzimmer vor. Wow! Was für ein Mann. Ich war gespannt!

»Okay, okay«, sagte ich laut und versuchte, so cool und lässig zu wirken, als ob ich das öfter tun würde. Ich setzte mich auf die beigefarbene Ledercouch. Hm, sehr praktisch, abwaschbare Überzüge, stellte ich fest. Aber auch extrem kalt, das Leder. Nebenan hörte ich Schränke auf- und zugehen. Versteckte der irgendwelche Leichen oder wieso dauerte das so lange? Gerade wollte ich mir die Bilder im Wohnzimmer anschauen, da schnappte mich jemand von hinten und küsste mich auf den Hals.

»Die hier musst du umlegen.« Schnell drehte ich mich um. Vor mir ließ er eine Augenbinde baumeln. Was hatte der Kerl vor? Sollte ich jetzt doch Angst bekommen? Was, wenn er ein Verbrecher wäre und mit mir nun die abscheulichsten Dinge plante? Vielleicht stand er sogar auf Fifty Shades of Grey, Bondage und derartige Sexspielchen? Das würde mich maßlos überfordern.

Aber nein, ganz ruhig, Marie, sagte ich mir. Beruhige dich, es ist alles gut. Wer so gut küssen kann, der kann keine schlechten Absichten haben. Oder? Es ist wie in einem Liebesfilm, nur diesmal schaue ich ihn mir nicht an und weine, sondern ich bin mitten drin und habe eine Hauptrolle ergattert. Tja, Marie, willkommen im Leben!

»Sí, sí«, brachte ich nur hervor. Er lächelte mich an und meine Angst verflog. Jetzt konnte ich es kaum erwarten. Ich legte die Binde an, und er führte mich. Er lief hinter mir, öffnete mir die Tür und setzte mich aufs Bett.

Oh, wow, dachte ich nur, ein Wasserbett! In einem Wasserbett hatte ich es schon immer einmal machen wollen, aber Nick war dagegen gewesen. Ich wusste auch nicht, warum. Aber egal, ich war hier und nicht bei Nick! Oh, mein Gott, wie mich die Lust packte. Meine Mauerblümchenängste waren alle weg. Ja, ich will, sagte ich in Gedanken zu mir selbst und fragte mich, was er jetzt gerade machte. Er ging ein paar Schritte und ich hörte es klacken. Lateinamerikanische Lieder erfüllten den Raum. Super, der Mann hatte es echt drauf. Der wusste, was Frauen wollen!

Jetzt fehlten nur noch Sekt und Rosen und ich hätte mein Telenovela-Märchen komplett gehabt. Irgendetwas roch hier auch ziemlich gut, es roch nach frischen Blumen. Ich glaube, er hatte auch noch Duftkerzen aufgestellt. Oh Mann, wenn er nicht gleich etwas unternahm … Ich glaubte, vor Lust regelrecht wahnsinnig zu werden! Hätte er mir einen Antrag gemacht, ich hätte in glatt angenommen.

Nun ja, vielleicht übertreibe ich da ein wenig, ich

kannte ihn ja nicht einmal. Es konnte gut sein, dass er schon eine Freundin und ein paar Kinder hatte. Schnell schob ich diesen Gedanken beiseite, der passte jetzt gar nicht hierher. Die Musik im Hintergrund, der Blumenduft, der den Raum erfüllte, und ein Mann zum Anbeißen: Was will eine Frau mehr? Er begann, mir die Schuhe auszuziehen. Sehr gut, der Anfang wäre gemacht! Nach den Schuhen folgten Hose und Bluse.

Ach herrje, fiel es mir auf einmal wieder ein, hatte ich überhaupt die richtige Unterwäsche an? Hatte ich heute den richtigen Schlüppi gewählt oder etwa einen á la Bridget Jones? Aber ich konnte mich beruhigen: Ich hatte mir natürlich einen Ausgeh-String angezogen. Puh, noch mal Glück gehabt! Jetzt stand einem gelungenen Abend nichts mehr im Weg.

Francisco, seinen Namen hatte ich während unseres Gespräches beim Tanzen mitbekommen, kam auf mich zu, legte meinen Kopf aufs Bett und fing an, mich zu küssen. Die Binde nahm er mir nun endlich ab. Meine Augen mussten sich erst an die Lichtverhältnisse gewöhnen. Im Zimmer war es dunkel. Bis auf ein paar Kerzen. Ich blickte in einen Spiegel und sah, dass Francisco nichts mehr anhatte. Sein nackter, kleiner Hintern lächelte mich regelrecht an.

Der Mann war ein unglaublich toller Küsser. Nicht zu wabbelig und nicht zu schlabbrig, genau wie Latinoküsse sein müssen: leidenschaftlich, sanft und dann aber auch wieder fordernd und wild. Jetzt fing er bei meinen Beinen an. Hoffentlich nahm er nicht meine Zehen in den Mund, bangte ich, das wäre ein No-Go! Ich hasse Zehen, und ich hasse Fuß-Fetischisten, die meinen, sie müssen sich meine Füße in den Mund stecken. Aber Francisco verstand sein Werk. Jetzt war er bei meinen Oberschenkeln angekommen. Er küsste die Innenseiten. Ich konnte es mir nicht mehr verkneifen und stöhnte leise auf. Er küsste mich am ganzen Körper, wobei das Wort Sinnlichkeit für mich eine neue Bedeutung bekam. Die Nacht versprach die leidenschaftlichste zu werden, die ich bis dato erlebt hatte.

Endlich war er an meinem Hals angelangt. Mein Kribbeln im Bauch wurde immer stärker und auch meine Vagina war bereit, sich den Berührungen vollends hinzugeben. Ungeduld und Begierde nahmen ein Ausmaß an, das ich bald nicht mehr kontrollieren konnte. Seine Küsse waren der Schlüssel zu meiner Lust. Ich spürte seine Erregtheit auf meinen Körper, an meinen Beinen. Er küsste meinen Nacken und meine Ohrläppchen und biss sanft in meinen Hals.

Ich konnte es immer noch kaum glauben: Ich lag auf einem Wasserbett mit einem Latin-Lover, der mich heute Nacht zu seiner Göttin machen würde. Seine Latino-Bombe würde gleich gezündet! Mit Unterwäsche würde das allerdings schlecht funktionieren … Als ob er meine Gedanken erahnt hätte, fing Francisco an, mir den BH auszuziehen. Und ab diesem Moment begann der Film, eine andere Wendung zu nehmen.

Im Eifer des Gefechts achteten wir auf nichts und hörten nicht die leisesten Geräusche, bis die Tür aufging. Eine schreiende Latina stürzte sich auf Francisco und fing auf Spanisch zu fluchen an.

»Falscher Film!« schoss es mir durch den Kopf. »Wenn ich kurz die Augen zumache und dann wieder auf, ist vielleicht alles gut und sie wieder weg.« Leider funktionierte es nicht. Sie stand da und sah mich an. »Könnten wir nochmal alles zurückspulen und die Szene bearbeiten?« Ich wäre am liebsten im Erdboden versunken. »Lieber Gott, wenn du mich liebst, bitte mach, dass sich die Erde öffnet und ich mich hinein plumpsen lassen kann!« Ich glaubte es einfach nicht. Um das Fiasko kurz zusammenzufassen: Ich war betrogen worden und spielte nun selbst die Hauptrolle bei einer Affäre. Zwar unwissentlich, aber ich spielte sie! »Bitte, lieber Gott, streich die letzte Sünde aus meiner Kartei«, flehte ich innerlich, »ich wusste doch nicht, dass er eine Chica hat!«

Jetzt war ich heilfroh, dass ich noch nicht ganz nackt war und wir noch nicht die Bombe gezündet hatten. Vor zwei Minuten hatte ich mir gewünscht, nackt zu sein. Jetzt hätte ich am liebsten einen Michelin-Männchen-Anzug getragen, so eine megadicke runde Schutzhülle, um mich vor etwaigen Schlägen dieser Frau zu schützen.

Wie sich das Blatt wenden kann? Unglaublich! Männer sind doch alle gleich, egal, welcher Nation sie angehören. Wenn's Hösle juckt, muss Abhilfe geschaffen werden, ob es sich um die Freundin handelt oder ein anderes Lustobjekt. Es hatte sich mal wieder bewiesen: Wenn Männer spitz sind, dann schaltet ihr Gehirn auf Schlummermodus und das kleine Ding in ihrer Hose übernimmt das Kommando. Männer, ihr nervt! Ihr fangt langsam an, mir gewaltig auf den Sack zu gehen, wenn ich denn einen hätte.

Die Schreierei der Latina holte mich aus meinen Gedanken. Reflexartig griff ich nach meinen Sachen. Ich war im Nu wieder in den Jeans und knöpfte mir die Bluse zu. Mein Glück war, dass das verbale Gemetzel im Wohnzimmer stattfand und ich ungestört meine Jacke suchen und mir die Schuhe anziehen konnte. Leise versuchte ich, an den Beiden vorbei zu schleichen, aber da hatte ich die Rechnung ohne Franciscos bessere Hälfte gemacht. Sie schaute mich an und ihre dunklen Augen sprühten förmlich vor Eifersucht. Dann griff sie nach einer Vase und warf sie nach mir. Francisco versuchte gestikulierend zu schlichten, konnte sich aber nicht bewegen, weil der Boden bereits voller Scherben lag und er immer noch barfuß war. Schützend hielt ich meine Hände vors Gesicht und lief Richtung Tür. Die Frau schrie wie am Spieß.

»Idiota!« gehörte dabei noch zu den harmlosesten Schimpfworten. Ich drehte mich um und versuchte, in bestmöglichem Spanisch, meinen Standpunkt zu vertreten. Dabei sprach ich zuerst ihn an:

»Gracias cabrón, y lo siento por ti pero no lo sabía que tenía novia«. Das sollte so viel heißen wie:

»Danke, du Dumpfbacke!« und »Es tut mir leid für dich, aber ich habe nicht gewusst, dass er eine Freundin hat«. Der letzte Teil galt natürlich seiner zornigen Schnecke. Beide schauten sich an, als ob ich von einem anderen Stern käme. Dann setzte ich noch eins drauf, indem ich ihnen »Buenas Noches«, also »Gute Nacht«, wünschte. Anschließend zog ich die Tür hinter mir zu. Von draußen hörte ich sie weiter schreien. Klirrende Geräusche. Was für ein Temperament! Was für ein Abend! Ich war heil froh, dass dieser Francisco noch nicht alles von mir ausgepackt hatte. Denn dann hätte sie mich mit Sicherheit zu Kleinholz verarbeitet und das Klinikum Nord wäre zum Einsatz gekommen. Glück im Unglück? Somit vermehrten sich die Namen auf meiner schwarzen Liste: keine

»Nicks« und keine »Franciscos« mehr!

Der Himmel war klar und die Sterne leuchteten. Die Nachtluft war frisch aber angenehm. Ich lief die Stadtmauern der mittelalterlichen Burg entlang. Ob sich früher auch solche Tragödien abgespielt hatten? Ich ließ den Abend in Gedanken Revue passieren. Wären wir zu mir gegangen, hätte so etwas nicht geschehen können. Es war trotzdem gut so. Dank seiner Freundin hatte ich mich nicht austoben können. Und nun machte sich in mir ein erleichtertes Gefühl breit: Ich war froh, dass es nicht zum Äußersten gekommen war. Ich hatte sogar ein wenig Mitleid mit ihr. Mir war es schließlich auch nicht anders ergangen. Diesmal hatte ich allerdings die entgegengesetzte Rolle gespielt: die Rolle der flüchtigen Liebelei, die sich auf einen One-Night-Stand einließ. Die Rolle einer Geliebten zu spielen fand ich seltsam. Es fühlte sich nicht richtig an. Aber trotzdem war es schön, leidenschaftlich und unwirklich gewesen. Ein bisschen wie im Traum. In einem Traum, der beinahe in Erfüllung gegangen wäre.

Die frische Luft tat gut und lichtete meinen inneren Nebel. Hundert Meter vor mir tobte das Nachtleben und circa fünfzig Meter weiter kam der Marktplatz, jener Platz, auf dem immer der Christkindlesmarkt abgehalten wurde. Es war ein riesiger Platz mit Kopfsteinpflaster. Die Frauenkirche streckte sich in den Abendhimmel und aus dem Café Alexis tönte lautes Gelächter. Ich hielt vor dem Schönen Brunnen an.

Ich liebe diesen Brunnen, der seinem Namen alle Ehre macht. Er hat etwas Besonderes, Magisches an sich. Mit seiner gotischen Spitze ragt er fast 20 Meter hoch in den Himmel. Rundherum zieht sich ein kunstvoll geschmiedetes Gitter und an dem Gitter hängt ein Messingring. Dreht man den Ring, so geht die Sage, darf man sich etwas wünschen. Dieser Messingring wird natürlich fleißig gedreht. Allerdings befindet sich noch ein Eisenring versteckt auf der gegenüberliegenden Seite des Brunnens. Die einen meinen, der Messingring sei der Glücksring, andere behaupten, der Eisenring.

Kurfürsten-, Evangelisten- und Prophetengestalten schmücken den Brunnen. Man sagt, dass der Ring ursprünglich dazu da war, sich Kindersegen zu wünschen, aber ich drehe immer am Eisenring, um mir andere verschiedene Dinge zu wünschen. Vielleicht drehe ich schlichtweg am falschen Ring?

Heute war mir allerdings nicht danach. Neben dem Brunnen stand eine Bank, auf der ich mich niederließ, um mein Erlebnis zu verdauen. Plötzlich sprudelte es nur so aus mir heraus. Ich musste lachen, herzhaft lachen. Mein Gelächter muss wohl so laut gewesen sein, dass es andere störte, denn es drehten sich ein paar Leute zu mir um, einige schüttelten den Kopf, andere wiederum lächelten und einer zeigte mir einen Vogel. Ich nickte ihm zu und bestätigte ihm damit, dass ich nicht alle Tassen im Schrank hätte. Sie dachten bestimmt, dass ich besoffen wäre, aber mir war das egal, ich musste mich nicht rechtfertigen. Langsam konnte ich mein Lachen bremsen und schaute ein letztes Mal in den Himmel, bevor ich mich auf den Nachhauseweg machte.

Schön wäre es, wenn jetzt ein starker, gutaussehender Mann an meiner Seite ginge, wenn er seinen Arm um mich legen und mich nach Hause begleiten würde. Wunschvorstellung, Seifenblase, Plopp. Traum geplatzt!

10. Was tun, wenn der Ex wieder auf der Matte steht?

Vergangenheit pirscht sich an
Wie ein Jäger
Unerbittlich
Weglaufen?

Als ich nach dem Abend mit Francisco am nächsten Tag erwachte, war schon fast alles wieder vergessen von der Latino-Lappalie. Männer, ihr könnt mich alle mal, beschloss ich, und zwar nicht dort, wo ihr es gerne hättet!

Natürlich musste ich es Nadine erzählen. Nadine war die Kosmetikerin, die für Frau Beißer im Schönheitssalon arbeitete. Sie war Mitte dreißig, geschieden und hatte eine fünfzehnjährige Tochter. Nachdem ich ihr alles bis aufs kleinste Detail berichtet hatte, prustete sie los.

»Das ist ja schon filmreif! Wahnsinn! Mir ist neulich beinahe etwas genauso Schlimmes passiert. Ich rede von Isabell. Sie wird bald 16 und hat seit einem Jahr einen Freund. Nach einem langen Arbeitstag komme ich nach Hause und sehe, dass Isabells Sachen überall im Flur verteilt sind. Als ich in ihr Zimmer gehen will, um ihr einen gehörigen Anschiss zu verpassen, verschlägt es mir fast die Sprache. Das nächste Mal werde ich anklopfen, bevor ich in ihr Zimmer gehe! Ich komme also rein und sehe sie mitten im Gefecht mit ihrem Freund. Ich bin sofort aus der Wohnung und in eine Bar gegangen. Ich meine, ich weiß, dass sie die Pille nimmt, aber muss es bei uns zu Hause sein? Es ist meine Tochter! Und wieso muss ich sie erwischen? Auf den Schock musste ich einfach was trinken gehen. Ich glaube, ich habe im Ganzen vier

Martinis bezahlt. Es ist schon schlimm, wenn man seine Eltern erwischt, aber wenn man das eigene Kind erwischt, dann ist das noch mal eine andere Geschichte«, schloss sie. »Na ja, lass es dir eine Lehre sein: Sich mit vergebenen Latinos einzulassen, das bringt nichts Gutes. Und noch dazu ein One-Night-Stand … auweia!«

»Hm, es hatte sich so ergeben. Ich muss irgendwie immer noch meinen Nick verdauen. Beziehungsweise, dass Nick nicht mehr meiner ist. Ich weiß, dass es jetzt schon Monate her ist, aber der Schmerz fühlt sich wie gestern an.«

Meine Augen füllten sich beim Gedanken an Nick mit Tränen. Kaum hatte ich den Satz zu Ende gesprochen, ging die Tür auf und eine Fata Morgana erschien. Die Fata Morgana sah aus wie Nick, sie bewegte sich wie Nick und roch sogar wie Nick. Sollte ich vielleicht noch im Bett liegen oder war ich wirklich schon auf Arbeit? Nick stand vor mir mit einem Strauß Rosen! Wäre das ein Traum gewesen, dann hätte ich jetzt wahrscheinlich ins Bett gemacht. Aber ich war auf Arbeit. Wow! Ganz großes Kino! Nur leider passten die Eintrittskarten nicht zum Film. Ich war gerade dabei, die Trennung ansatzweise zu verdauen oder es jedenfalls zu versuchen. In den vergangenen Monaten hatte ich jeden Tag nach Feierabend neue Taschentücher gekauft. Immer in der Hoffnung, dass ich sie am Abend doch nicht brauchen würde, was sich dann aber jedesmal als Irrtum herausstellte. Die letzten Tage war ich zumindest in diesem Punkt richtig zufrieden mit mir gewesen, weil ich kaum noch Tränen vergoss und nur etwa zehn Stunden pro Woche an Mr. Herzensbrecher denken musste. Und was machte ich jetzt?

Ich verstand nicht, was gerade mit meinem Körper geschah. Ich fing an zu schwitzen. Mein Kopf sagte nein, aber mein Körper sprach eine andere Sprache. Meine Knie fühlten sich wie Wackelpudding an, und mein Herz war nicht etwa in die Hose, sondern eher in die Kniegegend gerutscht. Gehirn an Herz: Wo bist du? So kann ich nicht arbeiten! Großhirn an Kleinhirn! Bitte Herz suchen und Problemsituation besprechen!

Das Herz hatte sich schon entschieden und die Vernunft den Kampf mal wieder verloren und zwar genau in dem Moment, in dem ich mich auf ihn zubewegte und ihn umarmte. Nachdem er mich geküsst hatte, flüsterte er mir ins Ohr:

»Es tut mir leid, ich war ein Idiot! Bekomm ich noch eine Chance?« Da meine Stimme offenbar auch Richtung Knie gerutscht sein musste, rang ich um Worte. Ich brachte letzten Endes aber nur ein Nicken zustande. Sorry, Großhirn, ich konnte nicht anders, entschuldigte ich mich innerlich. Ja, ja, warte nur ab, Herz, bis du wieder gebrochen wirst. Dann komm aber nicht angekrochen und frag mich um Rat!

Am Abend folgte dann die Fortsetzung. Wir saßen bei unserem Lieblingsitaliener und aßen gemütlich. Es war wie in alten Zeiten. Ich konnte meine Gefühle für ihn kaum zurückhalten, immer wieder nahm ich seine Hand und er meine. Ich war glücklich. Jetzt würde es vielleicht doch eine Hochzeit geben. Kaum gedacht, brachte der Kellner ein kleines silbernes Schälchen mit einer Serviette darauf. Im Hintergrund lief mein damaliges Lieblingslied von den Goo Goo Dolls: »Iris«. Der Kellner zog die Serviette von dem Schälchen und ein kleines schwarzes

Schächtelchen kam zum Vorschein.

»Oh, mein Gott, was ist das? Nick?«

»Willst du mich immer noch heiraten?« fragte er, nahm die Schachtel und kniete sich hin. »Mir ist bewusst geworden, dass ich nur dich will! Lass uns unsere Fehler vergessen und einen Neuanfang wagen!«

STOPP, schrie mein Kleinhirn. Verliebt hin oder her, Hirn an Herz, du hörst mir jetzt gefälligst zu! Es ist ja ganz toll, dass er sich entschuldigt, aber das Wort »unsere«, in Verbindung mit »Fehler«, das geht gar nicht und das kann nicht ignoriert werden! Herz, du darfst heute mal nicht mitreden! Befehl an Herz: Gefühle ignorieren und hart bleiben! Und dann sprach ich allen Ernstes:

»Nein! Nein, Nick! Ich war es nicht, die dich betrogen hat. Du hast mich mit Miss Superbedienung beschissen. Und was sollte dieses Zwischenspiel in unserer, halt, ich verbessere mich, in meiner Wohnung? Wieso sollte ich ‚unsere' Fehler vergessen? Nein, ich habe keine Fehler gemacht! Beim besten Willen nicht!«

»Hey, Moment! Du warst es, die meine Klamotten zerstört hat. Alleine dafür könnte ich dich verklagen!«

»Ich glaub, ich hör nicht richtig! Danke für die Blumen, aber im Moment habe ich keinen Bedarf an untreuen und egoistischen Möchtegern-Anwälten!«

Mit diesem Satz endete dann auch die Konversation. Ich stand auf und drückte ihm den Ring in die Hand. Wumms! Das hatte gesessen. Seine Augen blickten mich entgeistert an. Nicht mit mir, mein Lieber, schwor ich mir. Ich konnte es zuerst gar nicht fassen, dass diese Worte aus meinem Mund gekommen waren und nicht von irgendeinem intellektuellen akademischen Wesen. Es fühlte sich zudem richtig gut an! Hatte soeben jemand einen Schalter bei mir umgelegt und auf »volle Power« geschaltet? Ich war richtig stolz auf mich.

Er sollte ruhig darüber nachdenken und einsehen, dass es nicht so einfach geht: Herz brechen, fremdschnackseln und dann mit einem läppischen Blumenstrauß und einem Ring wieder alles gutmachen wollen. Da hat er die Rechnung nicht mit mir gemacht, sagte ich mir. Nein, es muss definitiv mehr passieren, um mich zurückzugewinnen.

Auf der anderen Seite tat er mir natürlich leid. Wenn sich nur nicht immer im Nachhinein solche schlimmen Schuldgefühle einschleichen würden! Sie sind wie dein schlimmster Feind, der dich im Schlaf erwürgen will. Aber ich wollte es nicht zulassen, diesmal nicht!

Ob es das Richtige war? Wer wusste das schon. Würde er sich ein zweites Mal entschuldigen? Was, wenn er sich nicht mehr meldete? Sein Gesichtsausdruck war emotionslos und dennoch hoffte ich insgeheim auf eine Versöhnung und auf einen Neuanfang. Manchmal verstand ich mich selbst nicht.

Am nächsten Morgen erzählte ich alles meiner Kollegin. Als ich kurz eine Pause einlegte, meinte sie:

»Wahnsinn, Marie-Louise, das ist Weltklasse!«

»Lang lebe die Emanzipation der Frau«, gab ich gelassen zurück.

»Ich bin schwer beeindruckt«, schwärmte sie weiter, »der Kerl kann einem fast leidtun. Aber die Betonung liegt auf fast! Reife Vorstellung, das muss ich sagen. Es war genau das Richtige, das du getan hast. Männer, nehmt euch in Acht, hier kommt eure Dompteurin!« Sie lächelte mich an.

»Ich weiß nicht, ob es wirklich richtig gewesen ist«, jammerte ich.

»Oh nein, Frau Maus, komm mir bloß nicht mit diesem Bullshit! Klar war es richtig, das ist glasklar wie Kloßbrühe oder wie sagt der Franke? ‚Des hot scho gebasst!' Daran brauchst du nicht zweifeln, Schätzchen!«

Es ist schon lustig, wenn man von Kollegen mit Nachnamen angeredet wird. Das tun wir entweder dann, wenn wir uns veräppeln wollen oder dann, wenn wir uns gegenseitig behandeln. Und genau darauf lief es jetzt hinaus.

»Frau Maus, gehen Sie bitte ins Behandlungszimmer zwei und machen Sie Ihren Kopf frei, Nadine wird gleich bei Ihnen sein.«

»Frau Dannell, das ist genau das, was ich jetzt brauche. Sie wissen einfach, wie Sie mich glücklich machen!« Lachend lief ich ins Behandlungszimmer. Das ging natürlich nur, wenn Frau Beißer nicht da war und niemand einen Termin hatte. Im Moment passte es perfekt.

Mit »Behandlung« war eine Massage gemeint, eine Kopf-Massage, und die war bei Nadine ziemlich gut. Ich glaube, dass es bis dahin die beste Massage war, die ich je bekommen hatte.

»Frau Maus, schließen Sie die Augen und schalten Sie ab!«

»Ich gehöre ganz und gar Ihnen, Frau Dannell. Danke, Nadine.«

»Na hört, hört, sind wir jetzt schon per Du, Frau Maus?« Kaum legte sie Hand an, tauchte ich mit einem Schmunzeln ins Land der Entspannung ein. Zwanzig Minuten. Sie waren viel zu schnell vorbei. Wie es halt immer so ist: Die schönen Momente verstreichen wie im

Flug. Der Nachmittag verlief ruhig. Punkt 18 Uhr machten wir die Schotten dicht und fuhren nach Hause.

Daheim angekommen, begrüßte mich die Leere. Obwohl ich genau wusste, dass es die richtige Entscheidung gewesen war, ihm nicht nachzugeben und ihm nicht zu verzeihen, fühlte es sich jetzt doch wieder furchtbar an. Hätte ich mich in seine Arme schmeißen sollen, um mit ihm noch am gleichen Abend Liebe zu machen? Das wäre dann das typische »Ich-verzeih-dir-Programm« gewesen.

Nein! Niemand betrügt mich und kommt damit so einfach mir nichts, dir nichts davon! Nein! Ich würde ihn zappeln lassen. Ja, prima Idee!

Um mein neues Selbstbewusstsein zu feiern, gönnte ich mir ein Gläschen süßen Sekt und beschloss, mich in die Badewanne zu schwingen. Leider konnte es so auf Dauer auch nicht weitergehen. Irgendwann müsste ich mal wieder anfangen, normal zu leben. Ich konnte mich schließlich nicht jeden Tag von McDonald's, Burger King, KFC und diversen Tankstellen ernähren. Geh einkaufen, schrie mein Kühlschrank. Während das Badewasser in die Wanne einlief, ging ich ins Schlafzimmer, um mir ein T-Shirt zum Schlafen auszusuchen.

Ich bin noch nie ein Schlafanzug-Typ gewesen. Bei mir gibt es keine Schlafanzüge. Ich schlafe entweder in T-Shirts oder in leichten Hemden und im Sommer meistens nackt.

Im nächsten Moment musste ich mich am Türrahmen festkrallen, um nicht rückwärts umzufallen. Auf meinem Notfallbett, der Luftmatratze, lagen hunderte von Rosenblättern. Kamen die etwa alle von Nick? Immerhin hatte er noch den Schlüssel.

Wow, das würde bedeuten, dass es ihm wirklich leidtat. Und dann entdeckte ich diesen Brief:

Liebe ist wunderschön und schrecklich zugleich. Sie frisst Dich auf und lässt Dich aufblühen. Du gibst Dich hin und nimmst Dir, was Du brauchst. Liebe ist Dein schlimmster Feind und Dein treuester Freund. Es sind unausweichliche Paradoxa, die innig in Beziehung miteinander stehen und sich in irgendeiner Form kreuzen. Liebe verzeiht und ist unerschöpflich an Dingen, die sie bereithält.

Nie habe ich einen Menschen in meinem Leben so geliebt wie Dich. Dich jetzt endgültig zu verlieren, fühlt sich an wie tausend Nadelstiche im Herzen. Als ob mir jemand mein Herz herausreißen und mich ohne Herz weiterleben lassen will. Ohne Gefühle, ohne Einsicht. Ich müsste kalt und leblos durchs Leben gehen.

Aber das Schlimmste wäre, dass ich Dich nicht mehr lieben könnte. Macht es Sinn, ohne Herz weiterzuleben, den Tag und die Nacht aufs Neue zu begrüßen ohne den geliebten Menschen neben sich zu haben? Optimismus verschwindet und die Dunkelheit und Leere in einem drin nimmt zu. Die Hoffnung stirbt zuletzt, und mein einziger Lichtblick bist nur Du. Du betrittst den Raum und jegliche Zeitwahrnehmung verschwindet, denn es gibt in diesem Augenblick nur Dich und mich. Du flutest die Seele und mein Herz mit grenzenloser Liebe. In Dir kann ich aufgehen und dennoch ich sein. Bitte nimm meine Entschuldigung an! Ich weiß, dass ich es nicht verdiene, mit Dir zusammen zu sein, aber man lernt das Wertvollste im Leben erst dann zu schätzen, wenn man es verloren hat.

Bitte lass mich Dich zurückgewinnen und gib uns eine zweite Chance!

Dein Nick

Und mit diesem Satz endete der Brief: *Du bist die Sonne in meinem Leben*. Bis eben war ich unsagbar stark gewesen, aber jetzt konnte ich meine Tränen nicht mehr zurückhalten. Zuerst fielen große Tropfen auf Nicks Brief und verwischten das Geschriebene. Die Tränen nahmen immer mehr zu. Sie wurden zu einem kleinen Fluss, der sich unaufhörlich seinen Weg suchte und fand. Mit jedem Augenzwinkern kamen neue dazu. Verschwommen nahm ich den Brief und meine Umwelt wahr. Eine unendliche Traurigkeit machte sich breit. Ich wollte aufhören und gleichzeitig weiter weinen, um die Traurigkeit und das Leid der letzten Monate zu vergessen.

Verdiente die Liebe meines Lebens eine zweite Chance? Immerhin hatten wir fünf tolle Jahre gehabt. Wir waren zusammen durch dick und dünn gegangen und waren einfach nur glücklich gewesen. Sollten diese Jahre nichts weiter als eine Lüge gewesen sein? Hätte ich es verhindern können? Hätten wir etwas anderes tun sollen? Hatte ich mich richtig verhalten? Immer diese bescheuerten Selbstzweifel.

Meine Gedanken kreisten wild. Sie drehten sich in meinem Kopf, und ich war fast am Durchdrehen. Ich wollte ausbrechen, neu anfangen und weglaufen vor dem, was mir Angst einjagte. Die Zeit heilt alle Wunden, sagt man. Aber heilt sie auch die Wunden der Verliebten, der unglücklich Verliebten? Wenn ja, wie lange würde diese Zeit wohl dauern? Mir kam sie schon jetzt wie eine

Ewigkeit vor. Apropos Ewigkeit: Mein Badewannenwasser lief noch! Schnell rannte ich ins Bad. Zu spät. Mist! Gott sei Dank hatten wir Fliesen. Na ja, jedes Übel hat auch etwas Gutes. Damit war dann das Badezimmer-Wischen für dieses halbe Jahr auch schon erledigt. Nach etwa einer Stunde hatte ich wieder alles unter Kontrolle. Die Sturmflut war beseitigt, das Wasser in der Wanne kalt und die Lust zum Baden vergangen. Darauf musste ich jetzt etwas trinken und nach einer Flasche Glücklichmacher drehten sich meine Gedanken nicht mehr, sondern nur das Schlafzimmer. Ich schlief auf meinem Notfallbett ein.

Am nächsten Morgen bereute ich zutiefst, dass ich mir die komplette Flasche Sekt hinter die Binde gekippt hatte. Nie mehr Alkohol am Abend vor einem Arbeitstag! Mein Kopf fühlte sich an, als ob jemand gerade Lotto darin spielte. Also genauer gesagt, fühlte er sich an wie das Ziehungsgerät. Die Kopfschmerzen wurden durch die kleinen Kugeln verursacht, die wie wild darin herumwirbelten. Alles war in Bewegung und was blieb, war nicht der Lottogewinn, sondern stechende Schmerzen. Im Laden angelangt, suchte ich Aspirin in meiner Handtasche. Ohne Erfolg.

»Nadine, weißt du, wo ich ein Aspirin herbekomme?«

»Oh weh! Hat da jemand die Nacht durchgemacht?« Grinsend klopfte sie mir auf die Schulter und zauberte zwei Aspirin aus einer Schublade.

»Es war nur eine Flasche Sekt«, gab ich schuldbewusst zurück.

»Ja, ja. Na dann wollen wir mal. Zeit, aufzusperren oder was sagt Mrs. Kopfschmerzen dazu?«

»Tu was du nicht lassen kannst.« Fünf Minuten später stellte sie mir einen grünen Tee hin und blinzelte mir zu. »Ach, Nadine, ich mag dich, du weißt immer genau, was ich brauche.« Ich war ihr dankbar. »Kannst du nicht ein Mann sein? Dann würde ich mir das mit dem Heiraten nochmal durch den Kopf gehen lassen.« Lachend verschwand sie mit der ersten Kundin im Behandlungszimmer.

Die nächsten Tage liefen unter Berücksichtigung der Umstände ganz passabel. Der neue Job machte mir Spaß. Es gab schöne Erlebnisse und weniger schöne. Frau Weber, eine unserer Stammkundinnen, rief an und beschwerte sich, dass ihre Fußbehandlung nicht gut gewesen sei. Angeblich sei ihr danach ein Nagel eingewachsen. Sie würde nie mehr kommen, und sie würde uns verklagen, drohte sie. Natürlich versuchte ich, sie mit Charme und Fingerspitzengefühl zu beruhigen und ihr als Entschädigung eine kostenlose Fußbehandlung anzubieten. Die arme Nadine, dachte ich dabei, denn mit Frau Weber hatte es jede Fußpflegerin schwer. Sie war sehr speziell und gehörte zu dem Typ Kunde, der sich über jede noch so kleine Mücke beschwert. Sie wetterte über ihren senilen Nachbarn und über den unfreundlichen Postboten und dann noch über unsere gutmütige Nadine. Auf die Idee, passende Schuhe anzuziehen, kam sie nicht. Aber sie war immerhin eine Stammkundin. Gegen Ende unseres Gespräches beschimpfte sie mich als »dummes Kleines«. Von da an war es mit meiner Geduld vorbei. Ich sagte ihr, dass es in Ordnung sei, wenn sie mich als »dummes Kleines« bezeichne, dass sie sich aber mal selbst überlegen möge, warum sie solch hässliche Krähenfüße habe, wenn sie sich wie eine Zwanzigjährige aufführe und zwei Nummern zu kleine Schuhe kaufe. Sie bekomme eine kostenlose Fußbehandlung und damit sei für uns die Sache erledigt! Punkt.

Man muss sich nicht alles gefallen lassen! Es tat gut, sich einmal Luft zu machen. Ich arbeite im Service, das bedeutet die Erbringung von Dienstleistungen, aber wenn das Wort Dienstleistungen mit Fußabtreter verwechselt wird, dann werde ich sauer, da sage ich nein! Nur weil ich Pediküren im Wert von 65 Euro verkaufe, die ich mir selbst nicht leisten kann, bin ich noch lange kein Loser oder ein »dummes Kleines«!

Frau Bernhard, eine andere Kundin, war das komplette Gegenteil des alten Drachens. Seitdem ich hier arbeitete, wollte sie mich mit ihrem Enkel verkuppeln. Er sei gutaussehend und »ein Muss«, meinte sie. Sie sagte immer »Kindchen« zu mir und, dass man mich doch nicht einfach sitzen lassen könne.

»Du musst dich unbedingt mit ihm treffen, Kindchen! Er ist ein guter Junge.« Ich hörte ihre Worte jedes Mal, wenn sie bei uns gewesen war, in meinem Kopf nachklingen. Frau Bernhard ließ sich immer »runderneuern«. Was bedeutete, dass sie das volle Pedi- und Maniküre- sowie Fußmassageprogramm bekam. Manchmal ließ sie sich außerdem noch schminken, wenn sie ein Rendezvous mit ihrem Friedrich hatte. Friedrich war ihr Nachbar. Sie gingen häufig zusammen im Park spazieren.

Liebe in diesem Alter fand ich schnuckelig. Vor allem, wenn sie mir erzählte, dass er ihr immer eine Blume mitbrachte, und jedes Mal war es eine andere. Ein paar Tage zuvor war er mit einer weißen Orchidee gekommen, in der vorigen Woche mit einer Sonnenblume. Frau Bernhard und ihr Blumenmensch, romantisch und wunderschön! Der Blumenmann war fünf Jahre jünger als sie und offenbar ein total lieber Mensch. Ich erinnere mich, dass er sie einmal sogar in unserem Laden überraschte. Mit einem Strauß gelber Narzissen gratulierte er ihr zum Geburtstag. Frau Bernhard sagte mir später, dass sie die Farbe Gelb abstoßend fände, ihm wegen des Leuchtens in seinen Augen aber nicht die Wahrheit sagen konnte, als er ihr die Blumen überreichte. Sie änderte dann sogar ihren Geschmack und fand die Farbe gar nicht mehr so schlecht, weil sie sie mit diesem besonderen Moment verband. Es war wunderschön, die Liebe zwischen zwei älteren Menschen zu beobachten, die sich wie Teenager vorsichtig aneinander heranpirschten. Es zählten für sie einfach andere Dinge. Sicher, sie wollten im Alter nicht alleine sein. Aber im Fall von Frau Bernhard schien es wirklich Liebe zu sein. Mir ging jedes Mal das Herz auf, wenn er sie abholte und sie händchenhaltend den Laden verließen. Besonders süß war es, wenn er sie »meine Blume« nannte.

»Hallo, Frau Maus? Träumst du wieder?«

»Nein, Nadine, ich habe nur über unsere Kunden nachgedacht, über Frau Bernhard und Frau Weber.«

»Genug nachgedacht, jetzt ist Feierabend!« Mit diesem Satz fuhr meine Kollegin den Computer runter und schob mich nach draußen. Ich konnte mir gerade noch meine Tasche und meine Jacke schnappen, bevor sie die Tür hinter uns zuzog und abschloss.

»Wahnsinn, schon sechs Uhr?«

»Ja, wir sehen uns morgen, Marie-Lu. Schönen Feierabend!«

Im Auto hörte ich Musik aus dem Kultfilm »P.S. I love you«. Ich fand den Film wahnsinnig toll. Ich hatte schon beim Lesen der Romanvorlage ganze Wasserfälle geweint und im Kino dann erst recht die Taschentücher zusammengeschnupft. Die Autorin wusste definitiv, wie man den Knopf für die Tränendrüse drücken musste, um mit der Titanic im Meer zu versinken.

Langsam könnte ich auch ein Buch schreiben, dachte ich. Titel: »Die geheimen Leiden der Marie-Lu Maus – jung, verlassen und todunglücklich« oder »Mein Mann, der Fremdgeher.« Tja, schreiben wäre gut. Oder ein neues Hobby? Schwimmen, Lesen, Kochen, Yoga? Oder ein weiterer Salsa-Kurs? Ich beschloss, mir etwas zu überlegen. Nachdem ich meinen kleinen Flitzer geparkt hatte, fiel mir der Briefkasten ins Auge. Er quoll mal wieder von Prospekten über. Der ganze Müll ließ sich nicht erkennen, ob brauchbare Post dabei war. Und dabei hatte ich erst eine Woche vorher einen Zettel angebracht: Bitte, bitte, bitte keine Werbung! Was steckte drin? Werbung, Werbung und nochmals Werbung! Es gibt in Deutschland offenbar zu viele Analphabeten. Am liebsten hätte ich bei den Werbefuzzis angerufen und ihnen gesagt, dass sie sich ihre Pillen und Haarwaschmittel sonst wohin stecken können.

Die bunten Heftchen klemmten im Briefkasten fest. Erst nach kräftigem Rütteln kam Bewegung in die Sache und dann landete der ganze Mist auf dem Boden. Beim Aufsammeln entdecke ich etwas, das meine Aufmerksamkeit auf sich zog. Ein blauer Brief mit meinem

Namen darauf, mit der Aufschrift An meine Maus. Oje! Noch ein Liebesbrief von Nick? Zitternd machte ich den Brief auf.

Liebe Marie-Lu, wenn Liebe weint, dann stirbt die Hoffnung. Man sagt, die Hoffnung stürbe zuletzt, aber wenn Liebe weint, dann ist ein Teil der Hoffnung bereits gestorben. Vögel verstummen, Bäume hören auf zu wachsen, die Flüsse trocknen aus und der Kreislauf des Lebens gerät ins Stocken. Was dann geschieht, das ist ein Herzstillstand der Seele.

Wenn Liebe weint, dann stirbt die Sehnsucht, sie wird vom Wind weggetragen an einen Ort, der erst wieder neu entdeckt werden muss, an einen Ort, der die schönste Vorstellung vom Paradies noch übertrifft und Dich mit wohliger Wärme empfängt, mit offenen Augen und offenem Herzen, aber ohne Liebe gibt es diesen Ort nicht.

Wenn Liebe weint, dann möchte man nicht mehr ohne Gegenstück durchs Leben ziehen. Trostlos und finster geht man, ohne Hoffnung auf die Zusammenführung zweier Seelenpartner, die sich doch so dringend brauchen wie die Luft zum Atmen. Die Seelen irren umher, ohne sich mit dem anderen Teil verbinden zu können.

Wenn Liebe stirbt, dann stirbt der Lebensgeist, die Sehnsucht verschwindet, das Licht entweicht und das geliebte Gegenstück bleibt verschollen in Zeit und Raum mit einer kleinen und unscheinbaren Hoffnung, vom Seelenpartner doch noch gefunden zu werden. Irgendwann …

Meine Bitte an Dich: Liebe jeden Tag, jede Stunde, jede Minute, jede Sekunde. Denn diese Augenblicke, in denen Du Liebe empfängst sind kostbar wie das Wasser in der Wüste und das Sonnenlicht, das man zum Leben braucht. Wenn Liebe da ist, umarme sie und lasse sie nicht los. Sie wird es Dir immer wieder danken. Liebe geben und Liebe schenken, macht das Leben erst lebenswert und wundervoll. Halte fest an der Liebe und an dem Glauben und der Hoffnung. Lebe und liebe intensiv, als ob kein Tag danach mehr kommen würde, lebe und liebe jetzt. Und bitte gestatte auch mir, Dich zu lieben.

Dein Nick

Ich musste mich auf die Treppe setzen, damit ich nicht umfiel. Mir wurde richtig schwindlig und komisch zumute. Der Brief mochte kitschig klingen, aber er berührte mich sehr. So sehr, dass ich die geballte Ladung an Tränen nicht einmal eine Millisekunde lang zurückhalten konnte. Warum schrieb er diese unglaublich lieben Sachen? Wieso kann ein Fremdgeher solche Sachen schreiben? Wieso verwandelte sich mein Leben in ein Liebesdrama? Man merkt erst dann, wie sehr man jemanden geliebt hat, wenn man diesen jemand verloren hat. Ob Nick gerade diese Phase durchmachte? Möglicherweise, sonst würde er sich nicht so ins Zeug legen und so viel unternehmen, um unsere Beziehung zu retten. Wollte ich, dass er sie rettete? Wie lange würde es dauern, bis er mich wieder betrog? Ich wischte mir die Tränen ab und betrat meine leere Wohnung.

11. Man(n) sieht sich immer zweimal im Leben

Was nun?
Glücksfall genießen?
Rachegefühle ausleben?
Ein Versteck suchen?

Es war Wochenende und zusätzlich hatte ich einen halben Tag frei bekommen. Da Frau Beißer mit ihrem Don Juan spontan einen Liebesurlaub gebucht hatte, hatte sie auch ihren Mitarbeiterinnen für Freitagnachmittag frei gegeben. Die Termine waren alle um eine Woche verschoben worden. Gelegenheit zu einem entspannten Mittagsschläfchen.

Es klingelte an der Tür. Ein kurzer Blick zu meiner babyblauen Uhr verriet mir, dass es schon nach um Vier war. Oh, Hilfe! Hatte ich ein langes Nickerchen gemacht! Das musste Lena sein. Wir hatten uns zum Shoppen verabredet. Beim zweiten Klingeln sprang ich aus dem Bett, hielt dann aber inne: Was mache ich, wenn es Nick ist? Als ob sie meine Zweifel geahnt hätte, tönte Lenas Stimme durch die Tür:

»Ich bin es, Lena! Shopping Day. Mach auf!« Lächelnd und kopfschüttelnd wurde ich begrüßt. »Ach, Hase, wie siehst du bloß aus?« Dabei drückte sie mich, dass ich fast keine Luft mehr bekam. Küsschen links und Küsschen rechts, unser Begrüßungsritual.

»Ich freue mich auch, dich zu sehen«, erwiderte ich mit einem sarkastischen Grinsen.

Lena ist eine meiner besten Freundinnen. Sie ist ungefähr 1,65 groß, hat dunkelblonde, glatte Haare und Körbchengröße D, was manchmal sehr komisch aussieht, zumal sie die Teile oft extra noch pusht!

Fabi und ich wollten ihr schon ein T-Shirt bedrucken mit dem Spruch: »Hey ihr Arschköpfe, ich habe auch Augen!«

»Lena, wir müssen einen Gang zurückschalten. Du bist dir schon im Klaren, was meine Fast-Hochzeit gekostet hat und immer noch kostet?«

»Kein Problem, wir schauen nur ein bisschen.«

»Ja, ja, ich weiß, wie das ‚bisschen Gucken' enden wird. Zehn Minuten brauch ich noch, um mich straßentauglich zu machen.«

»Kein Problem, geh nur duschen. Mach fünfzehn Minuten draus, du schaust mega…« Sie verstummte abrupt, als sie meine wütenden Augen sah.

»Okay«, entgegnete ich, gab ihr einen Klaps auf den Hintern und atmete den angestauten Frust aus.

Eine Stunde später waren wir mittendrin. Mit »mittendrin« meine ich die Einkaufspassage von Nürnberg. Menschenmassen drängten sich durch die sonst so breite Einkaufsmeile. Wäre Weihnachten nicht längst vorbei gewesen, hätte man meinen können, es wäre ein Tag vor Heiligabend und die Leute besorgen all die unnützen Geschenke, die jedes Schwiegermutterherz höherschlagen lassen. Bei dem Gedränge in der Passage hätte man annehmen können, dass der Weltuntergang um die Ecke lauere.

Viele Mädchen flippen bekanntlich regelrecht aus, wenn sie »Sommer- oder Winterschlussverkauf« hören. Diese Worte waren in den letzten Tagen aber gar nicht gefallen. Trotzdem: Tausende von Mädchen, Teenagern und Hausfrauen tummelten sich um die Schnäppchentische. Es schien nicht viel zu fehlen, dass sie sich die Köpfe einschlugen.

Als wir das erste Shopping-Center betraten, hätte ich es am liebsten gleich wieder verlassen. Die hatten aber auch in jedem Sortiment etwas. Zwar oft für die gehobenere Klasse, aber wenn das kleine rote Schildchen aufleuchtete, verschwand das Gefühl, es sich nicht leisten zu können, selbst wenn es immer noch weit über Lieschen Müllers Möglichkeiten lag.

Ich kam mir vor wie in einer Sardinenbüchse, nur dass ich nicht zwischen toten Fischen, sondern zwischen Teenies eingeklemmt war, die ihr weniges Geld für Klamotten und Schnickschnack ausgaben. Es musste hier etwas umsonst geben. Eine Lautsprecherdurchsage klärte uns auf.

»Sehr geehrte Damen und Herren, die neue Sommermode wird in Kürze präsentiert. Es ist für Groß und Klein etwas dabei. Reinschauen lohnt sich, das Team bedankt sich für Ihre Aufmerksamkeit und wünscht gute Unterhaltung.«

»Oh, Marie-Lu, das müssen wir uns unbedingt anschauen«, kreischte Lena und fiel mir aufgeregt um den Hals.

»Von mir aus«, entgegnete ich genervt. Manchmal hatte ich den Eindruck, dass Lena zu diesen überdrehten Teenies zählte, obwohl sie zwei Jahre älter war als ich. Schon schnappte sie nach meiner Hand und zog mich in den Strom der Zuschauer. Gleich darauf fing die Show an. Mitten in der Einkaufshalle war ein Catwalk aufgebaut. Das Licht ging aus und sie spielten das Bacardi-

Lied. Ich liebte diesen Song! Urlaubsfeeling machte sich breit. Langsam und elegant stolzierten die Models durchs Publikum.

»Sag mal, wieso stehen Männer auf so dümmliche dünne Gerippe?« fragte mich Lena, als ob sie meine Gedanken erraten hätte.

»Keine Ahnung, liebe Lena, aber sobald ich es herausgefunden habe, bist du meine erste Anlaufstelle, okay?« Ich verstand überhaupt nicht, wie man Model werden konnte. Man durfte nichts essen, kam kaum zum Schlafen und was noch viel schlimmer war: Man musste Sport treiben, um die überflüssigen Pfunde verschwinden zu lassen, wo auch immer die sein sollten. Man durfte nie wieder Nougatcreme, Crêpes, Banana-Split und andere leckere Sachen naschen. Furchtbar!

»So, das war die Bademode für die Frau, und nun kommen knackige Jungs, die die Bademode für den Herrn präsentieren«, rief die Moderatorin. Der Vorhang auf der provisorischen Bühne öffnete sich ein zweites Mal und heraus traten fünf knackige Bürschlein in sehr engen Badehosen.

»Wow! Marie, siehst du, was ich sehe?«

»Ach herrje, ist das nicht …? Oh, nein!«

»Ja, das ist er!« Es war Mr. Erdbeerlimes, den ich wegen meines Rückwärtsessens hatte entschädigen müssen.

»Auweia, lass uns besser gehen, bevor er mich erkennt!«

»Du, Marie?«

»Ja?«

»Ich glaube, es ist schon zu spät.«

»Was?« Ich schaute ihn an, und er blickte direkt in

meine Augen, wobei er schlagartig das Gesicht verzog. Dann posierte er und lief wieder zurück.

»Schnell weg von hier!«

»Lauf, Marie-Lu!« Lena lachte. Das ließ ich mir nicht zweimal sagen und rannte los.

Im Schuhgeschäft ging es ein wenig relaxter zu. Ich betone »ein wenig«, weil die Verkäuferin uns nicht von der Seite wich und die meiste Zeit über versuchte, uns irgendwelche blöden Pumps anzudrehen.

Es ist immer das Gleiche: Erst ist niemand da, um dich zu beraten, aber hast du erstmal eine Verkäuferin an der Backe, beißt sie sich fest und besteht darauf, dass etwas gekauft wird.

Ich war ausschließlich wegen Lena in das Geschäft mitgegangen. Normalerweise hasse ich es, Schuhe zu kaufen. Es ist schlichtweg untypisch für Frauen, sich keine Schuhe kaufen zu wollen, aber bei mir tickt da definitiv etwas anders. Ich kaufe mir jedes Jahr ein Paar neue Turnschuhe und eventuell Stiefel für den Winter. Zwei-Zentimeter-Absätze, wohlgemerkt. Ich will doch nicht in ein paar Jahren zum Arzt rennen, damit der mir einen Hallux valgus diagnostiziert, wegen des Tragens von zu engen Schuhen und Absätzen. Haben Sie das schon mal gesehen? So hässliche verbogene Zehen? Nee, du.

Lieber geb ich mein Geld für Ohrringe aus. Ich liebe Ohrringe: grüne, blaue, graue, rote, gelbe und lila Ohrringe. Ganz besonders schwärme ich für türkisfarbene Töne. Kleine Steinchen, große Klunker, Kreolen, … Egal, welche Muster und Formen, ich liebe sie alle!

»Kann ich Ihnen helfen, suchen Sie etwas Bestimmtes?«

»Nein, danke, aber Sie können gerne meiner Freundin helfen, die ist immer am Suchen!« Ein entnervter Blick Lenas verriet mir, dass ich das lieber nicht hätte sagen sollen. Ich zuckte kurz mit den Schultern und versuchte gestikulierend, mich zu entschuldigen, dann widmete ich mich wieder meinem kleinen Spaziergang durch die Schuhreihen. Wahnsinn! Fünf bis fünfzehn Zentimeter hohe Absätze fand Frau hier vor. Ich sah mich schon mit beiden Beinen eingegipst, sollte ich solche Absätze je tragen. Ich fragte mich, wie andere Frauen solche Schuhe tragen konnten? Zugegebenermaßen machten sie weiblicher und sexy und diese Verwandlung erfolgte gleich, nachdem man den Schuh angezogen hatte. »Cinderella-Syndrom« würde ich es nennen: Vom Aschenputtel zur Prinzessin in weniger als drei Sekunden. Ob dieses »Cinderella-Syndrom« auch bei mir wirken würde? Dazu müsste ich allerdings erstmal welche anziehen. Ein Paar weinrote Stiefel lockten, sie anzuprobieren. Ich schlüpfte in den rechten und humpelte eine Runde. Natürlich machte das ohne den zweiten Stiefel keinen Spaß, also holte ich mir noch den anderen und schaute mich sorgsam um. Ich hätte beim Umfallen nicht auch noch Leuten begegnen wollen, die mich kannten. Als die Luft rein war, lief ich ein paar Schritte. Es fühlte sich ausgesprochen merkwürdig an.

»Marie, komm mal her!« hörte ich Lena rufen. Ich versuchte, die Richtung auszumachen und drehte mich schnell um. Zu schnell. Ich kam mit meinen 15 Zentimeter hohen Absätzen ins Schwanken. Verzweifelt versuchte ich, mich am nächstbesten Regal festzuhalten, aber ich hatte zu viel Schwung und riss es bei der Gelegenheit gleich mit um. Das war schon schlimm aber offenbar noch nicht schlimm genug, nein! Weil die Regale hier sehr dicht nebeneinanderstanden, kippten die nächsten zwei wie Dominosteine hinterher. Ich mittendrin im Chaos, umzingelt von gefühlt tausend Paar Schuhen. Die verärgerten Verkäuferinnen, die aufgebracht auf mich zusteuerten, schienen mir noch das geringste Problem an der ganzen Situation zu sein. Ich schnappte mir meine Handtasche, die roten Stiefel und ging zur Theke, um zu bezahlen.

»Ich an deiner Stelle würde die roten Stiefel per Internet sofort wieder verkaufen«, empfahl mir Lena, »oder ich würde sie in eine Vitrine stellen, damit wir uns jedes Mal, wenn ich dich besuche, an die lustige Szene erinnern können.«

»Ha, ha, sehr witzig, Lena. Haben wir heute zum Frühstück einen Clown verschluckt oder vielleicht sogar den ganzen Zirkus verspeist?«

»Nein, Marie-Lu, den Zirkus hast du heute persönlich eröffnet, als du da so zwischen Prada und Gucci lagst. Einfach nur niedlich! So niedlich wie …, lass mich kurz überlegen …, wie … die roten Stiefelchen!« Eine alte Omi schüttelte nur den Kopf, als wir lachend an ihr vorbeizogen. »Darf man denn heutzutage nicht mehr seinen Gefühlen freien Lauf lassen und herzhaft lachen, wenn sich die beste Freundin blamiert? Also ehrlich, Marie-Lu, die Menschen sollten viel öfter über sich und andere lachen! Es ist doch viel schöner, ein bisschen zu lachen, oder nicht?«

Endlich draußen, steuerten wir auf kürzestem Weg unsere Lieblingskneipe an. Lena bekam sich gar nicht wieder ein. Wer den Schaden hat … Ich war sauer.

»Lena, hör jetzt bitte auf zu lachen! Hallo! Erde an Lena, hörst du mich?« Lenas Lachen war allerdings total ansteckend. Deshalb lachte ich schließlich mit. Nach diesem Malheur im Schuhladen brauchten wir einen doppelten Latte Macchiato.

»Oh Mann, Marie-Lu, hast du komisch ausgesehen! Die ganze Situation war einfach zum Brüllen! Zum Abkacken peinlich! Und das Gesicht der Verkäuferin! Als ob man einen Schalter umlegt und plötzlich die Musik von ‚Psycho' spielen lässt und ein kratziges Geigengeräusch aus dem Nichts sich in deinen Kopf brennt.«

»Lass deine Freundin nur im Stich und lach mich ruhig aus«, sagte ich beleidigt. »Warum passieren immer mir diese dummen Sachen?«

»Falsch, Marie-Lu, die Frage muss lauten: Warum passieren dir immer die dümmsten Sachen, wenn ich dabei bin?«

»Hm, lass mal überlegen … Wahrscheinlich, damit du mich aus dem Schlamassel rausholen kannst? Oder dich im Nachhinein über mich lustig machen kannst.«

Später kamen wir beim Brautmodengeschäft vorbei. Im Schaufenster hing mein Kleid. Lena musste es ebenfalls bemerkt haben, weil sie mich schlagartig in einen anderen Laden ziehen wollte.

»Hast du schon die neue Kollektion von …«

»Dein Ablenkversuch zieht nicht!« zischte ich genervt. Ich stand wie angewurzelt da und schaute fassungslos das Kleid an. »Wie schön es ist«, flüsterte ich, »schlicht und doch ein Hauch von Eleganz.« Die Schaufensterpuppe präsentierte es wunderbar, als ob die Braut tanzen würde. Klack, schon schaltete sich mein Kopfkino wieder ein. Ich sah einen kleinen Ballsaal, in dem eine wunderschöne Braut ihr champagnerfarbenes trägerloses Kleid ausführte. An ihrer Seite tanzte Nick, der Traum vieler Mädchen. In diesem Kleid hätte ich fast geheiratet. Meine Stimmung schlug um, fast gleichzeitig mit dem Glockenläuten der Lorenzkirche. Jeder einzelne Glockenschlag traf mein Herz und mir wurde richtig mulmig. Als mich dann noch die Verkäuferin in das Geschäft winken wollte, war es um mich geschehen: Ich konnte meine Tränen nicht aufhalten und so tropfte eine nach der anderen auf meine Klamotten und auf den Asphalt. Sah sie denn nicht, dass ich es war, die vor kurzer Zeit bei ihr angerufen hatte, um das Kleid wieder abzugeben? Wie gerne hätte ich dieses Kleid getragen! Und wie gerne wäre ich in diesem Kleid von meinen Freunden bewundert worden. Alles hätte wunderschön werden können, und nun stand ich hier und trauerte. Ich wischte mir meine Tränen ab und blickte zu Lena.

»Jeder sollte glücklich sein und lachen können. Aber trotzdem gibt es hin und wieder Situationen, wo man lieber gegen einen Baum fahren möchte.« Lena schwieg. Sie wusste genau, dass sie mich aus meiner seelischen Lethargie nicht so einfach herausziehen konnte. Sie umarmte mich, was mir in diesem Moment angebracht schien. Worte hätten jetzt nur Salz in meine Wunde gestreut. Manchmal konnte man einfach keine gutgemeinten, klugen und weisen Ratschläge hören!

12. Mädelsabend, Schoki und Liebesfilme

Es gibt im Leben Dinge, die kann frau nur mit Frauen tun!
Achtung! Fertig! Taschentücher!

Glücklicherweise war die Küche von Nicks Rachefeldzug verschont geblieben und nicht wie der Rest der Wohnung fast leergeräumt. Lena begann sofort nach unserem Eintreffen, sich dort zu schaffen zu machen. Heute war ultimativer Mädelsabend-Sonntag angesagt. Das hieß: Pizza, Tiramisu und Liebesfilme bis zum Abwinken. Ich liebte meine Mädels. Sie waren immer für mich da, wenn es in meinem Leben kriselte. Während ich schon das Wohnzimmer vorbereitete, tönte es aus Richtung Herd:

»Pizza ist im Ofen. Jetzt fehlt nur noch Fabienne.« Kaum ausgesprochen, klingelte es an der Tür.

»Auf Fabienne ist Verlass, wenn es ums Essen geht«, lachte Lena und eilte zur Tür, um aufzumachen. Fabienne war immer pünktlich. Sie würde sogar den Weltuntergang verschieben, um rechtzeitig zu ihren Terminen und Verabredungen zu kommen. Mit einer festen Umarmung und Küsschen links und rechts wurde ich begrüßt.

»Ich will nicht fragen, wie es dir geht, denn du siehst schlichtweg scheiße aus«, meinte sie.

»Wow! Danke, Fabi, ich bin immer wieder froh, ehrliche Freunde zu haben, die einem auch in den beschissensten Situationen die Meinung sagen.«

»Ach, Marie-Lu, du weißt doch, wie ich bin.« Trotz der oft harten Kritik war ich tatsächlich froh, dass ich die Beiden hatte. Nachdem wir Lenas selbstgemachte Pizza gegessen hatten, krümelten wir uns ins Wohnzimmer. Ein paar Kissen und Decken auf meiner Luftmatratze, die ich aus dem Schlafzimmer geholt hatte, mehr Gemütlichkeit konnte ich leider nicht bieten. Fabi hatte Filme und ihren Laptop mitgebracht. Sie wusste, dass mir Nick nicht mal DVD-Player und Fernseher gelassen hatte.

»Also Mädels, ich habe Folgendes mitgebracht: ‚P.S. I love you', ‚Wie ein einziger Tag', und ‚Nur mit dir'.«

Mit dem letztgenannten Film fingen wir unseren DVD-Abend an und arbeiteten uns dann bis »P.S. I love you« vor. »Nur mit dir« ist ein tolles Teenagerdrama, das die eigenen Probleme für kurze Zeit vergessen lässt. Der böse Junge in dem Film entwickelt sich zum Schluss in einen gefühlvollen Mann, der sich in Klein-Aschenputtel verliebt, welches er zum Filmende hin aber verliert. Er zeichnet ihr ein Schmetterlings-Tattoo auf die Schulter. Das wirkt so unschuldig und sinnlich. Die Szene, in der sie in den Sternenhimmel blicken, ist mit die schönste des Films. Sie verbringen viel Zeit zusammen, sie schauen sich die Sterne an und er fragt sie, ob sie einen ganz speziellen Stern suchen kann und hält ihr ein Blatt Papier mit den Koordinaten vor die Nase. Sie schaut durchs Teleskop und wundert sich, warum er gerade diesen sucht. Er erklärt ihr, dass er den Stern nach ihr benannt hat. So etwas Romantisches findet man selten. Wie auf Knopfdruck fingen wir alle drei zu weinen an. Die Szene, in der sie ihm sagt, dass sie todkrank sei, gab uns dann den Rest; eine neue Packung Taschentücher musste her.

Immer wenn ich solche Filme sehe, wo es jemandem schlechter geht als mir, fühle ich mich ein bisschen schuldig. Ich sollte glücklich sein und jeden Tag genießen.

Es kann schnell gehen, und du erlebst nicht mal den nächsten Tag. Wieso sind Menschen in Filmen immer so?

Der zweite Film »Wie ein einziger Tag« weckte fast noch mehr Tränen. Langsam mussten wir auf die Küchenrolle umsteigen, da meine Ressourcen an Taschentüchern begrenzt waren. Nur zu gerne hätte ich die Rolle der Rachel McAdams übernommen, die im Film als Allie hin- und hergerissen ist zwischen zwei Männern. Zum einen ist da ihre große Jugendliebe, die allerdings nicht den Erwartungen ihrer Eltern entspricht und zum anderen ein reicher, charmanter Mann, der ihr die Sterne vom Himmel holen kann. Ein absolut großartiger Film. Besonders die letzte Szene hatte es uns allen dreien sehr angetan: Sie zeigt ein sich liebendes Ehepaar, das mit den Jahren gealtert ist. Der Mann ist Allies Jugendliebe. Er begleitet sie in ihren letzten Tagen der Alzheimer-Krankheit und beschließt, mit ihr gemeinsam zu sterben.

Beim dritten und letzten Film überlegten wir, ob wir ihn überhaupt noch schauen sollten, weil jetzt nur noch Klopapier vorhanden war, um unsere Tränen zu trocknen.

»Es ist Sonntagabend, Mädels«, sagte Lena, »und wir sitzen hier mit verquollenen Augen. Wir sollten ausgehen und Spaß haben und nicht Trübsal blasen. Habe ich recht oder habe ich recht?«

»Das ist wahr, Lena, aber wir haben uns auf Liebesfilme geeinigt, also wird Nummer drei auch noch geschaut und damit basta«, bestimmte Fabi.

»Ich hol schnell noch Vanilleeis aus dem Gefrierschrank, bin gleich wieder da«, versprach ich der liebeswütigen Gesellschaft. Dürfte genau noch für eine Portion für jede reichen. Ihr könnt die DVD schon mal starten.«

»Halt! Nur wenn es Himbeersoße und Walnüsse dazu gibt«, tönte es hinter mir her.

»Na, aber selbstverständlich, Eure Majestäten! Darf es sonst noch etwas sein, Königin Fabi? Vielleicht eine Fußmassage?« spöttelte ich.

»Nein, du darfst dich dann setzen«, entgegnete Fabienne und nahm mit königlicher Geste ihre Eisschale entgegen. Ich machte einen würdevollen Knicks, reichte Lena die andere Schale und drängelte meinen Hintern zwischen beide auf die Luftmatratze. Bevor der Film losging, liefen wie immer die Vorschauen.

Ich mag das. Die Spannung wird gesteigert. Ich liebe solches Kinoflair. Die Eisdame, die ihre Runde dreht, darf nicht fehlen. Noch mal schnell aufs Klo, die Blase entleeren. Das ist notwendig. Ich hatte schon die spannendsten Szenen verpasst, nur weil ich im falschen Moment musste. Gut, fertig.

»P.S. I love you« hatte es auch in sich. »P.S. Ich hörte nicht auf, zu weinen« würde die Gefühlslage des Films besser beschreiben. Ich hätte jetzt gerne jemanden gehabt, an den ich mich hätte ankuscheln können.

»Warum immer jemand in Filmen sterben muss, werde ich wohl nie verstehen.« Für uns war der Abend regelrecht gelaufen: Wir sahen alle drei aus wie ein Häufchen Elend. Besser gesagt, wie ein Haufen!

»Ein kleines Sektchen und die Welt ist wieder in Ordnung, oder?« schlug Lena vor. Fabienne nickte.

»Echt klasse, die Filme!«

»Ich kann nur immer noch nichts sagen, weil mir noch ein Kloß im Hals steckt«, schniefte ich.

»Das nächste Mal werden Komödien ausgesucht«,

erklärte Fabienne energisch. Lena putzte kräftig ihre Nase und stimmte ihr zu.

»Tja, wer wollte denn Liebesfilme schauen?«

»Hey, Leute, wenn ihr in einem Loch steckt, dann würdet ihr das auch wollen«, verteidigte ich mich.

Es war, als ob ein Stück Herzblut von mir in diesen Filmen steckte; ich litt mit den tragischen Filmfiguren. Ich fühlte mich selbst als Teil der Handlung und empfand den Schmerz.

»Ja, Marie-Lu, wir wissen, wie nah du am Wasser gebaut bist, aber wir lieben dich trotzdem.« Fabi rückte näher und gab mir einen Knutscher auf die Wange.

»Ich bin froh, dass ich euch habe!«

Nachdem die letzte Flasche Sekt geleert war, begaben sich beide nach Hause. Ich war wieder allein. Komisch, dachte ich, dass nicht nur ein Teil von dir geht bei einer Trennung, auch die Möbel dezimieren sich. Von mir aus hätte er die restlichen Möbel auch noch mitnehmen können, denn das Loch, das Nick wie mit einem Presslufthammer in mein Herz gebohrt hatte, traf mich tiefer und schmerzvoller als die leere Wohnung. Oft war ich früher den jetzt so verstaubten Flur entlanggelaufen, um ihn zu begrüßen, wenn er nach Hause kam. Warum kann man nicht nochmal alles zurückspulen, wie im Film? Alles neu programmieren! Werde ich je wieder glücklich sein? Es schleicht sich natürlich immer Routine ein, aber ansonsten hätte eigentlich alles gepasst bei uns: Wir hatten regelmäßig etwas unternommen, uns gestritten, um anschließend die Versöhnung im Bett zu feiern, sprich wir hatten regelmäßig Sex. Guten Sex, wohlgemerkt! Wir waren Essen gegangen, hatten keine schwerwiegenden

Probleme, ich mochte seine Eltern und sie mich. Okay, zumindest seinen Vater konnte ich gut leiden. Ich hätte zwar keine Vorzeige-Schwiegertochter abgegeben, aber ich konnte sehr wohl von mir behaupten, kein schlechter Mensch zu sein.

»Will mich Gott bestrafen für etwas, woran ich mich nicht erinnern kann?« überlegte ich und begann unvermittelt zu beten: »Lieber Gott, ich glaube, dass ich genug gelitten habe. Bitte mach, dass alles wieder gut wird. Ich werde nie mehr lügen, Notlügen ausgenommen, werde den Armen auf der Straße helfen und ihnen einen Euro geben, wenn ich Kleingeld in der Tasche habe; ich werde niemandem mehr den Parkplatz wegschnappen und an der Supermarktkasse nicht zur anderen Kasse wechseln und Leute überholen, die vor mir drangekommen wären. Ich werde mich bessern, ich verspreche es! Es ist letztendlich alles in mir drin, ich bin im Herzen gut. Ich hoffe, dass du mich da oben gehört hast.« Stoßgebet beendet.

Der Flur war wie gesagt fast leer bis auf den großen Schrank und die Bilder, die noch an den Wänden hingen. Bilder von Nick und mir aus glücklichen Tagen. Eines der Fotos brachte mich immer wieder zum Schmunzeln. Das Bild zeigte Nick im Disneyland Paris. Nick war so angetrunken gewesen, dass er in Minnie Maus hinein getaumelt war und sie zu Boden gerissen hatte. Nick hatte auf Minnie Maus gelegen, und ich hatte ordentlich geknipst. Bis zum Schluss war er mir deswegen böse gewesen, Nichtsdestotrotz hängte ich das Bild auf. Das daneben zeigte uns beide auf dem Eiffelturm. Wir strahlten in die Kamera. Die Freude, die von diesem Bild ausging, war spürbar. Ich hielt meine Hand hoch, damit jeder den

Ring sehen konnte. Er hatte auf dem Eiffelturm um meine Hand angehalten. Ich hatte natürlich »ja« gesagt. Wir waren in Paris, der Stadt der Liebe, des Verlobens und Heiratens, und ich liebte Nick von ganzem Herzen. Es war am Abend geschehen. Er hatte für uns ein Abendessen auf dem Eiffelturm gebucht. Ich hatte mir dafür sogar ein Abendkleid anziehen müssen, das ich mir am Nachmittag auf den Champs-Élysées gekauft hatte. Die Lichter funkelten, das Ambiente und die Atmosphäre waren nicht zu überbieten. Es war der absolute Wahnsinn. Überall saßen verliebte Paare und ein jeder konnte das Testosteron, das Östrogen und den Liebeszauber förmlich riechen. Meine Augen glühten vor Glück und mein Herz hüpfte den kompletten Eiffelturm hinunter und wieder hoch. Ich war unbeschreiblich happy und zufrieden. Ich hätte zum Mond und zurück fliegen und unterwegs noch neue Planeten ergründen können. Es war schlichtweg ein atemberaubendes Gefühl, mit dem Menschen, den man liebte, die Zukunft zu planen. Mein Herz raste wie wild, als er mir das kleine schwarze Schmuckschächtelchen vor die Augen hielt. Er machte es auf und kniete sich vor mich hin. Er hatte einen schwarzen Smoking an und sah wahnsinnig gut aus. Alle Augen blickten auf uns, und die Leute klatschten Beifall, als ich mir den Ring an den Finger steckte. Die Kellner lächelten nur ein wenig; für sie war es Alltag und deshalb löste dieser kleine Kniefall bei ihnen keine Begeisterung mehr aus.

Ich weinte und küsste ihn, wir aßen unser Dessert und dann machten wir Liebe. Die ganze Nacht hindurch – natürlich nicht auf dem Eiffelturm – bis wir schließlich erschöpft einschliefen. So und nicht anders sollte ein Urlaub verlaufen. In Paris hatte ich definitiv bis dato den bewegendsten Moment meines Lebens. Die anderen Fotos zeigten Nick und seine Freunde auf irgendwelchen Feiern.

Wozu macht man Fotos? Um sich an die schönen Stunden zu erinnern? Was geschieht nach einer Trennung mit der Erinnerung? Dafür gibt es keine einfache Delete-Taste! Entfernen und weg damit. Geht nicht.

Als ich die Fotos gemacht hatte, wäre mir nie und nimmer in den Sinn gekommen, dass es einmal vorbei sein könnte. Wutentbrannt nahm ich sie ab und stopfte sie in einen Karton, in dem sich immer noch Schuhe und Bücher von ihm befanden. Ich konnte es nicht leugnen, dass er mir fehlte, denn schließlich war er ein Teil von mir gewesen. Im Badezimmer hing noch sein Lieblingshandtuch, das mir gehörte, aber Nick mochte es, weil es weich war, also benutzte er es ständig mit. Nach der Trennung, hatte ich es eine Zeitlang nicht gewaschen, weil Nicks Geruch noch daran haftete. Ich wollte nichts davon auswaschen. Ich wollte mich nachts darin einkuscheln und mir vorstellen, dass er da war und dass alles so bleiben würde. Ich verbrachte Stunden auf den kalten Fliesen im Badezimmer, umarmte das Tuch und konnte es kaum loslassen aus Angst, ihn dadurch zu verlieren. Diese Situation erinnerte mich manchmal an die »Peanuts«, diesen Comic, wo es einen kleinen Burschen gibt, der seine Kuscheldecke überallhin mitnahm. Ich schleppte Nicks Handtuch mit in die Küche, ins Wohnzimmer und abends mit ins Schlafzimmer, bis ich ihn nicht mehr roch. Irgendwann wusch ich es letztendlich doch. Zeit für Wandel! Deshalb legte ich es jetzt ordentlich zusammen, um es mit meiner verbleibenden Wut auf den Karton zu schmeißen.

Genervt ließ ich meine Aggression sogar am Lichtschalter aus. Schlafenszeit! Im Bett rissen die Gedanken allerdings nicht ab: Ob er mir aufs Handy gesprochen hat? Vielleicht vermisst er mich? Ich werde diese Wunsch-Nachricht nie bekommen, wenn ich nicht mein doofes Handy wiederfinde! Ich mochte mein Handy, es war ein cooles Teil, eines von den alten Modellen, aber zum Telefonieren und Runterschmeißen reichte es allemal.

Na ja, dachte ich, es wird schon wieder auftauchen. Möglicherweise will er mich trotzdem noch, obwohl ich ihn habe abblitzen lassen. Wenn ich ihn nicht bei mir habe, dann habe ich das Bedürfnis, ihn zu sehen. Steht er dann aber vor mir, dann möchte ich einen auf Forrest Gump machen und weglaufen. Lauf, Frau Maus! Gewohnheit? Mit der Zeit wird es besser werden.

Ich möchte jemanden an meiner Seite haben, dem ich blind vertrauen kann und der mich nimmt, wie ich bin. Mit all meinen Macken und Fehlern. Jemand, der sich nicht aufregt, wenn ich die Socken im Bett anlasse und das Klopapier immer nur auf den Halter stelle, statt es mit der leeren Rolle auszutauschen. Gibt es jemanden, der diese Sachen ignorieren kann? Ja, ich weiß, eine Frau muss immer »Backe, backe Kuchen« spielen, aufräumen, ordentlich sein … Aber wo, verdammt nochmal, gibt es die richtigen Zutaten für den perfekten Mann?

Die da wären: eine Tasse Lebensfreude, zwei große Löffel Treue. Die Betonung liegt hier auf »große«! Ein Suppenlöffel voller Optimismus, eine Prise Sexappeal.

Eine reicht, man(n) muss es schließlich nicht gleich übertreiben, und eine Packung Glück. Halt! Eine wichtige Zutat fehlt natürlich noch: der Humor! Der ist verdammt wichtig. Da draußen muss es doch eine Person geben, die diese Eigenschaften mitbringt?

Where the f… are you? Er weiß nur noch nichts von seinem Glück. Wahrscheinlich ist er noch bei der falschen Frau und muss es erst herausfinden. Solange muss ich mich in Geduld üben. Eine meiner leichtesten Übungen. Ha! Ich und Geduld sind wie Feuer und Wasser oder wie Senf und Ketchup. Ich kann dieses Wort nicht einmal buchstabieren. Am besten wäre es, wenn sich alles gestern oder vorgestern erübrigt hätte. Geduld, diese Eigenschaft muss ich zum Rezept »Mr. Right backen« hinzufügen. Das Chaos wäre nicht auszudenken, wenn mein zukünftiger Freund genauso ungeduldig wäre wie ich. Die Beziehung würde nicht lange halten.

Unrealistische Phantasien! Sollte ich nicht Nick doch lieber seine zweite Chance bieten?

»Stopp! Verstand an Herz: Bitte aufhören! Er ist nicht der Richtige, da ihm jetzt schon zwei Ausrutscher passiert sind: Die Go-go-Tante und die Kellnerin aus unserem Lieblingscafé. Du brauchst jemanden, der dich nicht betrügt!«

»Herz an Verstand: Und was ist, wenn er sich ändert? Was, wenn er mich wirklich noch liebt?«

»Verstand an Herz: Ich glaube, du brauchst eine komplette Generalüberholung, damit du das Richtige vom Falschen unterscheiden kannst! Wenn es Liebe gewesen wäre, dann hätte er nicht so gehandelt! Lass dich nicht für blöd verkaufen! Und nun ist Schlafen angesagt!«

Ich begriff nach diesem Wochenende, dass ich etwas an meinem Leben ändern musste. Diese nächtlichen Sektsessionen durfte es einfach nicht mehr geben, ich würde sonst zur Alkoholikerin werden. Nein, das ging nicht mehr. Ich sollte mir einen Plan machen.

Anderntags, gleich nach Feierabend, holte ich mir darum ein Blatt und einen Stift aus dem einzigen Schränkchen, das noch im Schlafzimmer stand, setzte mich auf den Boden und schrieb auf:

1. Kühlschrank füllen
2. Wohnung aufräumen und putzen
3. Urlaub planen und evtl. Eltern besuchen

Am liebsten wäre ich sofort in mein Auto gehüpft, hätte das Gaspedal durchgetreten und meine Heimat besucht. Aber das ging natürlich nicht. Vorläufig war es notwendig, erstmal ein bisschen Kontinuität in meinen Alltag zu bringen: Fit auf Arbeit, abends und an den Wochenenden keine Eskapaden mehr. Ich gab mein bestes.

Seit meinem Geburtstag hatte der Schmerz Tag für Tag ein bisschen mehr nachgelassen und die Zeit verging inzwischen wie im Flug. Ich lebte vor mich hin und versuchte, einfach zu funktionieren. Ich hoffte nur, dass die glücklichen Sommertage nicht allzu rasch in Wintertage umschlagen würden. Das wäre gefährlich für kleine Widder wie mich. Aber jetzt klopfte erst der Herbst an die Tür. Die ersten goldbraun und orange schimmernden Blätter wirbelten und leuchteten im Spätsommersonnenschein in ihrer ganzen Farbenpracht.

Ich liebe diese Jahreszeit. Besonders gerne mag ich Herbstspaziergänge mit meinem Dad. Die sind immer spannend und lehrreich. Jedes Mal fragt er mich aufs

Neue aus, ob ich all die verschiedenen Baumarten noch kenne. Als ich klein war, hatte er mich oft zu Waldspaziergängen mitgenommen und mir viele Dinge über die Bäume und die Natur erzählt.

Es wurde höchste Zeit, mein Vorhaben endlich zu verwirklichen und für ein Wochenende nach Hause zu fahren. Gesagt, getan. Eines schönen Samstagmorgens schwang ich mich gut gelaunt in meinen kleinen Flitzer. Ich freute mich darauf, Mom und Dad wiederzusehen. Unterwegs drehte ich das Radio lauter und genoss den Moment. Was gab es Schöneres, als beim Autofahren einen tollen Song zu hören? Da machte mir mein Ausflug gleich doppelt Spaß. Die besten Hits aus den 80ern und 90ern plus echte Rock- und Popsongs zum Hüftschwingen. Ich musste nur aufpassen, dass ich nicht zu schnell fuhr, was bei diesen Songs eine Herausforderung darstellte.

Bei meinen Eltern angekommen und aus dem Auto gestiegen, kläffte mich Dagobert an. Dagobert war der blöde, kleine Mops unserer Nachbarin, die sich immer beschwerte, wenn es bei uns laut wurde. Also irgendwie alles wie immer. Immerhin bekam mein Dad durch die Bellerei meine Ankunft mit. Ich musste nicht klingeln.

»Hallo, meine Kleine! Das ist aber eine Überraschung! Wie siehst du denn aus? Hast du die letzten Wochen wieder nichts gegessen? Trauerst du diesem Deppen etwa immer noch hinterher? Du wirst nicht alleine bleiben und etwas Besseres kommt allemal. Du bist doch schließlich meine Tochter!«

Typisch Dad. Ich drückte ihm einen flüchtigen Kuss auf die Wange. Ohne auf seine Bemerkungen einzugehen, fragte ich nach Mom.

»Dreimal darfst du raten, wo sie ist.«

»Beim Training? Hat es denn schon was gebracht?« Ich lachte. Mit Training war ungefähr der zehnte Kamasutra-Kurs gemeint, den sie besuchte.

»Na ja, vielleicht würde es etwas bringen, wenn ich mitgehen würde. Aber ich will da nicht hin. Unser Liebesleben ist schon okay. Ich meine, es könnte ein wenig öfter sein, aber na ja, es ist wie es ist!«

»Dad!«

»Ja, Liebes?«

»Ich bin eure Tochter, und ich möchte nichts über euer Liebesleben wissen. Es ist für mich völlig ausreichend, wenn ich weiß, wann ich entstanden bin und wo! Bitte erspar mir Details. Danke!«

Mein Dad und meine Mom sind schon coole Eltern: immer offen für alles, auch was die Liebe betrifft. Manchmal etwas zu offen für meinen Geschmack, aber es sind eben sehr lustige und liebenswerte Menschen, die versuchen, mich anständig zu erziehen. Sowas hört wahrscheinlich nie auf, selbst, wenn man alt und grau ist.

Mein Bruderherz ist übrigens das genaue Gegenteil von mir. Er ist introvertiert, redet wenig und macht immer einen auf Schlaubi-Schlumpf. Sagt er dann was, muss ich mich meistens halb totlachen, weil er einen mega-trockenen Humor hat, den allerdings nicht jeder versteht und mag. Er ist zehn Jahre älter als ich und auch der Reifere von uns beiden. Leider! Dennoch frage ich mich manchmal, wer von uns das Wunschkind war?

Wann immer ich meine Mom auf das Thema Wunschkind ansprech, entgegnet sie, dass wir beide gewollt waren, auch wenn mein lieber Bruder steif und fest das Gegenteil behauptet. Ich sei ein Ausrutscher gewesen, meint er, und verdanke mein Dasein nur dem Alkohol und der damaligen Kirchweih. Angeblich wurde ich nach vier Maß Bier väterlicherseits gezeugt. Mein Bruder könnte, ohne der Sache allzu viel Gewicht verleihen zu wollen, tatsächlich recht haben. Rechnete man nämlich zurück, dann konnte der Zeugungszeitpunkt auf den Kirchweihsamstag fallen.

Fünf Wochen kam ich zu früh. Ich war schon immer eigensinnig gewesen und hatte es offenbar kaum erwarten können, zu erfahren, was die Welt für mich bereithielt. Mit dem Kopf durch die Wand. Ein waschechter Widder eben. Ich habe mir nie etwas sagen lassen. Mein Bruderherz hatte immer alles im Griff. Ich hingegen versuche vergeblich, alles in den Griff zu bekommen. Ich glaube, für ihn werde ich immer die kleine Schwester bleiben, komme was wolle.

Mein Bruder ist Installateur und hat seinen eigenen Betrieb. Alles, was er anfasst, wird zu Gold. Zudem sieht er auch noch rattenscharf aus. Na ja, mittlerweile ist das nicht mehr ganz der Fall. Pizza und diverses anderes Fastfood hinterlässt Spuren. Vor zehn Jahren hätte er aber locker alle Calvin-Klein-Models in die Tasche stecken können. Viele Mädels aus unserem Dorf waren hinter ihm her und auch unsere Dorfmatratze fand ihn schnuckelig. Ob er sich je auf eine seiner hiesigen Verehrerinnen einließ? Keine Ahnung! Er ist mein Bruder! Cut! Das möchte man als Schwester einfach nicht wissen. Nicht in Bildern denken! Kopfkino ausschalten!

13. Baby on board!

Die Einen nennen es Wunderwerk
Andere: Strafe
Offener Vollzug die nächsten 18 Jahre
Ich denke: Glücksgefühle, Freude, Hoffnung

In einem kleinen Dorf wie Sonnenfels muss ein jeder in hohem Maße aufpassen, mit wem und wo er sich vergnügt, damit er nicht gleich am nächsten Tag in der lokalen Zeitung steht. Die Leute leben von Skandalen. Statt vor ihren eigenen Häusern zu kehren, wird lieber anderer Leute Staub aufgewirbelt. Trägt eine Frau einen Minirock, dann gilt sie als Schlampe, schminkt sie sich, gilt sie als eingebildet, hat sie schöne Klamotten an, nennt man sie abschätzig Städterin, kauft sie sich ein tolles Auto, dann ist sie eine Angeberin und kotzt sie vor der Kneipe, heißt es, dass sie nichts vertrage. Mit Letzteren mögen sie in meinem Fall wahrscheinlich recht haben.

Ja, ich vertrage nichts und manchmal musste ich früher hier in diesem Örtchen einfach etwas trinken, um das alles zu ertragen. Und nein, ich bin keine Schlampe und würde auch niemals zu einer werden. Ich mag die Gegend, in der ich aufwuchs, wirklich. Das Frankenländle ist an sich toll, aber für junges Gemüse bietet unser Ort leider wenig. Viele sind hier dennoch zufrieden. Sie kennen kein anderes Leben und wissen nicht, was sie mit einer Straßenbahn anfangen sollten, geschweige denn, wie man Großstadt überhaupt schreibt. Für einige männliche Bewohner von Sonnenfels ist es ein Highlight, sackkratzend auf der Couch zu hocken und Fußball zu schauen.

Für mich stand immer fest, dass ich nicht so leben wollte. Sonnenfels ist umringt von Wäldern, sehr idyllisch gelegen und für die ältere Generation ein schönes Fleckchen. Die »lost places« im Alter! Und dass es überall auf der Welt Idioten gibt, muss mir niemand erklären. Andererseits gibt es auch hier tolle Leute. Meine Eltern zum Beispiel und Hannah.

Hannah war eine meiner Busenfreundinnen von früher. Seit unserer Kindheit kannten wir uns und verbrachten manche witzige Stunde zusammen. Jetzt waren die wilden, heißen Zeiten allerdings vorbei. Sie bekam von ihrer Jugendliebe Paul ein Kind.

Es war der helle Wahnsinn: Wenn ich sie sah, hatte ich immer das Gefühl, dass das Leben an mir vorbeizog. Und nicht nur sie. Viele meiner ehemaligen Klassenkameraden waren unter der Haube und setzten mächtig Nachwuchs in die Welt. Was konnte ich vorweisen? Ich wusste nicht einmal, wie man einen Baby-Brei richtig zubereitete. Die Vorstellung ein Kind zu haben, machte mir Angst. Schließlich war ich selbst noch eins. Ha! Mit Dreißig konnte man auch noch Mama werden. Wieso sich jetzt den Stress aufbürden?

Für Hannah und Paul freute ich mich. Die Beiden waren perfekt füreinander, und sie würde bestimmt eine richtige Vorzeige-Mami werden, da war ich mir sicher. Ihr Baby sollte bald zur Welt kommen. In ihrer letzten E-Mail schrieb sie, dass sie die Wochen schon zähle.

»Dad, ich besuche schnell mal Hannah, bin zum Abendessen wieder da«, rief ich die Treppe hoch, bevor ich die Tür hinter mir zuzog. Ich schlenderte durch die Gassen, am Fluss und meiner ehemaligen Schule entlang, um festzustellen, dass alles immer noch so ausschaute wie damals, als mich Ronny im Pausenhof mit sieben Jahren in den Po kniff und ich vor Schreck mein Brot hatte fallen lassen. Ich sog die frische Landluft ein, blickte zum Himmel und dann rückte auch schon ihr Haus in Reichweite. Nach dreimaligem Klingeln ertönte die erotischste Frauenstimme des ganzen Dorfes mit einem krächzenden »Ja?« Sie hatte einfach eine unvergesslich raue, dennoch angenehme und sympathische Stimme.

»Hallo, Supermami, aufmachen! Ich bin es, Marie-Lu!«

»Hey, Marie-Lu, du bist wieder mal im Lande! Wie geht's dir?«

»Mir geht's gut, aber möchtest du mir nicht lieber aufmachen?«

»Äh, oh ja, klar«, kicherte Hannah und drückte auf den Türöffner.

»Wie geht's der Supermami?« Mit einem Schmatzer auf die Wange begrüßte ich sie.

»Mir geht's gut und dem Baby da drinnen auch.« Sie lächelte und streichelte ihren Bauch.

»Und Paul?«

»Du kennst ihn doch! Er sitzt im Nanni und schaut sich das Fußballspiel an.« Das Nanni war die örtliche »Fußball-und-dabei-kratz-ich-mich-am-Sack-Kneipe«.

»Und wann ist es soweit? Wie viele werden schlüpfen? Zwei, drei?« lachte ich sie an. Sie nickte.

»Jeder denkt, dass es mehr werden. Bei dem Fass, das ich mit mir rumschleppe ist das kein Wunder! Cappuccino?« fragte sie und verschwand in der Küche, ehe ich nicken konnte. Ich setzte mich auf ihre olivgrüne Couch und betrachtete die Bilder an der Wand: Bilder von ihrem Paul und von Freunden. Auf einem waren wir beide zu sehen. Das Bild musste mindestens schon acht Jahre alt sein. Wir waren damals auf dem Weg zu unserer Abschlussfeier von der Schule. Wir hatten uns aufgeschniegelt, wie Teenager das eben tun. Im Nachhinein musste ich feststellen, dass es für die damalige Zeit okay war. Wir trugen Tonnen von Make-up und Lidschatten. Paradiesvogel-Styling.

»Hier, dein Cappuccino ist fertig.«

»Danke, Mama!« Seitdem ich wusste, dass sie schwanger war, nannte ich sie nur noch so.

»Wir sind fleißig am Namen suchen. Drei Wochen vergehen wie im Flug!«

»Drei Wochen? Hast du dir sagen lassen, was es wird?«

»Nein, es soll eine Überraschung werden, wobei ich allerdings denke, dass es ein Mädchen wird. Oh, jetzt habe ich meinen Saft vergessen. Bin gleich wieder da.« Ich schaute ihr nach und wurde ein wenig wehmütig. Nick und ich hatten auch Kinder haben wollen, mindestens zwei. Wenn ich Hannah mit ihrem Bäuchlein sah, erinnerte sie mich an meinen eigenen Kinderwunsch. Ich gönnte es ihr von Herzen, mir selbst hätte ich es auch gegönnt. Unsere Kinder hätten zusammen in die Schule gehen können und … Patsch! Das hatte sich wie ein Glas angehört.

»Alles okay?« Als ich keine Antwort erhielt, lief ich in die Küche und erschrak fürchterlich. Hannah kniete am Boden.

»Ahhhh«, schrie sie. »Ich glaube, das Würmchen will

nicht mehr länger warten!«

»Oh, mein Gott, Hannah, was machen wir denn jetzt?« fragte ich entsetzt.

»Du musst mich ins Krankenhaus fahren, meine Fruchtblaaaaaaase ist geplatzt!« Die letzten Worte brachte sie nur stöhnend heraus.

»Nein, du verarscht mich doch jetzt?«

»Nee, schau ich so aus?«

»Kannst du aufstehen, Hannah?« Ich kniete mich neben sie.

»Es muss gehen, ich will mein Baby nicht hier bekommen.« Ein leicht sarkastischer Unterton schwang mit. Ich musste mir ein Lachen verkneifen. Ihr Sarkasmus besaß Weltklasse, ich liebte ihre Art. Nachdem wir dreimal vergeblich gemeinsam versucht hatten, aufzustehen, wollte ich schon den Notarzt rufen, aber dann klappte es doch. Die Treppe hinunter musste ich sie stützen. Mit jeder Stufe wurde ihr Schnaufen heftiger und nach dem dritten Treppenabsatz machte es »Klatsch«. Sie verlor eine geballte Ladung Fruchtwasser.

»Oh Gott! Lieber Gott, mach, dass wir es noch ins Krankenhaus schaffen«, betete ich still in Gedanken. Laut sagte ich: »Halte durch und press bloß nicht. Lass den kleinen Menschen bitte noch ein wenig in deinem Bauch. Tante Marie-Lu ist noch nicht bereit und gewappnet für dich.«

»Wer hier wo, wie und wann bereit ist, werden wir wohl kaum bestimmen können«, stöhnte Hannah, »auhhhhhha!« Ein erneuter Schrei erfüllte das kleine idyllische Sonnenfels-Häuschen.

Hilfe! Ich glaube, ich werde doch nicht Mutter. Und

wenn, dann bestell ich mir lieber ein Baby per Ebay. Eigenschaften: frisch geboren, ruhig, schläft die Nacht durch und ist stubenrein. Das Geplätscher des Fruchtwassers riss mich aus meinen Gedanken und führte mich in die filmreife Realität zurück.

»Gleich haben wir die Treppen geschafft, es kommen nur noch zwei«, sagte ich aufmunternd, eher zu mir selbst als zu ihr, dann verfrachtete ich sie ins Auto. Drinnen wurde die Schreierei lauter. Das mussten wahnsinnige Schmerzen sein.

»Hannah, ich weiß nicht, wie ich dir helfen soll, aber wir schaffen das schon.«

»Sollte ich irgendwann mal den Wunsch hegen, noch ein Baby zu wollen, Marie-Lu, dann erinnerst du mich einfach an das hier, Okay?«

»Ja, in Ordnung.« Ich startete den Motor und trat das Gaspedal durch. Für die Strecke zum Krankenhaus stellte ich einen neuen Rekord auf. Angelangt, wusste die Schwester in der Notaufnahme offenbar genau, wie der Hase hoppelte und brachte uns einen Rollstuhl. Da Hannah einen Rock anhatte, konnte ich beobachten, wie das restliche Fruchtwasser an ihren Beinen hinunterlief. Demnach dürfte das Baby bald kommen. Hoffentlich hielt das Kleine noch ein wenig aus! Ich wusste gar nicht, wie ich mich verhalten und was ich machen sollte. Moment! Ich musste gar nichts machen! Paul sollte hier an meiner Stelle stehen.

»Wir haben vergessen, Paul anzurufen«, platzte ich heraus. »Ich ruf ihn schnell an.« Mit schmerzverzerrtem Gesicht ließ ich Hannah sitzen, um telefonieren zu gehen. Draußen war hellster Sonnenschein und hier im

Krankenhaus ging für Hannah gerade die Welt unter. Es schien mir alles unwirklich. Die nette Dame an der Rezeption wählte Hannahs Festnetznummer und überreichte mir den Hörer. Der Anruf blieb unbeantwortet. Stimmte ja, der war in der Kneipe. Ich legte auf und versuchte es auf seinem Handy. Auch dort erreichte ich ihn nicht. Wahrscheinlich stummgeschaltet. Mist! Ich fluchte innerlich und beschloss, es später noch einmal zu versuchen. Als ich mich umdrehte und wieder zu meiner Freundin wollte, fehlte von Hannah jede Spur. Die Krankenschwester versicherte mir, dass es ihr gut gehe und sie nun untersucht würde. Ich solle solange im Wartebereich Platz nehmen.

Ich hasse Wartezimmer, besonders, wenn ich lange warten muss. Manche Ärzte und Krankenhäuser sollten ihre Wartezimmer besser in Schlafsäle umwandeln. Ich hatte vor längerer Zeit einen Termin bei meiner Frauenärztin und musste sage und schreibe drei Stunden warten. Unglaublich, was ich alles hätte in diesen drei Stunden tun können. Shoppen, einkaufen, Wäsche waschen, mit der besten Freundin telefonieren, meine Knöllchen überweisen. Komischerweise kamen immer die Leute dran, die nach mir das Wartezimmer betraten. Ich fragte mich, ob die mich verarschen wollten.

Mit mir übten sich zwei weitere Frauen und ein Mann mit Kind in Geduld. Ob die auch jemanden hatten, der gerade im Kreissaal lag? Eine der Frauen musterte mich. Ich versuchte, sie anzulächeln. Es gelang nicht. Schließlich schaute ich weg. Ich hatte es noch nie leiden können, wenn mich Leute einfach so anstarrten. Meinen Blick richtete ich zur Wand. Problem gelöst! Es herrschte gruselige Stille, nicht einmal das Kind redete. Plötzlich öffnete sich die Tür, mein Herz fing an zu rasen.

»Frau Maus?«

»Ja, das bin ich!«

»Ihre Freundin möchte Sie bei der Entbindung dabeihaben, kommen Sie bitte mit!« Erleichtert, den Raum verlassen zu können, verabschiedete ich mich und folgte der Hebamme.

»Wie geht es ihr denn?«

»Gut, ihr Muttermund ist schon sehr weit offen.«

»Aha.« Auf meine zögernde Antwort hin setzte sie hinzu, dass das Kind bald kommen würde. Ich nickte. »Ich habe ihren Mann aber noch nicht erreicht.«

»Das ist jetzt egal, Ihre Freundin braucht Sie.«

»Okay.« Irgendwie machte mir das Ganze schon ein wenig Angst. Eine Geburt mitzubekommen, stand bis dato nicht auf meiner To-do-Liste.

»Ziehen Sie das hier an, waschen Sie sich die Hände und desinfizieren Sie sie danach!«

»Ach, herrje! Jetzt wird's ernst«, murmelte ich und nahm ihr das grüne Etwas ab, das ich anziehen sollte. Mein Herz fing mächtig an, zu klopfen, obwohl gar nicht ich es war, die gleich entbinden würde.

»Ihre Sachen können Sie hierlassen. Rufen Sie mich, wenn Sie fertig sind. Ich bin Hebamme Renate.«

»Ich bin Marie-Lu.« Freundschaftlich streckte ich ihr die Hand entgegen.

»Angenehm«, erwiderte sie, ohne mich anzuschauen oder meine Hand zu schütteln. »Bis gleich.«

Na super, das konnte ja eine tolle Geburt werden. Kaum hatte ich meinen Arztkittel angezogen, kam sie auch schon zurück und führte mich zum Kreißsaal. Es wäre ein relativ angenehmer Raum gewesen, wenn nicht gerade eine Geburt ins Haus gestanden hätte: Hell, große Fenster, freundliche Farben, aber eben alles sehr glatt und steril eingerichtet. Ein großer Tisch stand in der Mitte, daneben lagen einige Geräte auf einem kleinen Zustelltisch. Ein kleines Wännchen mit Wasser stand bereit. Wahrscheinlich würde das Baby gleich danach gebadet und gewogen werden. Hannah, die in einem Bett lag, durchbrach die Stille mit ihrem Geschrei.

»Holt es raus!« krächzte sie.

»Hannah, ich bin da. Leider habe ich Paul nicht erreicht.«

»Egal, spritzt mir irgendetwas, damit ich es aushalten kann!«

»Richtige Frauen halten die paar Schmerzen aus. Wenn Sie denken, Sie sterben, dann kommt Ihr Kind«, kommentierte die Hebamme Hannahs Geschrei trocken, während sie die Sachen für die Geburt richtete.

»Na Sie machen ihr ja Mut«, entfuhr es mir.

»Falsch! Ich bin die Hebamme und für sie und das Baby zuständig. Zum Mut machen sind Sie da.« Wow! Das hatte gesessen. Und an Hannah gerichtet: »Sie bekommen jetzt von mir ein Gel, das den Prozess ein wenig beschleunigt.« Gesagt, getan. Sie stand am Ende des Bettes, schlug ungeniert die Bettdecke zurück und schmierte meiner Freundin dieses Gel in die Scheide. »Sie vertragen das spermaartige Gel gut, wie es scheint«, bemerkte die Terminator-Hebamme. Hannah schnappte nach Luft:

»Das wundert mich gar nicht, mein Körper ist Sperma gewöhnt.« Die Hebamme und ich schauten uns an und begannen zu lachen. Eins zu null für Hannah. Was ist cooler als eine sarkastische Hebamme? – Richtig: Eine sarkastische Schwangere, die in den Wehen liegt! Mit dieser Hebamme konnte Hannah mithalten. Ich war stolz auf sie.

»Die Wehen kommen in regelmäßigen Abständen. Ich hole den Arzt.« Was faselte die da von regelmäßigen Abständen? So einen Zirkus tu ich mir nicht an, dachte ich. Ich bleib bei Ebay. Sauber, stubenrein und die ersten Zähne könnte es vielleicht auch schon haben. Eine Geburt schien mir in diesen Momenten einfach erschreckend.

Dann kam der Arzt. Ich hielt immer noch Hannahs Hand. Ob ich sie je wieder würde benutzen können, war erst einmal dahingestellt, denn immer, wenn bei Hannah eine Wehe kam, spürten das auch meine fast zu Brei gequetschten Finger.

»Guten Tag, mein Name ist Lindner, wir werden Ihr Baby jetzt holen. Bitte versuchen Sie, die Beine so gut es geht auseinanderzuhalten.«

»Kein Problem, das kann ich gut!« Wieder erfüllte Gelächter den Raum. Der Arzt schmunzelte. Während ich ihre Hand festhielt, tat Hannah ihr Bestes. Sie presste, was das Zeug hielt und versuchte, nicht zu schreien, bis es nicht mehr anders ging. »Macht was ihr wollt, ich kann nicht mehr!«

»Hannah, sei tapfer! Komm, du hast es gleich geschafft!«

»Kommen Sie her«, befahl Schwester Hebamme.

»Halten Sie ihr Bein fest.« Ehe ich schauen konnte, hielt ich Hannahs Bein fest und die Hebamme fuhr meine Freundin in barschem Ton an:

»Sehen Sie her!« Ich sah es schon, bevor die Hebamme den Spiegel zwischen Hannahs Beine hielt. Das Köpfchen guckte schon ein wenig heraus. »Ich will ihre Augen sehen«, legte sie nach. Jetzt blickte Hannah auf das kleine Köpfchen und von da an sah man förmlich die Power, die ihr innewohnte. Sie presste mit letzter Kraft. Was die Terminator-Hebamme nicht daran hinderte, sie weiter anzufeuern. Ich hielt das Bein fester. Die Spannung war an Hannahs ganzem Körper zu spüren und wieder erfüllten Schreie den Raum. Sie tat mir leid.

Der Onkel Doc werkelte an Hannah herum, und ich wusste nicht mehr, wo ich hinschauen sollte, aber bevor ich den nächsten Gedanken zu Ende bringen konnte, hielt er das kleine Köpfchen in den Händen. Die Schwester wickelte die Nabelschnur vom Hals des Kleinen, dann gab es ein Blubb-Geräusch und der restliche Körper flutschte heraus. Sprachlos stand ich da und starrte auf das kleine Etwas. Ich versuchte herauszufinden, welches Geschlecht es hatte, konnte aber nichts erkennen, weil Hebamme und Arzt das Kleine wogen und wuschen. Ein paar Minuten später legten sie es Hannah auf die Brust.

»Glückwunsch, Sie haben ein gesundes Mädchen.« Jetzt erst ließ ich Hannahs Bein los und betrachtete das Neugeborene. Es lag ganz friedlich auf ihrer Brust und schlief. Meine Freundin schien unendlich glücklich. Erschöpft aber glücklich.

»Weißt du schon, wie sie heißen soll?«

»Lena-Marie«, lächelte Hannah.

»Ein wunderschöner Name«, entgegnete ich stolz. Ich war gerührt, dass sie meinen Namen mitbedacht hatte.

Als ich Paul endlich telefonisch erreichte, sagte ich

Hannah noch kurz Bescheid und verabschiedete mich mit einem Kuss auf ihre Stirn und dem Versprechen, sie morgen gleich wieder zu besuchen. Beim Hinauslaufen warf ich einen Blick auf die Uhr und musste feststellen, dass seit unserer Ankunft fünf Stunden vergangen waren. Aber was waren schon fünf Stunden, wenn man so ein tolles Würmchen im Arm halten durfte. Lena-Marie! Ich konnte mein Glück gar nicht fassen, bei ihrer Entbindung dabei gewesen zu sein. Unglaublich!

Tja, im Nachhinein sah die Sache tatsächlich schon wieder ein bisschen anders aus. Es wäre schön, selbst Mama zu sein, dachte ich verträumt. Das Schicksal wollte es offenbar anders.

»Dad, ich bin wieder zu Hause!«

»Wo warst du denn so lange, Kleines?«

»Ich war im Krankenhaus mit Hannah. Dad, du wirst es nicht glauben, aber ich war bei Lena-Maries Geburt dabei.«

»Wer ist denn bitte Lena-Marie?«

»Na, Hannahs Baby!«

»Wow! Ehrlich? Toll, oder? Ich kann mich noch erinnern, wie ich bei deiner Geburt mitgefiebert habe.«

»Dad, ich kann es noch gar nicht fassen.« Ich umarmte meinen Vater und fing an zu weinen.

»Komm, setz dich, ich mach dir einen Tee.«

»Okay Dad. Das ist aber kein Tee.«

»Nein, das ist mein persönlicher Tee, ein Kirschgeist.«

»Dad!«

»Keine Widerrede, du trinkst jetzt einen mit.«

»Also gut.«

»Du warst ein richtig süßes Baby. Vor dir war nur nichts sicher«, grinste mich mein Vater an.

»Oje, kommen jetzt irgendwelche Horrorgeschichten?«

»Keine Horror-Geschichten, sie waren immer lustig, egal, was du gemacht hast. Allerdings gab es eine Sache, die deine Mom und ich nicht so schnell vergessen werden.«

»Und die wäre?« Ich rechnete mit dem Schlimmsten.

»Du hast gerne mit der Klospülung gespielt, als du zwei Jahre alt warst. Ein kleiner Dreikäsehoch warst du!«

»Dad, bitte!« Meine Bitte, aufzuhören, stieß auf taube Ohren, er plapperte munter weiter und während des Erzählens schenkte er uns noch einen Kirschgeist ein. Mein Adrenalin schien sich langsam zu beruhigen. Vielleicht lag es auch an Dads »Tee«.

»Vor dir war nichts sicher. Halt, ich korrigiere: Vor dir und der Spülung war nichts sicher! Du hast einfach alles reingeschmissen, was dir in die Finger fiel. Alles, was du angefasst hast, landete unweigerlich in der Toilette. Du hast immer gespült und dich gefreut, wenn es weg war. Nur ein- oder zweimal hast du Panik bekommen, als dein Baba-Bär nicht durchs Rohr gepasst hat und das Wasser immer wieder zurücklief. Die Folge war, dass das Klo unter Wasser stand und du darin rumgeplantscht hast.«

Während seiner Geschichte kippte ich meinen zweiten Kirschgeist in einem Zug runter, worauf mein Dad gleich noch einen nachschenkte. Dad, der inzwischen mindestens Schnaps Nummer drei intus hatte, erzählte munter weiter.

»Wir haben damals mit dir geschimpft, und du hast

uns dann dafür zwei Tage lang mit Schweigen bestraft. Wenn du dir was in den Kopf gesetzt hattest!« lachte er. »Du hast nicht einmal mehr piep gesagt, das hat uns Angst gemacht. Aber das war noch nicht alles von der sagenumwobenen Klo-Geschichte. Das Lustigste, das du je gemacht hast, war, als du den Hundertmarkschein versenkt hast. Deine Mutter wollte den Wocheneinkauf machen und legte einen Hundertmarkschein auf den Küchentisch.«

»Dad! Stopp! Bitte, schenk mir noch einen Kirschgeist ein, das ertrag ich sonst nicht.«

»Deine Mom wollte sich nur schnell anziehen, und was machte unsere kleine Maus?«

»Sie wartete geduldig im Bett, bis die Mutter fertig war?« murmelte ich fragend hinter meinem Schnapsglas hervor, als ob ich die Vergangenheit dadurch beeinflussen könnte.

»Nein, sie schnappte sich das Geld und spazierte schnurstracks zur Toilette. Muss ich noch weiter erzählen?«

»Nein, Dad, ich glaub, jeder in dieser Familie kennt die Geschichte, einschließlich der Nachbarschaft.«

»Mann, was ist deine Mutter im Dreieck gehüpft. Während sie beim Anziehen war, hörte sie die Klospülung und hatte plötzlich ein bedrückend ungutes Gefühl. Sie rannte in die Küche und wollte nach dem Geld sehen, doch es lag nicht mehr da. Sie schrie deinen Namen. Ich hab ihn bis in die Werkstatt gehört, und dann rannte sie wie von der Tarantel gestochen im Haus herum. Du kamst mit deiner Unschuldsmiene angewackelt und hast gegrinst. Deine Mom fragte dich damals dreimal, wo du das Geld hingetan hast. Da du nicht viel gesprochen hast, hast du sie einfach an die Hand genommen und bist mit ihr Richtung Klo gelaufen. Freudestrahlend hast du mit deinen kleinen Fingern ins Klo gezeigt. Wir waren fix und fertig. Wir waren damals gerade dabei, das Haus einzurichten und hundert D-Mark reichten fast für eineinhalb Wochen Essensration. Aber deine Mom war nicht dumm. Sie ist schon immer überaus klug gewesen, deshalb habe ich sie auch geheiratet.«

»Dad, du bist unmöglich!«

»Sie rannte in den Keller und holte zwei Rechen und einen Besen. Sie öffnete alle Straßendeckel, die es bei uns auf dem Berg gab. Sie stellte die beiden Rechen beim ersten Gully hinein und den Besen in das letzte Loch. Dich postierte sie neben der Klospülung. Von draußen rief sie dir zu, wann du drücken solltest. Das Geschrei deiner Mom auf der Straße hätte glatt die Toten wieder aufwecken können. Da der Friedhof nicht weit weg ist, wäre das eventuell sogar möglich gewesen. Na ja, jedenfalls hast du dir das nicht zweimal sagen lassen und auf Kommando hast du gespült wie eine Weltmeisterin. Und siehe da. Beim dritten Spülen tauchte tatsächlich der Hundertmarkschein auf. Deine Mom wusch ihn und brachte ihn zur Bank. Dass er nicht mehr frisch aus dem Kanal kam, war uns allen klar. Die Dame von der Bank kriegte sich nicht ein vor Lachen und übergab ihn ihrer Kollegin, die ihn umtauschte. Die blaue Farbe leuchtete nicht mehr ganz so intensiv, aber einem Umtausch stand nichts im Weg.«

»Doll. Wahnsinnsgeschichte, Dad.« Das war ironisch gemeint. Er nahm es wörtlich.

»Ja, das fand ich auch.«

»Dad, mir ist schwindelig.«

»Ach komm, du verträgst halt nichts, ich habe das Doppelte getrunken.«

»Ich habe eben noch nichts gegessen.«

»Ich kann dir was zu essen machen.«

»Nein, ich glaub, ich gehe lieber ins Bett.«

»Okay, Kleines, schlaf gut!« Schnell gab er mir noch einen Kuss auf die Stirn und drückte mir einen Eimer in die Hand. »Hier, falls du rückwärts essen musst. Ich kenne deine Trinkfestigkeit.«

Leider konnte ich auf seinen Scherz nicht eloquent einsteigen, da ich mit meinem Gleichgewicht zu kämpfen hatte. Ich torkelte langsam die Treppe hinauf in mein altes Mädchenzimmer. Seit meinem Auszug hatte sich nichts verändert. Es war schön, hierher zurückzukommen. Ich quälte mich aus den Klamotten, die schwer an mir klebten und fiel ins Bett. Ich nahm eine Tür wahr, die ins Schloss fiel und die Stimme meiner Mutter. Sie fragte nach mir, Dad antwortete ihr und da fielen meine Äuglein auch schon zu. Der Duft frischgewaschener Bettwäsche war das Letzte, das ich wahrnahm, bevor mir Mr. Sandmann einen Besuch abstattete. Der Eimer stand direkt vorm Bett, falls sich der Rosenduft des Bettlakens und der Kirschgeist nicht vertragen sollten. Was nicht eintrat. Glück gehabt!

Am nächsten Morgen hatte ich einen Bärenhunger. Meine Mom begrüßte mich sehr herzlich am Frühstückstisch. Sie nahm mich in den Arm.

»Guten Morgen, mein Schatz. Möchtest du Crêpes essen?«

»Furchtbar gerne, mir knurrt der Magen.«

»Dad hat mir erzählt, dass du Geburtshelferin gespielt hast. Das war bestimmt aufregend, oder?«

»Das kannst du laut sagen.«

»Wie heißt denn das Baby?«

»Lena-Marie«, erwiderte ich grinsend, während ich mir ein Nougatcreme-Brötchen in den Mund schob. Mein Hunger war einfach zu groß, um auf den ersten fertigen Eierkuchen zu warten.

»Ein schöner Name! Ich wette, sie wurde mit Zweitnamen nach einer gewissen Freundin benannt«, lachte meine Mutter. »Gehst du heute nochmal ins Krankenhaus?«

»Ja, wollte ich. Hast du eine Ahnung, was ich Hannah schenken könnte? Es ist Sonntag und einen Tankstellen-Strauß würde ich gern vermeiden.«

»Was hältst du davon, ihr ein Gedicht zu schreiben?«

»Mom, ich habe schon lange nichts mehr geschrieben …«

»Das wär aber was Persönliches! Und ich pflück dir dazu ein paar Astern aus unserem Garten.«

»Du hast recht, Mom! Hast du ein Papier und einen Kugelschreiber für mich?« Während sie die Crêpes in der Pfanne wendet, fing ich an, meiner Kreativität freien Lauf zu lassen.

Lena-Marie

Ein kleiner Stern
Erleuchtet das Firmament
Strahlend und hell
Ein kleines Wesen, unschuldig und rein

Bringt Wärme in die Welt
Und in unser Herz hinein
Glück und Frieden sollen dich begleiten
Liebe dich leiten
Das wünsch ich Dir von Herzen
Deine Marie-Lu

Hannah freute sich riesig, und ich musste ihr versprechen, sie bald wieder zu besuchen. Mit einem glücklichen Lächeln verließ ich das Krankenhaus und fuhr Richtung Nürnberg.

14. Urlaub, ich komme

Reisen sollte Entspannung bringen
Bei normalen Menschen
Wer behauptet, dass ich nicht normal bin?
Und ist das falsch?

Wieder daheim, parkte ich mein kleines Auto neben dem des mürrischen Nachbarn. Ich gab mir viel Mühe und hoffte, nicht wieder einen Zettel unter den Scheibenwischer geklemmt zu bekommen. Vor ein paar Wochen hatte er mir nämlich eine nette, kleine Nachricht folgenden Inhalts hinterlassen:

Sehr geehrte Nachbarin,
es ist zwar keine gesetzliche Ordnungswidrigkeit, die Sie da begangen haben, durch Ihr blind-blödes und hirnloses Parken, aber wer so rücksichtslos mit seinem Kleinwagen die knappen Parkplätze vorm Haus blockiert, und zwar in einem Umfang, dass da normalerweise bequem mehrere übergewichtige Dickhäuter und ein halber Zirkus hinpassen würden, gehört nach meinem Dafürhalten mindestens für eine Nacht in eine Zelle, um in Ruhe darüber nachzudenken, was er seinen Mitmenschen mit derart grobem Unfug antut. Sollten Sie es wagen, nochmal so gehirnamputiert zu parken, und ich muss wegen Ihnen wieder fast einen Kilometer nach Hause laufen, werde ich mir erlauben, geeignete Gegenmaßnahmen zu ergreifen.

Ich behalte Sie im Auge!

Das war unfair. Dabei denke ich immer nur daran, genug Platz zu lassen und niemanden einzuengen. Das erleichtert später das Ausparken und verhindert Blechschäden. Hab ich nicht recht? Ein Meter mehr oder weniger … Mein Gott, der soll sich nicht so anstellen!

Eilig schloss ich mein Auto ab und huschte ins Haus. Nicht, dass wir uns noch über den Weg liefen. Irgendwas zu meckern fand der Kerl immer. Im Flur ging der Verfolgungswahn weiter. Mein vollgestopfter Briefkasten lachte mir von weitem entgegen. Beim Leeren fiel mir die Fernsehzeitung runter, die ich schon vor einem Jahr hatte kündigen wollen. Dicht gefolgt von ein paar Briefen und noch mehr Prospekten. Ein Brief stach heraus. Sollte es ein verspätetes Geburtstagsgeschenk oder ein Gutschein sein? Von Nick? Hastig riss ich ihn auf und begann zu lesen.

Liebe Marie-Louise,
wie geht es Dir? Ich hoffe gut und wir wünschen Dir von Herzen, dass Du Dich erholt hast. Ein junges Mädchen wie Du sollte kein Trübsal blasen, sondern das Leben genießen. Du wirst sehen, am Ende wird alles gut und Du küsst dir einen Frosch zum Prinzen.

Warum wir schreiben: Gestern habe ich Dein Handy gefunden. Es war hinters Bett gerutscht. Zum Glück hat Klaus als Polizist ein Wahnsinnsgedächtnis. Manchmal kommt es da ja drauf an, sich ganz schnell ein Nummernschild einzuprägen oder Gesichtszüge. Darauf ist er trainiert. Deswegen hatte er sich Deine Adresse vom Personalausweis grob gemerkt. Zu prüfen, ob ihn die Erinnerung nicht trog, war für ihn natürlich einfach.

Also nicht wundern, wie wir Dich gefunden haben. Vorschlag: Komm uns doch einfach mal wieder besuchen, dann kannst Du es Dir abholen! Wir würden uns sehr freuen.

Ganz liebe Grüße aus der Fränkischen Schweiz, Inge & Klaus

Ich freute mich riesig, nicht nur über mein Handy, sondern auch bei dem Gedanken, Inge und Klaus bald wiederzusehen. Kaum hatte ich die Tür aufgeschlossen, ging es mit den Nachrichten weiter. Ein Zettel war unter der Tür durchgeschoben worden. War heute Tag der Nachrichten? Ich hob den Zettel auf und wünschte mir gleich, dass ich ihn liegen gelassen hätte. Er war von Nick:

Liebe Maus,
ich weiß nicht wo ich anfangen und wo ich aufhören soll. Du fehlst mir! Ich kann dieses Gefühl nicht in Worte fassen. Es ist eine zermürbende Leere, die mich auffrisst. Seit Tagen versuche ich, Dich zu erreichen. Ich weiß, dass ich keine Chance mehr verdient habe, aber dennoch bitte ich Dich, es Dir nochmal zu überlegen. Ich habe viel falsch gemacht, das ist mir mehr als nur bewusst geworden. Bitte, Marie-Lu, lass uns reden! Du bist meine Kleine und wirst es auch immer bleiben! Wieso erreiche ich Dich nicht über dein Handy? Bitte melde Dich bei mir! Ich liebe Dich!

Dein Nick

Wieso schaffen es Männer immer wieder, unsere Tränendrüse zu aktivieren? Anscheinend besuchen sie Seminare, wo sie in folgenden Punkten trainiert werden:

Erstens: Wie bringe ich SIE zum Weinen?

Zweitens: Wie kann man fremdgehen verheimlichen?

Wenn es solche Seminare gäbe, hätte Nick an beiden teilgenommen. Es klingelte. Als ich die Tür öffnete, sah ich ihn vor lauter Rosen kaum. Nick begrüßte mich mit einem Kuss auf die Wange.

»Hallo, Kleines.«

»Hi, Nick«, entgegnete ich fassungslos, aber mit kühler Stimme. Was bezweckte er? Ich stellte die Blumen in die Vase. Am Tisch angekommen, herrschte für kurze Zeit ein unangenehmes Schweigen, doch dann sprudelte es förmlich aus Nick heraus:

»Marie-Lu, es tut mir leid, ich weiß nicht, warum ich das alles gemacht habe. Bitte, verzeih mir …« Er stand auf, kniete sich vor mich hin und nahm meine Hand. Seinem Blick konnte ich kaum ausweichen, und da sah ich es: Er hatte Tränen in den Augen. Mein Nick weinte! Jetzt tat er mir leid. Ich nahm ihn in den Arm. Meine Augen flossen über vor Tränen. Hilfe! Wo wird das noch enden? Er küsste mich, und ich wurde schwach. Er küsste sogar meine Tränen weg. Im Nachhinein wünschte ich, dass ich standhafter geblieben wäre. Es blieb natürlich nicht bei dem Kuss. Es war schön. Zunächst versuchte ich noch, meine Gedanken und vor allem meine Gefühle zu ordnen, aber dann schaltete mein Kopf auf Durchzug und mein Herz auf Aufnahme. Es war um mich geschehen. Er wickelte mich um den Finger, genauer gesagt küsste er mich um den Finger. Ein Mann, der gut küssen konnte, brauchte nicht lange, um mich willig zu machen, was Nick immer zu seinem Vorteil ausnutzte. Ich war leichte

Beute für ihn. Mit einem Ruck packte er mich und trug mich auf Händen in Richtung Schlafzimmer. Ich wusste nicht, ob es richtig oder falsch war, aber es fühlte sich auf jeden Fall gut und vertraut an. Letztendlich gab ich meinen Gefühlen nach und ließ mich gehen.

»Ach Nadine, ich weiß nicht, was ich machen soll! Ich bin total verwirrt.«

»Da ist guter Rat teurer, Marie-Lu! Aber alleine, dass er dich kurz vor eurer Hochzeit betrogen hat, macht ihn für mich zum unbeliebtesten Mann des Jahres. Ich verstehe aber auch, dass du noch an ihm hängst. Es waren schließlich fünf Jahre, oder?«

»Richtig«, knirschte ich kleinlaut. »Er hat sich derart bemüht. Gestern kam er mit Rosen und heute brachte der Blumenlieferant einen Strauß Sonnenblumen mit lila Iris. Irgendwie liebe ich ihn noch, aber das Vertrauen ist auf der Strecke geblieben. Ich frage mich, ob es wieder wie früher werden könnte …«

»Ach, Mäusle, komm her, lass dich mal knuddeln!«

Heute Morgen hatte ich für mich beschlossen, den Tag mal nicht mit Tränen zu beginnen. Als Nadine mich jetzt drückte, reizte das meine Tränendrüse allerdings aufs Neue. In dem Moment ging die Tür auf und Frau Beißer kam herein.

»Was ist denn hier los?«

»Entschuldigung«, murmelte ich, schlang mich aus Nadines Umarmung und lief zur Begrüßungstheke.

»Beziehungsprobleme?« Ich nickte nur beschämt. Vor der Vorgesetzten zu weinen, war mir peinlich. »Ich habe es Ihnen schon mal gesagt: Vergessen Sie den Idioten!

Nehmen Sie sich eine Auszeit, fliegen Sie in den Urlaub.«

»Ich habe mein Kontingent aber in diesem Jahr schon ausgeschöpft und Weihnachten wollte ich gern auch wieder …«

»Ach was, passen Sie auf. Deal: Ich gebe Ihnen eine Woche unbezahlten Urlaub. Bummeln Sie Überstunden ab. Machen Sie was draus. Ich brauche motivierte Mitarbeiter.«

Ich schluckte und schaute Nadine verdutzt an. Hatte ich gerade richtig gehört, oder sollte ich vorsichtshalber beim HNO-Arzt vorbeischauen? Sollte ich als überzeugter Ohrenstäbchen-Junkie besser achtgeben?

»Geht das denn so einfach, Frau Beißer?«

»Aber Kindchen, Sie können doch in diesem Zustand nicht arbeiten, Sie vergraulen mir noch alle Kunden mit Ihrem Tränengesicht.« Autsch! Das hatte gesessen. »Gönnen Sie sich mal was. Fliegen Sie weg, danach geht es Ihnen besser. Sie können jetzt Feierabend machen. Am besten, Sie gehen gleich zum Reisebüro, das liegt doch auf Ihrem Heimweg, nicht wahr?«

»Ja, Frau Beißer, das mache ich. Danke!«

»Machen Sie sich keine Sorgen, wir schaukeln den Laden, bis Sie wiederkommen.« Ich drückte Nadine zum Abschied, lächelte Frau Beißer dankbar an und verschwand.

»Nein, ich verstehe es selbst nicht. Ich brauche einen Flug ab morgen, sehr preiswert und für eine Woche. Ich muss weg.« Das waren meine Anweisungen im Reisebüro Carmen. Nach drei Stunden verzweifelten Suchens und kurz vorm Aufgeben fand die nette Dame tatsächlich ein super günstiges Angebot. Allerdings nicht erst morgen, sondern bereits heute. Sie war unglaublich verständnisvoll gewesen, als sie meine verquollenen Augen sah und reichte mir wie selbstverständlich ein Taschentuch nach dem anderen. Diese Reiseberaterin war mit Abstand die netteste, die ich je erlebt hatte. Ob meine Geschichte, die ich ihr natürlich beichten musste, Einfluss auf das Ergebnis hatte, weiß ich nicht. Jedenfalls schob sie mir die Unterlagen zu und meinte, dass ich den Rest am Flughafen bekommen würde.

»Ihr Flieger geht in fünf Stunden. Ich schlage vor, Sie fangen sofort an, zu packen!«

Besser ging es nicht. Die Frau war ein Engel. Ich konnte nicht anders. Ich stand auf, umarmte sie und gab ihr einen Kuss auf die Wange.

Zu Hause angekommen, rannte ich ins Schlafzimmer, riss meinen Schrank auf und warf wahllos Klamotten in eine große Reisetasche neben dem Bett. Wo Frau Beißer recht hatte, hatte sie recht: Ein kleiner Urlaub würde mir guttun. An meinen Kontostand durfte ich in diesem Moment nicht denken. Obwohl der Urlaub ein Schnäppchen war, tat jeder Euro weh.

»Sorgen abschütteln und das Leben wieder genießen!« mahnte ich mich. So lautete jedenfalls das Motto für die nächsten Tage. Mein Leben war, nicht zum ersten Mal, an einem Wendepunkt angekommen. Nach der Trennung glaubte ich, dass die Welt für mich zusammenbrechen würde, nun flog ich sogar allein in den Urlaub! Ich! Marie-Lu, die nicht mal alleine pinkeln geht! Es war zwar jetzt nicht mein Traumurlaub, da ich kein Partymensch bin, aber Mallorca sollte angeblich mehr Sehenswürdigkeiten als nur den »Ballermann« aufzuweisen haben. Ich würde es herausfinden und den Preis von 269 Euro konnte keine andere Insel toppen. Langsam bekam ich Reisefieber.

Im Nu war ich am Flughafen. Schnell noch einen Parkplatz gesucht und ab zum Last-Minute-Schalter! Um die wartenden Autos zu umgehen, fuhr ich am Flughafen einen Schleichweg. Das hätte ich besser nicht tun sollen. Die Polizei winkte mich heraus.

»Oje, Scheiße …«, fluchte ich in mich hinein. »Ich tue einfach so, als hätte ich das Verbotsschild nicht gesehen.«

Der Polizist war etwa zwei Meter groß und Ende Fünfzig. Mein Herz klopfte. Komisch, theoretisch sollte die Polizei mein Freund und Helfer sein, ich hingegen bekam jedes Mal Angst, wenn ich sie schon von der Ferne sah.

»Haben Sie das Schild nicht gesehen?« motzte er mich an.

»Nein, tut mir leid«, log ich.

»Ausweis und Führerschein!« Ich versuchte die Blondchen-Nummer und fragte, welches Schild er denn meine, während ich mich bemühte, ihm so lässig wie möglich meinen Ausweis und meinen Führerschein zu geben.

»Das Schild da vorne, welches besagt, dass Sie hier nicht reinfahren dürfen.« Während er sprach, füllte er einen Zettel aus und ließ sich durch nichts und niemanden ablenken. Okay, dann musste ich Option zwei versuchen.

»Ich kenne mich hier nicht aus und muss meinen Flug erwischen. Ich bin spät dran.«

»Ja? Das ist mir jetzt aber neu, dass jemand am Flughafen seinen Flug erwischen muss!«

»Können Sie nicht eine Ausnahme machen? Ich muss

mich beeilen!«

»Nein! Frau Maus, wenn wir Ausnahmen machen würden, gäbe es nur noch Mord und Totschlag! Also, hier ist Ihr Ausweis. Das macht dann 50 Euro, Überweisung heftet am Zettel. Schönen Urlaub!«

Das fing ja schon mal gut an! Und dabei hatte ich diesem fetten, hässlichen, schnurbärtigen alten Sack mein schönstes Lächeln geschenkt.

»Welche Verschwendung!« murrte ich leise in mich hinein. Vielleicht hätte ich blond, vollbusig und allzeit bereit sein müssen, um ihn gnädig zu stimmen. Polizisten! Halt, eine Ausnahme gab es: Klaus, meinen Retter in finsterer und kalter Nacht! Den Polizisten aus Himmelblau.

Mit dem ersten Schritt, den ich in den Flughafen setzte, veränderte sich meine Stimmung schlagartig. Obwohl es nur eine kurze Strecke vom Parkhaus bis zum Eingang des Flughafens war, verflog die Wut. Die Aktion eben war mir eine Lehre: Ab sofort würde ich keine Schleichwege mehr fahren, zumindest nicht in der nächsten Zeit. Alles, was mir Kosten verursachte, tat gerade sehr weh. Ich sollte mich ein bisschen zusammenreißen.

Hektisch stürmte ich durch die Halle, um die verlorene Zeit wieder aufzuholen. Wahrscheinlich waren andere Leute auch aufgehalten worden, denn sie hatten den gleichen zügigen Schritt drauf wie ich. Der einzige Unterschied zwischen uns waren deren quengelnde Kinder. Für gewöhnlich mochte ich die kleinen Biester. Nur eben dann nicht, wenn sie mir den Weg in der Abflughalle verstellten.

Mir fiel der Witz eines Arbeitskollegen ein, der immer

sagte, dass er Kinder zwar möge, allerdings kein Ganzes auf einmal schaffe. Die Erinnerung an seinen schwarzen Humor ließ mich grinsen. Allein der Gedanke, er könne ein Kind verspeisen, klang absurd wie der Traum vom ewigen Weltfrieden oder die Behauptung, ein Polizist im mittleren Alter könne beim Knöllchen verteilen ein Auge zudrücken. Insofern: Alles nicht so ernst nehmen.

Ich mochte Kinder wirklich. Ja! Allerdings konnte ich mit den extra Dezibel an Kindergeschrei gerade nichts anfangen, weil ich selbst grantig genug war. Genervt schlängelte ich mich durch die Menschenmassen zum Last-Minute-Schalter.

15. Bähm – dann stand er vor mir

Systemabsturz
Diagnose: Schockzustand
Symptome: Akuter Sprachverlust
Und jetzt?

»Aua! Welcher Idiot rempelt mich denn jetzt noch kurz vorm Ziel an?« fluchte ich. »Na warte! Den falte ich jetzt ordentlich zusammen!« Der Rempler sollte meinen »Knöllchen-Beziehungs-Kinderfrust« ruhig abbekommen, dieses Ventil kam mir gerade recht.

»Hey, was soll … Können Sie nicht …?« Zu mehr kam ich nicht. Es verschlug mir die Sprache. Ich wusste sofort, dass ich ihn gefunden hatte. IHN!

Er schaute mich an, ich schaute ihn an, und dann sah ich nur noch dieses wahnsinnig attraktive Funkeln in seinen Augen. Seine sanfte Ausstrahlung berührte mich. Es war einer dieser filmreifen, magischen Begegnungen, die man im realen Leben nicht für möglich hielt. Aber ich erlebte soeben einen solchen »Boom-chichi-wow-wow-Moment« der Extraklasse, der meine Sinne und Gedanken für kurze Zeit benebelte und mein Gehirn ausknockte. Im nächsten Augenblick drückte mich jemand nach links. Ein Schwarm Leute schob sich zwischen uns. Ich konnte nur noch ein schwaches »Sorry« vernehmen, dann war er weg. Vergeblich drehte ich mich um und lief ein paar Schritte im Kreis.

So schnell er in mein Leben getreten war, so schnell hatte er sich wieder in Luft aufgelöst. Gibt es Zufälle? Gibt es Bestimmung? Und wenn ja, wieso kann ich solche Begegnungen dann nicht einfach aufhalten oder einfrieren? Ich spürte eine Verbindung. Ein Gefühl von unendlicher Leichtigkeit überfiel mich. Der Wirbelsturm, der in meiner Gefühlswelt tobte, legte sich und Ausgeglichenheit bestimmte mein Gemüt.

»Glaubst du an Liebe auf den ersten Blick, oder soll ich noch mal an dir vorbeilaufen?« Diesen Spruch fand ich jetzt sehr treffend. Ich hätte es gern ausprobiert. Leider sah ich meinen Glückshormon-Auslöser nicht mehr! Mein Dopamin-Serotonin-Spiegel schoss von null auf hundert. Was für eine Begegnung!

Was wollte ich eigentlich hier? Den Last-Minute-Schalter suchen! Back to the roots: Maus auf Mission »to find the right counter".

Weiter vorne leuchtete etwas Rosafarbenes. Zielsicher steuerte ich es an, durch die Menschenmassen, an Autovermietungen und Snackbars vorbei, für die ich jetzt beim besten Willen keine Zeit mehr hatte. Nach weniger als fünf Sekunden stand ich vor dem Last-Minute-Schalter und hatte Glück: Nur zwei Leute vor mir. Ein Pärchen. Super!

Besitzergreifend hielt er ihren Po fest, als ob gleich Goldstücke rausfallen würden. Wie im Märchen. Haben manche Leute kein Zuhause? Können sie dieses besitzergreifende Gegrabsche nicht woanders ausleben? Die Frau am Schalter legte ihnen ein Angebot hin:

»Eine Woche Ibiza für nur 420 Euro, all inclusive pro Person. Günstiger geht es nicht!«

»Oh, wenn die wüssten, für wie viel ich hier gleich in die Luft gehe«, grinste ich in mich hinein. Ich zahlte ein Drittel weniger für eine Woche auf der Nachbarsinsel.

Der Knöllchen-Frust von vorhin war Geschichte.

»Wir wollen aber nur 300 Euro ausgeben. Haben Sie wirklich nichts Günstigeres?« bohrte die blonde Dame nach.

»Nein! Wenn Sie günstiger fliegen wollen, dann müssen Sie eine Städtereise buchen. Gehen Sie zu meiner Kollegin, die sitzt am Schalter gegenüber, eventuell kann die Ihnen etwas Anderes anbieten. Das ist alles, was ich hier habe. Tut mir leid, der Nächste bitte!« Mit diesem letzten Satz schob sie ihre Unterlagen zur Seite, rückte sich die Brille zurecht und schaute mich an.

Wow, das nannte ich mal schnell abgefertigt. Frustriert zogen die Leute ab.

»Bitte, was kann ich für Sie tun?«

»Ich möchte nur meine Unterlagen abholen. Mein Flug und mein Hotel wurden gerade vor zwei Stunden vom Reisebüro Carmen auf den Namen Maus gebucht.«

»Kleinen Moment, ich schaue mal nach … Ja, da ist etwas gekommen!« Freudestrahlend über die Unkompliziertheit meines Anliegens, händigte sie mir die Papiere aus. »Ihr Flieger geht in zwei Stunden, Flugsteig 21. Ihr Check-in-Schalter ist gleich gegenüber. Schönen Urlaub!«

»Besten Dank, auf Wiedersehen.« Wunderbar. Es kann schließlich nicht immer alles schiefgehen.

Ich flog mit Franconian Airlines. Diese Fluggesellschaft kannte ich bis dato nicht, aber das musste ja nicht gleich heißen, dass es sich um eine schlechte handelte. Am Check-in war zu meiner Überraschung überhaupt nichts los, und so konnte ich ohne lange Warterei mein Gepäck aufgeben. Als ich die Dame am Schalter sah, wünschte ich mir, dass ich mich bei ihrer Kollegin angestellt hätte. Meine war offensichtlich mit dem falschen Fuß aufgestanden. Mitte, Ende dreißig, Brille und rote wuschelige Haare, gestresste Miene, komplett verspannt. Ein schlecht gelaunter Pumuckl.

»Hallo.« Ich bekam ein eiskaltes

»Guten Tag, Ausweis und Flugbestätigung, bitte!« zurück, wobei das »bitte« eher nach einem Befehl klang. Nachdem ich ihr die gewünschten Papiere auf den Schalter gelegt hatte, fing sie sogleich wie wild an, meine Daten in ihren Computer zu hämmern. Mit einem Gesichtsausdruck, als ginge es um Leben und Tod. Ich schaute mich verlegen um, damit ich sie nicht die ganze Zeit ansehen musste, während sie tippte. Mein Blick fiel auf die Adressaufkleber. Heutzutage wusste man nie, wo die Koffer landeten. Ich hatte schon die seltsamsten Dinge gehört. Meine Reisetasche fuhr ein Stück vor. Frau Pumuckl befestigte das Label mit der Aufschrift PMI.

»Ich fliege schon nach Mallorca, oder?«

»Ja, PMI steht für Palma de Mallorca International«, maulte sie, genervt über meine Unwissenheit.

»Sorry, ich wollte nur auf Nummer sicher gehen, dass ich nicht in Sibirien ankomme«, scherzte ich, um die Stimmung zu lockern. Ohne Erfolg.

Eines stand für mich fest: Mit Franconian Airlines würde ich nie wieder fliegen! Wenn die Mitarbeiter in der Luft genauso »nett« waren, dann konnten es zwei sehr lange Stunden werden. Meinen Adressanhänger musste ich noch an der Tasche anbringen. Plötzlich hörte ich einen »Fuck you!«-Klingelton, gesungen von CeeLo Green. Den Ton kannte ich nur zu gut. Natürlich, das war mein Handy! Mein Altes war ja in Himmelblau, weswegen ich mir letzte Woche eins für 50 Euro zum Aufladen gekauft hatte.

Mein Klingelton ließ mich schmunzeln, da mir der Song gerade überaus passend schien: »Fuck you!« Hektisch kramte ich in meiner Tasche herum, fand aber vor lauter anderen Sachen nichts.

»Es kommt aus dem Koffer.«

Sieh an! Pumuckl konnte tatsächlich mehr als drei Worte sprechen! Ohne zu überlegen, stieg ich aufs Gepäckband und versuchte, meine Reisetasche zu öffnen. Dabei verlor ich mein Gleichgewicht, fiel um und landete auf dem zweiten Band nebenan. Auf dem von Pumuckls Kollegin. Eine Hand hielt die Reisetasche, mit der anderen wühlte ich darin herum. Ich hatte Glück. Es kam zum Vorschein!

Meine Freude sollte nicht lange andauern. Die Reisetasche bewegte sich und verschwand hinter den herunterhängenden Gummibändern. Im nächsten Moment setzte sich auch das zweite Band, auf dem ich noch kniete, ebenfalls in Bewegung. Unsanft wurde ich mitgezerrt. Verzweifelt versuchte ich, mich mit meiner freien Hand festzuhalten und irgendwie aufzustehen, während es aus meiner anderen Hand immer noch laut »Fuck you!« tönte. Das Gepäckband war stärker, ich kippte nach hinten und meine Beine fuhren durch die Gummibänder. Ich konnte schon die anderen Koffer sehen, die da hinten von der Seite anrauschten und mich alle gleich rammen würden.

»Jetzt könnte Pumuckl mir auch ein Label dranmachen«, dachte ich bitter. Dann könnte ich mit den Koffern im Frachtraum nach Malle fliegen. Erneut versuchte ich aufzustehen, fiel aber gleich wieder um.

Es muss ein Bild für die Götter gewesen sein, wie mich Pumuckl und ihre Kollegin nun rechts und links an den Armen festhielten. Warum sie das Band nicht stoppen konnten, blieb mir ein Rätsel. Wahrscheinlich ist das automatisch programmiert, dass es weiterläuft, solange die Sensoren ein Gewicht vermelden. Ich fühlte mich wie ein Hamster im Laufrad. Es gab nur noch Pumuckl, ihre Kollegin, meine Angstschreie und das Gepäckband. Panik!

»Kann uns jemand helfen?« krähte Pumuckl. Ich dachte nur: Lieber Gott, mach, dass es schnell vorbeigeht und mich das Band schluckt, damit ich den Leuten, die dem Spektakel beiwohnen, nachher nicht in die Augen schauen muss! Meine Gebete wurden nicht erhört. Kurz darauf spürte ich kräftige Hände, die mir unter die Arme griffen und mich entschlossen nach draußen zogen. Ich war in Sicherheit!

»Da kann es offenbar jemand nicht abwarten, in den Urlaub zu fliegen«, lachte mich mein Retter an. Es war ER! Der Mann von vorhin! Ich war geflashed. Meine Sprache checkte aus. Verloren stand ich da und faselte irgendwas von

»Danke, danke«, und »Wenn Sie nicht gewesen wären …!« Mehr bekam ich nicht heraus. Mit zitternden Knien und hochroten Wangen, die vor Scham glühten, stand ich vor dem Check-in Schalter.

»Hier ist Ihre Bordkarte. Passen Sie auf, dass Sie nicht vom Flugsteig fallen!« wies Pumuckl mich in barschem Ton zurecht.

»Entschuldigung«, murmelte ich verlegen. Sie ringelte

mir mit ihrem Kugelschreiber noch meinen Flugsteig auf dem Ticket ein und erklärte mir, wo ich hin musste.

Meine Vorführung war nicht gerade der Hit gewesen, aber es hätte schlimmer ausgehen können, oder? Dieses Missgeschick hätte jeden treffen können. Gepäckbänder sind gefährlich. Man sollte ihnen im Fernsehn einen gesonderten Beitrag widmen: »Die gefährlichsten Alltagsfallen an Flughäfen«.

Ich nahm meine Bordkarte in Empfang und lächelte meinen Retter an. Mein Gesicht musste leuchten wie ein ganzes Tomatenfeld in voller Reife. Er lächelte zurück, und ich versuchte mich auf schnellsten Weg zu verkrümeln, bevor er etwas sagen konnte.

Gleich darauf ärgerte ich mich über mich selbst: Verdammt, wieso hatte ich mich nicht mit ihm unterhalten können? Er rettete mich, und jetzt rannte ich möglicherweise vor meiner größten Chance weg. Wieso habe ich ihn nicht angesprochen? Wieso hat er mich nicht aufgehalten? Jetzt habe ich diesen tollen Typen gleich zweimal gesehen! Man sagt ja, aller guten Dinge seien drei. Beim dritten Mal werde ich die …, wie heißt das Wort noch gleich? … Die INITIATIVE ergreifen. Ein schwieriges Wort! Es wird von seiner Seite kein Entrinnen mehr geben. Ich werde ihn mit meinem Widder-Charme einfach umhauen!

Bevor das geschah, wollte ich jetzt aber doch erst einmal Urlaub machen. Auf gar keinen Fall wollte ich meinen Flieger verpassen und nochmal zum Pumuckl-Schalter gehen! Diesen Urlaub brauchte ich dringend und nach diesem Vorfall erst recht.

Vorher gab es allerdings noch »Duty Free«: Parfüm,

Schoki und jede Menge Krimskrams, den man(n) nicht, aber Frau umso mehr gebrauchen konnte. Das Flughafenflair packte mich. Ich ließ mich gehen, trieb mit dem Strom der Leute durch die Geschäfte und sah mir diverse Schuh-, Klamotten- und Süßwarengeschäfte an. Völlig versunken in dieser bunten Welt, bemerkte ich nicht, wie schnell die Zeit verging, bis mich plötzlich eine Lautsprecherstimme aus meiner Kauflaune riss:

»Achtung bitte! Dies ist der letzte Aufruf für den Franconian Airlines Flug 2803 nach Palma de Mallorca. Passagier Marie-Louise Maus wird gebeten, sich umgehend zum Flugsteig A64 zu begeben.«

»Die arme Person, die wird keinen schönen Urlaub haben«, dachte ich mir. Bis ich die Durchsage erneut hörte und diesmal meinen Namen wahrnahm.

»Attention please. This is the last call for passenger Marie-Louise Maus … «

»Hilfe, das bin ja ich!« quiekte ich laut und rannte wie von der Tarantel gestochen los. Forrest Gump hätte diesmal mit seiner Laufgeschwindigkeit definitiv verloren. Keuchend kam ich am Flugsteig an.

»Sind Sie Frau Maus?« schrie mir eine Flughafenmitarbeiterin entgegen und begann wie wild in ihr Telefon zu hämmern.

»Ja, die bin ich.«

»Ihre Bordkarte und Ihren Ausweis, bitte!« In meiner Aufregung fand ich in meiner super übersichtlichen Tasche wieder einmal nichts. Kurzerhand leerte ich den Inhalt auf den Boden aus und suchte verzweifelt nach den gewünschten Papieren. Die Lady am Schalter bückte sich und half mit.

»Hier ist der Ausweis«, sagte sie und nahm ihn sogleich an sich.

»Und hier die Bordkarte«, entgegnete ich triumphierend und wedelte ihr damit vor der Nase herum. Schnell stopfte ich den Rest wieder in die Tasche.

»Gerade noch einmal Glück gehabt, Frau Maus. Kommen Sie, wir müssen uns beeilen!« Stillschweigend begleitete ich sie zur Flugzeugtür, wo eine andere Frau in rot-weißer Franconian-Uniform stand und mir meinen Platz zuwies. Normalerweise sollte jeder Urlaub mit einem Lächeln beginnen. Bei mir war das natürlich wieder einmal anders. Stress pur!

Die Stewardess war eine von diesen megaschlanken, eleganten Ladies. Wahrscheinlich essen solche Damen, im Gegensatz zu uns Otto-Normalverbraucher-Frauen, nichts oder wiegen die einzelnen Salatblätter ab. Möglicherweise klingeln bei denen die Alarmglocken, wenn sie irgendwo »Steak« oder »Torte« auch nur hören, und sie gehen dann freiwillig schon mal auf die Toilette, um vorzubeugen. Natürlich verrichten solche Mode-Püppchen auch keine schweren Arbeiten, da sie sich sonst ihre billigen Made-in-China-Nägel abbrechen könnten … Zugegeben, mitunter neige ich zu Vorurteilen. Andererseits: In jeder Branche gibt es Gerüchte mit einem wahren Kern. Und es gibt nachweisbare Fakten. Zum Beispiel sind manche der männlichen Flugbegleiter richtig nett aber eindeutig nicht vom selben »Ufer« wie ich. Vielleicht hat das eine mit dem anderen zu tun. Ich rede vom Phänomen »schwuler Flugbegleiter«. Man merkt es an deren Gangart: Die auf und ab wippenden, schlangenartigen Bewegungen überfallen einen regelrecht schon beim ersten kurzen Blick auf den Catwalk. Mit Catwalk meine ich in dem Fall den Gang im Flugzeug. Obwohl er ordentlich schmal gehalten ist, schaffen es diese Boys immer wieder, ihren Knackpo mit gekonntem Hüftschwung in Szene zu setzen. Beneidenswert aber bedauerlich für unsereins.

Was ich mich auch immer wieder frage, wenn ich irgendwohin fliege: Warum trinken die Leute in der Luft Tomatensaft und im wirklichen Leben nicht?

»Möchten Sie ein Glas Tomatensaft?« Mich gruselt dieser Satz gewaltig. Laut Aroma-Chemikern heißt es, dass die Geschmacksschwelle bei niedrigem Luftdruck steige. Dies bedeute wiederum, dass mehr gesalzen und gewürzt werden muss, damit die Leute den Geschmack wahrnehmen, und da kommt ein fruchtiger Tomatensaft gerade recht.

Meine Flugbegleiterin lächelte die Dame an, die diagonal von mir saß und reichte ihr einen Plastikbecher mit dem gewünschten roten Elixier. Der Satz »Kaffee oder Tee?« durfte auch nicht fehlen. Zum Glück.

Ich hasse Tomatensaft. Dieses dickflüssige, ekelhafte Getränk löst bei mir beinahe Rückwärtsessen aus. Als ich einmal nach Teneriffa flog, hatte der Opa neben mir den Tomatensaft nicht vertragen, und es war alles samt Frühstück auf seinem Tablett gelandet. Nachdem ich die rote Lache gesehen hatte, war es dann auch um mich geschehen! Nein, gekotzt habe ich nicht, aber das lieblose »Null-acht-fünfzehn-Sandwich« ist mir im Rachen steckengeblieben, was bei mir zumindest einen Würgereiz auslöste.

Das Ehepaar, das zu meiner Rechten saß, machte hingegen einen sehr vernünftigen Eindruck und bestellte nur Tee. Fand ich super. Die Frau wirkte ganz aufgeregt. Gerade so, als würde sie zum ersten Mal fliegen. Ihr Mann hingegen war genau das Gegenteil. Er schien ausgeruht und ausgeglichen. Sie stupste mich mit dem Ellbogen an.

»Wissen Sie, ich fliege heute zum ersten Mal und bin richtig aufgeregt. Das ist unser erster Urlaub, in dem wir wegfliegen. Bisher haben wir es nur bis in den Bayrischen Wald geschafft.«

Mann, war ich gut.

»Oh, das ist aber schön«, erwiderte ich höflich und grinste innerlich, weil ich mit meiner Vermutung mal wieder voll ins Schwarze getroffen hatte. Lang lebe die weibliche Intuition!

»Unser Sohn hat uns diesen Urlaub geschenkt. Wir feiern unseren 50sten Hochzeitstag.«

»Das ist aber ein tolles Geschenk!« Um die Frau ein wenig zu bremsen, nahm ich mir die Franconian Airlines Zeitung und blätterte darin. Als sie merkte, dass ich nicht mehr reden wollte, drehte sie sich zu ihrem Mann um und quasselte auf ihn ein. Entspannt widmete ich mich meiner Lektüre.

In diesen Zeitungen bieten sie immer nur dasselbe an: Parfüms, Schokolade, Bikinis und sogar Unterhosen kann man kaufen. Was wäre das für ein Urlaub, wenn die Airlines außergewöhnliche Sachen anbieten würden? Zum Beispiel Dildos für allein reisende Frauen wie mich oder verschreibungsfreies Valium, um den Schmerz und Frust des Alleinseins zu vergessen. Das wären Kassenschlager schlechthin, kalkulierte ich. Es gäbe nur zufriedene Kunden und auch Flugbegleiterinnen, da sich die eine oder andere eine Valiumtablette reinpfeifen würde, um die Abfuhr vom Piloten zu ertragen.

Ein Pilot hat ja schon eine schwierige Aufgabe: Er muss einen Riesenvogel unter Kontrolle halten, ist für mehr als 200 Passagiere verantwortlich und darf gleichzeitig noch die Flugbegleiterinnen vögeln. Jedenfalls denke ich mir das so. Mann, wäre ich gerne ein Pilot. Ha, das wäre was! Oder nein, lieber nicht. Uniformen stehen mir nicht.

Ein frischer, wohlriechender Duft riss mich aus meinen Gedanken. Mensch, wer riecht denn hier so gut? Ich drehte mich um und sah dem Mann nach, der soeben in Richtung Toilette marschierte. Dunkle Haare, gut gekleidet. Er hätte mein Held vom Flughafen sein können.

Wenige Minuten später kam der dunkelhaarige Mann zurück. Er lief direkt in meine Richtung. Ich starrte, nein, ich glotzte ihn regelrecht an! Mein Gepäckbandheld lief mir nichts dir nichts an mir vorbei, schaute mich an und zwinkerte mir zu. Ich lächelte gequält zurück und spürte, wie meine Gesichtsfarbe erneut von weiß auf knallrot wechselte.

Darf ich mich vorstellen? Mein Name ist Chamäleon. Chamäleon Maus. Allerdings muss noch an den Tarnfarben gearbeitet werden. Wobei das Tarnen nicht im Vordergrund steht, sondern eher die Kommunikation.

Diese wandelbaren Tiere versuchen nämlich, durch ihre Veränderung mit ihren Artgenossen zu reden und zu balzen. Möglicherweise bedeutet schwarz »lass mir meine Ruhe«, weiß »ich bin noch nicht so weit«, lila »jetzt, sofort und überhaupt« und rot »ich bin beschämt«.

Zumindest Letzteres galt auch für mich. Um nicht noch röter als rot zu werden, schaute ich in meine Zeitung. Die Taktik, das Objekt meiner Begierde zuerst ziehen zu lassen und ihn dann zu beobachten, bot sich im Augenblick an. Unauffällig schielte ich über den Rand des Heftes in Balzrichtung, um zu sehen, wo dieses Exemplar Platz nahm. Zu meiner Enttäuschung setzte es sich neben eine junge, sehr hübsche, attraktive, blonde Dame. Mist, verdammter! Beim Hinsetzen blickte er sich zu mir um und grinste breit.

Ich kam mir vor wie Michel aus Lönneberga, der gerade beim Streiche spielen erwischt wurde und zur Strafe in den Schuppen muss. Verschämt verschwand ich hinter meinem Sitz. Das war halt eine modernere Art von Schuppen.

Auf Malle angekommen stand ich am Gepäckband und wartete auf meine Reisetasche. Ich stand sogar am richtigen, weil ich einfach dem Ehepaar hinterhergelaufen war, das neben mir im Flieger gesessen hatte.

Meine Reisetasche war leicht zu erkennen. Ich hatte sie mit einem kleinen Baba-Bär markiert, festgebunden an seinem weißen Schal. Das hatte ich von Mr. Bean übernommen. Der nahm schließlich seinen Teddy auch überall mit hin und redete mit ihm. Ich rede zwar nicht mit meinem Bären, aber was nicht ist, kann ja noch werden. Um die Tasche gut zu identifizieren, musste man sich jedenfalls unbedingt etwas einfallen lassen, fand ich. Bei den vielen schwarzen Taschen und Koffern?

Neben mir drängelten sich zwei kleine Kinder und warteten ungeduldig auf ihre Monster-Kinderkoffer. Sie waren ungefähr sieben oder acht Jahre alt. Der Junge hielt eine Wasserpistole in der Hand und die Schwester versuchte, sich zu verstecken. Natürlich hinter mir! Der Junge drückte ab, und ich bekam die volle Ladung ins Gesicht. Ja, es war nur Wasser, aber dennoch nervte es. Ich hätte in diesem Moment durchaus zugestimmt, den autoritären Züchtigungsstil wieder einzuführen. Nachdem ich mir mein Gesicht mit einem verrotzten Taschentuch abgetupft hatte, lachte mir auch schon mein Baba-Bär entgegen. Doch nun spielten die Zwerge um mich herum Fangen.

»Du doofe Nuss, gib mir meine Pistole!« plärrte der Junge.

»Vergiss es, hol sie dir doch, du Dumpfbacke!« Die Kleine, die das Spielzeug inzwischen erobert hatte, drehte sich um und streckte ihm die Zunge raus. Dabei sah sie nicht das Hindernis, das ihr im Weg stand. Mich! Sie schoss mit aller Wucht und ihrer Waffe voran drauflos und rammte mir das Ding in den Bauch.

Ich kam ins Taumeln und fiel nach hinten um. Ich malte mir schon meinen nächsten Krankenhausbesuch aus. Auf Malle! Im Fünf-Bett-Zimmer mit schnarchenden alten Omis zu Paella und Tortillas. Und das, obwohl ich diesmal Sicherheitsabstand zum Gepäckband gehalten hatte. Ich nahm die Situation wie in Zeitlupe wahr. Ich wartete auf den harten Aufschlag. … Er blieb aus. Stattdessen hielten mich Hände fest und zogen mich hoch.

»Alles in Ordnung?« Die Stimme kannte ich. Ich öffnete die Augen und schloss sie gleich wieder, in der Hoffnung, dass dieser Jemand hier ein Traum war und ich ihn zu Ende träumen konnte. »Geht es Ihnen gut?« Jetzt musste ich die Augen doch aufmachen.

»Das ist auf jeden Fall besser als in Pretty Woman«, entgegnete ich meinem Gegenüber schlagfertig. Woher ich plötzlich meinen Mut nahm? Keine Ahnung. Galgenhumor vielleicht.

»Jetzt bist du mir aber einen Kaffee schuldig«, antwortete er lachend. »Oder soll ich dich erst ein drittes Mal auffangen, bevor du mir deine Nummer gibst?«

»Kaffee, nein! Ich lade meinen Retter zum Paella-Essen ein. Einverstanden?«

»Abgemacht!« Seine weißen Zähne blitzten mich an, dass ich fast nochmal umfiel. »Aber nur wenn ich zahlen darf.«

»Na gut, wenn es unbedingt sein muss«, gab ich schmunzelnd zurück. Ich glaube, ich hätte in diesem Moment einen Preis in Sachen Flirten gewinnen können. Diesmal stimmte alles: Selbstbewusstsein, Körpersprache und dank der Duty-Free-Gratisproben roch ich sogar einigermaßen gut.

Die Einladung von seiner Seite anzunehmen, war nicht verkehrt. Zumindest mit Blick auf mein Reisebudget. Ich hatte mal gelesen, dass sich in solchen Momenten der Versorgerinstinkt beim Mann einschalten würde. Schon in der Steinzeit hätten die Männer das Essen zur Höhle geschafft. Das sei prägend gewesen. Bis heute.

Ja klar, schließlich sind wir Frauen hilflose Wesen, die ohne Hilfe des Mannes schlecht oder kaum überleben können. Wir verstehen selbstredend nur etwas von Kindererziehung und Windeln wechseln. … Wer's glaubt!

»Ich wohne im Hotel ‚La Estrella'.«

»Oh, keine Ahnung, in welchem ich bin. Ich glaube, ein

Mond war über dem Hotelnamen abgebildet«, grübelte ich.

»La Luna?«

»Ja, ich glaube, so heißt es.«

»Fehlt nur noch ‚El Sol', die Sonne«, witzelte er. »Morgen Abend 20.00 Uhr? Ich hole dich vorm Hotel ab?«

»Ja, klingt gut.«

»Übrigens, ich heiße Sebastian und du?«

»Ich bin die Marie-Lu.« Freudestrahlend streckte ich ihm die Hand hin, worauf er sie sehr sanft drückte.

»Angenehm!«

»Also gut, dann sehen wir uns morgen um 20.00 Uhr.«

»Bis dann! Ach, und zieh dir bitte etwas Sturzfestes an!«

»Worauf du dich verlassen kannst«, grinste ich zurück. »Ich kaufe mir einen spanischen Michelin-Anzug.«

Ich sah ihm nach. Er hieß also Sebastian, war mindestens 1,90 groß, soweit ich das einschätzen konnte, und hatte die schönsten dunkelblauen Augen, die ich je gesehen hatte. Natürlich war sein Hintern auch nicht zu verachten: schön, klein und knackig, einfach zum Anbeißen! Dazu dunkelbraune Haare, ein tolles Lächeln und ein wunderschönes, ebenmäßiges Gesicht. Die Augen harmonierten mit der mittelgroßen Nase. Fazit: Genau mein Typ! Lieber Gott, mach dass es ganz schnell morgen Abend wird.

16. Sommerfeeling

Sinne entspannen
Gedanken ruhn
Meeresrauschen
Einfach nix tun

Im Hotel begrüßten mich die Angestellten sehr freundlich und brachten mich aufs Zimmer. Dort packte ich meine Reisetasche aus und inspizierte das Bad. Die Toilette war sauber, die Ecken gewischt und kleine Proben Duschgel und Shampoo standen bereit. Mein Bett war aus massivem Holz. Die Wände hatten sie Mintgrün gestrichen. Im Großen und Ganzen wirkte alles ziemlich gemütlich. Es standen frische Blumen auf dem Holztischchen vorm Bett. Was wollte ich mehr? Das südländische Feeling packte mich! Zudem besaß das Zimmer seinen speziellen Geruch. Eine Mischung aus Freude, Meerwasser und der Wärme, die sich während des Tages angesammelt hatte, vollendeten mein persönliches perfektes Urlaubsgefühl. Während daheim der Herbstwind Fahrt aufnahm, war ich hier wieder mitten im Sommer gelandet.

Nach einer ausgiebigen Dusche, bei der ich die Pröbchen im Badezimmer aufbrauchte, beschloss ich, einen Spaziergang am Meer zu machen. Da ich beim Buchen auf kostengünstig spekuliert hatte, lag der Strand zwar 800 Meter entfernt, doch das sollte meinem Abenteuerdrang nicht im Weg stehen. Ich war jung, fit, dynamisch und würde den Weg locker schaffen.

Es war zwar schon nach Sechs aber für deutsche Verhältnisse noch richtig heiß. Freudestrahlend lief ich den kleinen Berg hinunter zum Strand. Mein Hotel, das ich von hier aus sehen konnte, fand ich übrigens auch von außen sehr schön. Es war stufenweise wie eine Treppe den Hang hinauf gebaut. Ein kleiner Swimming-Pool befand sich direkt vorm Hoteleingang und verschiedene Geschäfte reihten sich unterhalb der Anlage aneinander. Bikinis, Sonnencremes und kleine Naschereien.

Ich nahm den Salzgeruch des Meeres wahr. Sonne, Strand und knackige Chicos! So konnte der Urlaub starten. Langsam kam richtig Freude auf. Als ich den Strand erreichte, tönte ein bekanntes Lied aus meiner Handtasche: »Fuck you!«. Diesmal fand ich mein Handy sofort. Mom! Ich hatte ganz vergessen, sie anzurufen! Das gab sicher eine Standpauke.

»Hi, Mom.«

»Hallo, Kleines, wo bist du? Du hörst dich weit entfernt an.«

»Ich bin kurzfristig in Urlaub geflogen, nicht böse sein. Ich habe völlig vergessen, es euch zu sagen.«

»Urlaub?«

»Ja.«

»Wo bist du denn?«

»Auf Mallorca.«

»Du bist verrückt, Kleines! Aber irgendwie hast du recht. Gönn dir was und crem' dich gut ein, ja?«

»Ja, Mom, mach ich.«

»Also gut, dann melde dich, wenn du wieder da bist. Dann machen wir jetzt lieber Schluss mit Telefonieren. Dein Vater ruft, er ist am Basteln und braucht den Sekundenkleber. Also pass auf dich auf, und lass dich nicht von fremden Männern anquatschen, hörst du?«

»Ja, Mom. Ich melde mich, wenn ich wieder daheim bin. Ich komme in einer Woche zurück. Grüß Dad von mir! Ciao.«

Als ob sie geahnt hätte, dass ich mich nicht in Nürnberg aufhielt. Man trennte zwar Kind und Mutter bei der Geburt, aber Mütter wussten immer genau, wie der Hase hoppelte und was los war. Möglicherweise werde ich auch mal so, wenn ich Mutter bin. Wer weiß? Schnell tippte ich noch zwei SMS an Lena und Fabi, damit nicht gleich noch mehr Vermissten-Anrufe nachkamen. Wenig später schaute ich gedankenversunken hinaus aufs Meer.

Ich liebe das Meer. Ich liebe das blau-schimmernde Wasser. Blau ist meine absolute Lieblingsfarbe, zusammen mit Grün und Türkis. In diese Farben könnte ich eintauchen und mich regelrecht darin verlieren.

Am liebsten wäre ich sofort ins Meer gesprungen, bis weit hinter den Horizont geschwommen, um zu schauen, was sich dahinter verbirgt, und bei Sonnenaufgang wäre ich zurückgekehrt. Vielleicht! Was man halt so träumt. Ich zog meine Schuhe aus und watete durch die Wellen zu einem kleinen Felsen, auf den ich meinen Allerwertesten schwang. Der Strand lag mir idyllisch zu Füßen, sauber und abwechslungsreich. Vorn Sandstrand, weiter hinten kleine Felsvorsprünge. Ein paar Kinder bauten euphorisch Sandburgen, um sie anschließend wieder einzureißen. Eine junge Frau versuchte sich beim Kite-Surfing. Hie und da spazierten Pärchen Hand in Hand.

Ich genoss das Rauschen des Meeres. Diese fantastische Bucht an der Südostküste von Malle war ein echter Hingucker. Ebenso der kleine Pinienwald, der sich anschloss. Als ich Mallorca im Reisebüro hörte, hatte ich nur saufende und grölende Jugendliche vor Augen, die besoffen in den Sand pinkeln. Dieser Strand hier war das glatte Gegenteil von meiner Vorstellung. Das Wasser spielte um meine Zehen. Es war nicht zu kalt und nicht zu warm, schlichtweg erfrischend.

Langsam brachen die meisten Familien mit ihren Kindern auf. Ein Blick auf die Uhr verriet mir auch warum. Zwei Stunden waren seit meiner Ankunft vergangen. Mich musste das nicht stören. Ich hatte Zeit. Ich fühlte mich richtig an diesem Ort.

Um die Atmosphäre zu genießen und meinen ersten Urlaubstag ausklingen zu lassen, ging ich noch ein Stückchen weiter spazieren. Es war einfach wunderschön! Ich genoss jeden Moment, den Strand und die letzten Sonnenstrahlen. Ich atmete tief ein und stellte mir vor, hier ganz alleine zu sein. Keine Menschen, nur die Stille des Meeres und das leichte Rauschen der aufschlagenden Wellen. Ich hielt meinen Kopf der salzigen Meeresbrise entgegen, um die Eindrücke besser aufnehmen zu können. Die Seele baumeln lassen war etwas, das ich noch nie gut gekonnt hatte, weil sich meine Gedanken permanent überschlugen und einen Purzelbaum nach dem anderen machten. Aber hier schien es zu funktionieren. Das Meer glitzerte, als sich die letzten Sonnenstrahlen darin verabschiedeten. Ein letztes Mal atmete ich die salzige Brise ein, bevor ich umkehrte. In diesen Momenten gewann ich neuen Lebensmut, wollte am liebsten Bäume ausreißen und auf der Stelle mit der Verbesserung der Welt beginnen.

Es gibt überall kleine Paradiese auf der Erde. Leider reichen weder Zeit noch Geld, um jedes davon zu bereisen. Vielleicht zum Glück, denn wenn jeder ständig überall sein könnte, wäre es mit diesen Paradiesen wahrscheinlich auch bald vorbei. Was einem blieb, nach so einer Reise, waren die Erinnerungen an das, was man erlebt hatte.

Langsam trabte ich zurück. Der Sand knirschte unter meinen Füßen. Autsch. Ich war in etwas getreten! Ein kleiner blauer Punkt weckte meine Neugier. Ich bückte mich und sah, dass es eine perlmuttartig schillernde Muschelschale war. Im Abendlicht schimmerte sie silberblau. Kurzerhand beschloss ich, sie mitzunehmen. Auch wenn sie schon ein wenig ramponiert war, schien mir die Muschel in ihrer Unvollkommenheit perfekt. Sie hatte ein Loch. Daraus konnte ich mir einen Anhänger basteln.

Glücklich über meinen Fund, marschierte ich den Hügel zu meinem Hotel hinauf. Alle negativen Erlebnisse des Tages waren vergessen. Ich freute mich einfach auf diesen Urlaub und auf die Stunden, die ich hier verbringen durfte. Ganz besonders freute ich mich auf Sebastian. Ein schöner Name. Der Augenkontakt mit ihm sowie das Lächeln und die Wärme, die er dabei ausstrahlte, könnten mir über einen ganzen Winter reichen, ohne die Heizung einzuschalten.

Mit einem Lächeln im Gesicht schlief ich nach diesem ereignisreichen Tag ein.

17. Schmetterlinge im Landeanflug

Achtung, diese bunten Flatterdinger können gefährlich sein
Im Bauch
Hochinfektiös
Übertragung von Liebe

Am nächsten Morgen erwachte ich ausgeschlafen und zur Abwechslung mal richtig glücklich, weil ich wusste, dass mein Abend schon himmlisch verplant war. Ich machte mich gleich nach dem Frühstück auf zum Strand. Im Gepäck hatte ich ein Rätselheft, Sonnencreme und ein Handtuch. Unten angelangt, zog ich mich aus, präsentierte meinen frisch gekauften Bikini und nahm mir ein Kreuzworträtsel vor.

»Tiefe Zuneigung mit fünf Buchstaben«, murmelte ich halblaut vor mich hin. Was konnte das sein? Treue? Ehre? Nee, das hat nur vier und nichts mit Zuneigung zu tun. So ins Grübeln vertieft, bemerkte ich nicht, wie sich hinter mir jemand näherte, der meine Selbstgespräche mitbekam. »Hm …, streng dich an, Marie-Louise. Tiefe Zuneigung mit fünf Buchstaben?«

»Versuch es doch mal mit Liebe!«

»Bitte?« Erschrocken drehte ich mich um und war so gleich froh, dass ich schon am Boden lag, sonst wäre ich zum dritten Mal umgefallen. Sebastian, mein Retter vom Flughafen stand vor mir. Er wiederholte:

»Liebe. Müsste passen.«

Ich schaute verdutzt zu ihm hoch, ungläubig, ob er mir in Realität oder als Fata Morgana gegenüberstand. Alles was mir auf die Schnelle einfiel, war ein langgezogenes

»Häää?«

»Na hier, in der Mitte musst du es reinschreiben: ‚tiefe Zuneigung mit fünf Buchstaben'. Ich nenne das Liebe«.

»Ah, ja? Stimmt, du hast recht!«

»Gestattet es die Dame, dass ich mich neben sie setze?«

»Natürlich, mein edler Ritter. Haben wir denn schon 20.00 Uhr?«

»Nein, aber wir könnten die Verabredung vorverlegen oder nicht?«

Ich fühlte mich großartig und wünschte, dieser Tag würde nie enden. In meinem Bauch fuhren alle Schmetterlinge der Welt Achterbahn und tanzten im Anschluss Salsa, mein Gehirn war auf Pause geschaltet und das Einzige, das ununterbrochen arbeitete, war mein Herz. Du-dumm, du-dumm, du-dumm. Es schlug schnell, sehr schnell, und meine Ohren pochten richtig mit. Ich war einfach nur glücklich. Wir planschten im Wasser, trockneten uns im heißen Sand und merkten kaum, wie die Zeit verging.

»Was hältst du davon, wenn wir einen Spaziergang machen?« schlug Sebastian nach einer Weile vor.

»Klar, ich bin dabei!«

»Komm, ich zeig dir einen tollen Panorama-Weg.«

»Da bin ich aber mal gespannt.« Flink wie der Wind, packte ich meine sieben Sachen zusammen. Wir liefen erst ein Stück in Richtung Hotel zurück und bogen dann auf einen Pfad ab, den ich wegen des hohen Grases bis dahin gar nicht bemerkt hatte. Wenig später wurde aus dem Gras dichtes Schilf. Das war fast schon ein bisschen abenteuerlich. Wir unterhielten uns übers Leben, Reisen,

Berufe und Hobbys. Schließlich gelangten wir in ein Dörfchen, das Bellcita hieß. Es ging auf Mittag zu.

»Was würdest du zu einer Paella sagen?« fragte mich mein Held.

»Super! Ich liebe spanisches Essen.«

»Ich auch. Komm, lass uns in ein kleines, schnuckeliges Restaurant gehen. Zufälligerweise kenne ich hier eins.« Grinsend schaute er mich an. Ich lächelte schüchtern zurück. Wie selbstverständlich nahm er meine Hand.

Händchenhaltend durchs Paradies! Oh Gott! Mein Herz hüpfte und fuhr mit Vollgas in Richtung Liebe. Tiefe Zuneigung mit fünf Buchstaben! Dieses Kribbeln im Bauch wurde zum Orkan, der meinen ganzen Körper durcheinanderwirbelte. Er schaltete meinen Kopf aus und brachte meine Libido in Wallung. Gab es Begegnungen, bei denen man sich von Anfang an geborgen fühlen konnte? Ich genoss es. Ich lebte diesen Moment und blendete alles um mich herum komplett aus. Diesen Tag würde ich nie wieder vergessen. Ich versuchte, jede Sekunde, jedes Detail in meinen Erinnerungen festzuhalten.

Im Restaurant angelangt, kam ein junger Kellner auf uns zu, strahlte uns an und begann, sich auf Spanisch mit Sebastian zu unterhalten.

»Cómo estás, cabrón?« begrüßte er ihn. Sie umarmten sich, dann sah er mich an und ging mit einem schiefen Grinsen in die Küche.

»Ihr kennt euch?«

»Er ist mit mir in die gleiche Klasse gegangen. Seitdem er mit seinen Eltern ausgewandert ist, besuche ich ihn regelmäßig. Normalerweise wohne ich dann auch bei ihm, aber seine Familie hat Besuch und deshalb klappt es diesmal leider nicht. Aber ich bekomme jedes Mal meine kostenlose Paella, wenn ich herkomme.«

»Das ist ja fantastisch! Wieso begrüßt ihr euch nicht auf Deutsch?«

»Er macht immer auf Obermacho und wendet diese ruppige Begrüßungsformel an, indem er fragt, wie es mir geht und gleichzeitig ein Schimpfwort mit in den Satz einbaut. Die Spanier schimpfen viel.«

»Das ist ja lustig. Und was hat er genau zu dir gesagt?« Er musste nicht wissen, dass ich selber ganz gut Spanisch konnte. Jedenfalls nicht gleich. »Cómo estás?« bedeutet »Wie geht's?« und »cabrón« sowas wie »Dumpfbacke« oder »Arschloch«. Ziemlich deftig. Er ignorierte meine Frage.

»Möchtest du lieber einen trockenen oder einen lieblichen Wein? Ich bevorzuge einen lieblichen, eher süßen und du?«

»Jetzt versuchst du, abzulenken! Ich mag aber auch lieber ein Gläschen von dem süßen Wein.«

Sebastian schmunzelte spitzbübisch und bestellte bei seinem Freund den Wein. Die Sache mit dem Wein hätte ich ablehnen sollen, denn aus einem Gläschen wurden am Ende fünf. Nach dem Mittagessen ging es wieder nach Hause, zurück zu unseren Hotels. Das Laufen fiel mir allerdings jetzt schwerer. Der Wein und die Hitze waren keine Freunde. Dabei hatte ich extra fleißig Brot zum Essen gemampft, damit sich der Alkohol schön verteilen konnte. Fehlgeschlagen! Er schien sich nun meine Beine vorgenommen zu haben.

»Ups! Ich glaube, ich habe zu viel getrunken. Ich vertrage nichts«, hickste ich. »Tut mir leid, wenn du jetzt ein falsches Bild von mir haben solltest. Meine Beine fühlen sich richtig schwer an. Das macht alles der Alkohol.«

»Ich bring dich sicher in dein Hotel, keine Angst«, beruhigte mich Sebastian.

»Dann kann mir ja nichts passieren.« Prompt verlor ich das Gleichgewicht und stürzte in den Sand.

»Marie-Louise, alles in Ordnung?« Mehr hörte ich nicht mehr.

Gegen 19.00 Uhr wachte ich wieder auf. Ich lag in meinem Hotelbett. Kopfschmerzen! Ich versuchte mich zu erinnern, was passiert war. Das Ergebnis war verheerend. Der will mich bestimmt nie wiedersehen! Ich bin einfach eingeschlafen. Peinlich! Lieber Gott, hab Erbarmen mit mir und schick mir ein Loch, das groß genug ist, damit ich mich drin vergraben kann. JETZT!

Um 20.00 Uhr waren wir verabredet. Soviel wusste ich noch. Selektives Gedächtnis nenne ich das: Man erinnert sich nur an die schönen Dinge. Ein kurzer Blick auf die Uhr verriet mir, dass es jetzt schon auf Halb zuging. Oje, ich musste mich beeilen. Auf dem Nachttisch fand ich folgende Nachricht vor:

Du siehst süß aus, wenn du schläfst. Macht das der Wein? Wenn ja, müssen wir unbedingt heute Abend ein weiteres Gläschen trinken. Ich bin um acht im »Cielo«. Wegskizze findest du auf der Rückseite. Hoffe, du hast bis dahin ausgeschlafen.

Bis dann, Sebastian

»Ja, er will mich wiedersehen! Mein Abend ist gerettet! Heute Abend trinke ich nicht so viel wie beim Mittagessen«, schwor ich mir. »Am besten gar nichts, keinen Schluck!«

Jetzt musste ich mich aber beeilen, viel Zeit hatte ich nicht mehr. Schnell duschen und schminken. Blieb die Frage: Was ziehe ich an? Ich hatte ein kleines Schwarzes dabei, ob ich das anziehen sollte? Das Wasser prasselte sanft auf meinen Körper herab. Fünf Minuten würde er schon auf mich warten können, nahm ich an. Ich brauchte diese Dusche wirklich dringend, um wach zu werden. Während des Duschens träumte ich erneut vom Abend, der vor mir lag und wiegte mich dabei leicht hin und her. An diesem Tag empfand ich das erste Mal seit langer Zeit wieder eine gewisse Selbstliebe. Ich umarmte mich und neigte meinen Kopf nach hinten, damit ich das lauwarme Wasser genießen konnte. Ich erinnerte mich an sein Gesicht, seine Lippen und seine wunderschönen blauen Augen. Seine dunklen Haare waren mit etwas Gel gestylt, und sein locker sitzendes weißes Hemd unterstrich sein gutes Aussehen. Sebastian war groß. Wahrscheinlich so groß wie Nick, wenn nicht ein bisschen größer. Unter einem Auge saßen zwei niedliche Sommersprossen, die mir gleich am Flughafen aufgefallen waren.

Das Wasser lief über meinen Körper und streifte Stellen, an denen ich mir wünschte, von Sebastian berührt zu werden. Allein der Gedanke an ihn ließ meinen Körper vibrieren und erzeugte ein wohliges Gefühl.

Genug geträumt! Ich musste jetzt schnell raus aus der Dusche, damit ich meinen Traum auch treffen konnte. In Höchstgeschwindigkeit föhnte ich mir die Haare und gab eine ordentliche Portion Schaum hinein, damit sich die Locken besser formten, dazu ein bisschen Wimperntusche, Puder. Fertig. Mit Kajalstift hielt ich mich zurück. Ich fand, dass meine Augen heute richtig strahlten. Ich war noch nie der Typ Frau, der lange im Badezimmer brauchte. Kurz und knapp reichte. Die wenigen Minuten, die ich dafür hatte, genoss ich umso mehr. Ich warf einen prüfenden Blick in den Spiegel.

»Marie-Louise, wer sich heute nicht in dich verliebt, ist selber schuld.« Ich grinste mich frech an, spielte verführerisch mit einer Locke, die mir ins Gesicht hing und machte mich mit der Wegbeschreibung gewappnet auf zum Restaurant »Cielo«. Ich fühlte mich gut und lief mit verführerisch wippendem Gang die Hoteleinfahrt hinunter. Unten angelangt, pfiff mir jemand hinterher. Zumindest hoffte ich, dass der Pfiff mir galt. Ich fand es immer wieder schön, Bestätigung zu bekommen.

Die Wegbeschreibung von Sebastian war übrigens sehr präzise. Ich hatte keine Probleme, das Restaurant zu finden. Er hatte liebevoll jede Palme und jedes Geschäft mit auf die Nachricht gemalt. Ich sah ihn schon von weitem. Er saß auf der Terrasse und hatte wieder ein schickes weißes Hemd an. Eine beigefarbene Hose rundete sein Outfit ab und verlieh ihm den letzten Schliff. Es wirkte leger, und der Mann sah einfach nur zum Anbeißen aus. Ich finde es fürchterlich, wenn Männer ihre Hemden in die Hosen stopfen und dann die Hosen bis zum Bauchnabel nach oben ziehen.

Sebastian tat das nicht. Er hatte Stil. Er lächelte mich an, stand auf und gab mir ein Küsschen auf die Wange. Sofort errötete ich. Er schob mir den Stuhl an den Tisch.

Ich fühlte mich wie in Pretty Woman. Sollte heute ein Traum wahr werden? Würde ich doch noch Hauptdarstellerin in einem Happy End werden? Szenen kamen in meinem Kopf hoch, wo wir uns überall lieben könnten: am Strand, im Sand, auf der Liege, im Boot, im Dickicht des Pinienwaldes, in seinem Hotelbett, in meinem Hotelbett … oder es blieb einfach nur bei einem Küsschen. Seine Stimme riss mich aus meinen Phantasien. Leider.

»Na, hast du gut hergefunden?«

»Klar doch. Mit deiner Wegbeschreibung konnte ich das Restaurant trotz meines astronomisch-schlechten Orientierungssinnes gar nicht verfehlen!« Ich lachte verlegen und wusste nicht recht, wie ich mich ihm gegenüber verhalten sollte. Ich schämte mich, dass ich nach ein paar Gläsern Wein einfach eingeschlafen war. »Es tut mir leid, dass ich …«, ich hielt inne und suchte nach den richtigen Worten, »... so müde war.«

»Wie meinst du das? Tut es dir leid, dass ich dich kilometerweit getragen habe, oder tut es dir leid, dass ich mit dem Rezeptionisten erst um den Schlüssel für dein Zimmer feilschen musste?«

»Was? Oh nein.« Peinlich berührt schaute ich weg.

»Ach, halb so schlimm! Aber die Geschichte mit der kleinen Klo-Fee fand ich ziemlich lustig«, entgegnete er lachend.

Die Geschichte mit der Klo-Fee? Langsam wurde mir bewusst, auf was er hinauswollte. Ich hatte im Schlaf geredet.

»Was habe ich denn alles erzählt?« fragte ich ängstlich, in der Hoffnung keine Details von meinen sexbesessenen Eltern ausgeplaudert zu haben.

»Nichts. Du hast nur von den Sachen geredet, die du in die Toilette gestopft hast. Und dass du dich ungerecht behandelt fühlst und die blöde Saftschubse ruhig mit Nick wegfliegen soll.«

»Oh, mein Gott, ich muss wohl wirklich richtig beschwipst gewesen sein!« Ich hoffte, nicht zu viel über Nick erzählt zu haben.

»Du hast, glaube ich, irgendein traumatisches Ereignis mit, lass mich raten, einer Kellnerin nicht verkraftet, und das hängt dir noch nach, kann das sein?« fragte er lachend und stupste mich in die Seite. Ich ging darauf nicht ein. Sebastian musste mir dreimal versichern, dass ich nichts weiter von mir erzählt hatte. Nur so konnte ich den Abend letzten Endes doch noch genießen.

Ich erfuhr mehr über seine Hobbys; er erzählte, dass er seine Eltern oft besuche und dass er, wie es der Zufall wolle, genau wie ich in Nürnberg wohne! Der Abend verging leider zu schnell. Wir aßen, wir lachten und redeten viel. Sebastian las Unmengen von Büchern, sah sich ab und zu sogar mal einen Frauenfilm an. Er war Lehrer und unterrichtete in Nürnberg Spanisch und Sport. Privat war er Gitarrist in einer Band und arbeitete in seiner Freizeit ehrenamtlich in einer Einrichtung für behinderte Menschen. Damit hätte ich nun gar nicht gerechnet. Ich fand es total bewundernswert. Um die Sache abzurunden: Der Mann fuhr außerdem Motorrad, was ihn für mich definitiv noch attraktiver und sexier machte. Ich stellte ihn mir in schwarzen Lederklamotten vor. Dabei wurde mir richtig heiß und mein Körper kribbelte angenehm.

Am Ende unseres Abends beschlossen wir, einen Spaziergang zu machen. Natürlich am Strand, wo sonst? Wir liefen barfuß im Sand und durch die Wellen, die bis zu unseren Füßen schwappten. Es war kühl geworden und Sebastian sah, dass ich zitterte. Ich wollte nicht, dass er es mitbekam, weil ich die Stimmung nicht ruinieren wollte und Angst hatte, dass wir dann zurück zum Hotel gehen würden. Aber Sebastian dachte dasselbe wie ich. Er zog, ganz Gentleman, sein Hemd aus und gab es mir. Ich war geflashed. Er nahm mich in den Arm und so schlenderten wir den Strand entlang. Wir sagten minutenlang gar nichts, bis es plötzlich zu regnen anfing. Ungewöhnlich für Mallorca um diese Jahreszeit, aber dennoch möglich.

»Komm, da vorne können wir warten, bis es aufhört«, schlug er spontan vor. Es war eine Felsnische, in der wir Unterschlupf fanden. Ich setzte mich auf einen Stein und er rückte neben mich. Obwohl mein Hotel keine 500 Meter entfernt lag, wollte ich diese Höhlennische nicht um alles in der Welt verlassen. Meinetwegen hätte es stundenlang weiter regnen können. Ich war mit ihm zusammen. Das war alles, was mir in diesem Moment wichtig schien. Der Mond spendete uns spärlich Licht durch eine Wolkenlücke, und wir sahen aufs Meer hinaus.

Er drehte sich zu mir um. Mein Herz begann schneller zu schlagen. Wenn er sich jetzt weiter nähern sollte, dann würde ich nicht heil aus dieser Nische herauskommen, sondern einen Herzinfarkt erleiden. Ich hatte Angst, denn ich spürte meinen Körper kaum. Was unaufhörlich hämmerte, war mein Herz. Geschickt zog er mich ein wenig hoch und platzierte mich auf seinen Schoß.

»Mach die Augen zu«, sagte er sanft, und ich gehorchte. Ich hatte keine andere Wahl: Als er die Worte aussprach, hatte ich das Gefühl, ihnen folgen zu müssen.

Er drückte mit seiner Hand sanft mein Kinn nach oben und küsste mich zärtlich und voller Leidenschaft auf den Mund. Seine Lippen waren ganz weich, sie erinnerten mich an Mousse au Chocolat, die ich so gerne aß. Genauso langsam, wie ich die Mousse immer genoss, saugte ich diesen Moment in mich ein. Sein Kuss schmeckte nach Pannacotta, und er roch frisch, wie das Meer. Sein männlicher Duft benebelte meine Sinne und mein Körper wölbte sich nach mehr Berührung. Wir küssten uns lange und intensiv. Dabei massierte er mir leicht den Rücken. Jackpot!

Ich war überglücklich, hatte ich das schon erwähnt? Glückshormone überfluteten mich. Ich wiegte mich in einem Rausch und wusste kaum, wie ich diesem geballten Hormonschub standhalten sollte. Ich wollte träumen und nie mehr aufwachen. Ich zitterte vor Erregung und fühlte die Flüssigkeit, die in meinem Tanga austrat. Meine Libido, mein Körper und meine Sinne schrien förmlich nach mehr. Was für ein Urlaub!

»Geht es dir gut, ist alles okay?«

Ich nickte. Liebevoll strich er mir meine Locken aus dem Gesicht, hielt es mit seinen Händen fest und küsste mich erneut. Ich flüsterte:

»Tiefe Zuneigung mit fünf Buchstaben«, dabei lächelte ich ihn an, und er lächelte zurück. Die Zeit blieb leider nicht stehen, sie verging rasend schnell. Irgendwann war ich dann doch ein wenig erschöpft.

»Wollen wir gehen?« fragte ich, allerdings in einer Tonlage, die mir nicht einmal meine Mutter abgenommen hätte.

»Okay«, flüsterte er und zog mich liebevoll aus unserer kleinen Liebeshöhle heraus. Händchenhaltend liefen wir zurück und keiner traute sich, etwas zu sagen. Wohl aus Angst, die wundervolle Stimmung zu zerstören. An meinem Hotel angelangt, zog er mich an sich, küsste mich auf die Stirn und umarmte mich als ob es kein morgen mehr geben würde. Er hielt mich lange fest umschlungen. Es war so schön. Ich wusste nicht, ob das alles nur der Urlaub machte oder ob ich mich wirklich verliebt hatte. Ich war von meinen Gefühlen einfach überwältigt. Zum Abschied küsste er mir die Hand und fragte, ob wir uns am nächsten Tag um zwölf wiedersehen könnten. Ich nickte verlegen und huschte ins Haus. Er rief mir hinterher, dass er vorm Hotel auf mich warten würde. Ich drehte mich um und warf ihm zur Bestätigung einen Handkuss zu.

Wie in Zeitlupe lief ich die Stufen hoch zu meinem Zimmer. Später, im Bett, war ich immer noch mega nervös, aufgeregt und voller Vorfreude auf das, was der morgige Tag für mich bereithalten würde. Mit dem breitesten Lächeln, das mir seit langem auf die Lippen gekommen war, schlief ich schließlich ein.

18. Wenn Schmetterlinge Salsa tanzen …

Lebensfreude, Feuer, Leidenschaft
Von Null auf Hundert entfacht!
Das Kribbeln hier, das Krabbeln da
Das Leben, einfach wunderbar!

Die Sonnenstrahlen kitzelten mich im Gesicht. Ich erwachte benommen aus meinen Träumen. Im nächsten Augenblick allerdings war ich hellwach, denn mit Blick auf die bevorstehenden Ereignisse stellte sich die alles entscheidende Frage: Was anziehen? Diesmal entschied ich mich für ein kurzes türkisfarbenes Kleid. Es betonte meine Figur, der V-Ausschnitt war ein echter Hingucker und die Farbe passte zu meinen blauen Augen. Ich freute mich schon auf unser Wiedersehen am Mittag.

Der Morgen verging wie im Fluge. Sebastian erschien pünktlich. Nach dem Essen fuhren wir mit dem Taxi zum Hafen. Das war sein Vorschlag. Ich dachte, dass jetzt eine Hafenrundfahrt anstünde oder ein weiterer Spaziergang. Falsch gedacht! Sebastian hatte ein Segelboot nur für uns beide organisiert.

»Mein Vater ist früher immer mit mir Boot gefahren, als ich klein war. Meine Liebe zum Wasser habe ich von ihm. Ich zeig dir heute ein schönes Plätzchen, das ich erst letzten Sommer entdeckt habe. Dort gibt es keine Touristen«, setzte er schelmisch hinzu.

Keine Touristen? Will er mich verführen? Oder will er mir wirklich nur einen schönen Ort zeigen? Ich fand die Idee jedenfalls total aufregend. Das kleine Segelboot schoss durch die Wellen. Ich sah in die Sonne und schloss die Augen. Ganz im Ernst: Ich träumte schon von einem gemeinsamen Häuschen und zwei süßen Kindern. Bevor eines in meine Arme springen konnte, holte mich seine Stimme zurück in die Realität.

»Wir sind gleich da! Ein Ort für Leute, die ‚tiefe Zuneigung' suchen.«

»Du scheinst dich auszukennen. Warst du schon öfters hier?«

»Ja, aber noch nie in Begleitung einer Frau. Nur mal mit einem Kumpel. Hast ihn gestern ja kennengelernt. Komm, ich werde dir was Tolles zeigen!« Er zog unser Boot an Land. Wir befanden uns in einer kleinen Bucht. Die Natur hier war paradiesisch, das Wasser türkisfarben, der Sand fast weiß. Überall Palmen. Ich zog meine Flip-Flops aus.

»Ist das toll hier!«

»Das ist noch lange nicht alles«, entgegnete er, »komm mit! Oh, Moment, fast vergessen. Ich hab was im Boot liegen lassen.« Er lief zurück und kam mit einem Korb und einer Decke unterm Arm wieder. Den Korb hatte ihm der Bootsverleiher beim Abschied in die Hand gedrückt. Jetzt wusste ich, warum. Sebastian hatte ein Picknick geplant. Wie romantisch!

»Ich habe süßen Rotwein dabei. Weil du so niedlich ausgesehen hast, nachdem du ein paar Gläser von dem Zeug intus hattest, dachte ich, dass wir dort anknüpfen können, wo wir neulich aufgehört haben.«

»Erinnere mich bloß nicht daran, mir ist das immer noch peinlich!«

»Muss es nicht. Ich fand es wie gesagt amüsant.« Er lachte. Gott sei Dank! Ich ließ mich von ihm aus der

Bucht führen. Der Gesprächsstoff ging uns dabei nicht aus. Ich wollte so viel über ihn erfahren.

»Hast du noch Geschwister, Sebastian?«

»Nö, ich bin ein verwöhntes Einzelkind. Meine Eltern konnten sich nach mir leider niemanden mehr leisten. Schade! Dabei habe ich immer auf den Wunschzettel für Weihnachten geschrieben: ‚kleiner Bruder oder, wenn es gar nicht anders geht, bitte kleine Schwester'.«

»Tja, schade, aber man kann schließlich nicht alles haben.«

»Es reicht ja auch, wenn man in netter Begleitung ist.«

»Hey, hey! Soll das etwa ein Flirtversuch werden?«

»Flirten? Was, wie, wo? Ich weiß nicht mal, wie man flirten schreibt«, protestierte er.

»Hm, jetzt bin ich aber enttäuscht. Ich dachte, du bist Lehrer?«

»Stopp, stopp, stopp! Ich bin Spanisch- und Sportlehrer, kein Deutsch- oder Flirtlehrer.«

»Na gut, dann muss ich dir wohl Nachhilfestunden geben. Wir haben den ganzen Tag Zeit, oder was meinst du, Señor Sebastian?«

»Sí, claro, von mir aus.« So plapperten wir fröhlich vor uns hin und liefen immer weiter ins Innere der Insel.

»Sag mal, gibt es hier eigentlich Schlangen?« fragte ich nach einer Weile zögernd und schaute mich skeptisch um. »Da hätte ich keinen Bock drauf, ich wurde nämlich schon mal gebissen.«

»Was? Echt?«

»Ja, von einer Kreuzotter, und das brauche ich kein zweites Mal.«

»Ganz ruhig, du bist in den besten Händen, ich pass

auf dich auf. Nur keine Angst!« Nach ein paar Minuten kamen wir an unser Ziel. »Voilà, hier sind wir. Das ist der wahrscheinlich schönste Fleck der ganzen Insel und wie versprochen, ganz frei von anderen Touristen … und Reptilien, hoffe ich.« Mit diesem Satz grinste er mich wieder auf seine lausbubenhafte Art an.

»Wow! Du schaffst es echt, mich immer wieder zu beeindrucken. Ein wunderschöner Ort«, murmelte ich leise. Irgendetwas rauschte ganz in der Nähe. »Und damit es nicht langweilig wird, werden wir jetzt Picknick machen.« Ich schenkte ihm mein strahlendstes Lächeln.

»Vorher gehen wir aber noch eine Runde baden, oder? Hier um die Ecke ist ein kleiner Wasserfall. Absolut schlangenfrei, garantiert!« Kaum hatte er den Satz zu Ende gesprochen, verschwand er in den Büschen, und ich hörte es Platschen. Ich folgte ihm. Was ich sah, nachdem ich ebenfalls den Felsen umrundet hatte, ließ mich die Luft anhalten: Ein ziemlich großer Wasserfall, der sich in einen kleinen Bergsee ergoss. Ringsherum die schönste Inselvegetation und im Wasser vor mir ein Adonis, wie ich ihn mir nur wünschen konnte. Als ich näher zu seiner Badestelle kam, sah ich all seine Klamotten auf dem Boden liegen. Er badete nackt. Oh, mein Gott, hieß das etwa, dass ich auch meinen kleinen Wabbelhintern zeigen musste? Definitiv nein, Herr Verführer, da haben Sie die Rechnung ohne Frau Maus gemacht, die ist nicht so leicht zu haben!

Währenddessen schwamm er ein paar Runden. Irgendwie hatte ich Muffensausen. Ich traute mich nicht, nackt zu ihm ins Wasser zu gehen. Also zog ich mich erstmal bis auf den Bikini aus. Der wirkte sexy und verhüllte dennoch die wichtigsten Stellen. Ich winkte Sebastian und rief ihm zu, dass ich ein bisschen sonnenbaden wolle. Das ließ er nicht gelten. Wahrscheinlich klangen meine Worte zu sehr nach Ausrede. Jedenfalls gab er sich alle Mühe, mich zu überreden.

»Ach, komm schon, Marie-Louise, das Wasser ist ganz warm! Ich habe es extra für dich vorgewärmt.«

»Nee, ich warte lieber, tanke vorher ein bisschen Sonne, dann komme ich. Versprochen!« Fest entschlossen ließ ich mich auf die Decke plumpsen.

»Okay, alles klar.«

Na sowas, wunderte ich mich. Ich hatte erwartet, er würde hartnäckiger drängeln, um mich ins Wasser zu bekommen. Na gut. Augen zu und bräunen. Nach einer Weile hörte ich ein gewaltiges Platschen. Ich öffnete die Lider einen Spalt, sah aber niemanden. Ich richtete mich auf, blickte zum Wasser, konnte Sebastian jedoch nirgends sehen.

»Sebastian, wo bist du?« Sekunden vergingen. Sekunden, die sich anfühlten wie eine halbe Ewigkeit. Ich bekam keine Antwort. Panik ergriff mich. »Komm raus, das ist nicht mehr lustig!« Mein Herz raste, die Angst kroch in meinen Kopf, und es kamen die schlimmsten Bilder hoch. Was, wenn ihm was passiert ist? Ein Infarkt vielleicht? Soll es ja geben. Ich musste etwas unternehmen!

Ohne zu zögern sprang ich in den See. Ich schwamm wie eine Wilde und versuchte, so gut es ging meine Augen unter Wasser zu halten. Ein paar Umrisse konnte ich vor mir erkennen, aber die machten noch lange keinen Sebastian aus. Ein paar bunte Fische wichen mir aus, Algen folgten meinen Armbewegungen, das war alles. Kein

Adonis. Ich musste auftauchen, um Luft zu holen.

Im Tauchen bin ich nie besonders gut gewesen. Ich habe wahnsinnige Angst, zu ertrinken. Das liegt vielleicht daran, dass ich früher die Kleinste in meiner Familie gewesen bin und im gemeinsamen Urlaub immer alle meinten, mit mir machen zu können, was sie wollten. Einschließlich tunken.

Ich holte tief Luft und wollte gerade erneut zum Untertauchen ansetzen, da schlang sich etwas um meine Beine. Sofort begann ich mich zu wehren. Jedenfalls anfangs, bis ich merkte, dass das, was sich da um mich herumwand, nicht aus der Tierwelt kam. Es fühlte sich sehr vertraut an. Trotzdem folgte ich dem ersten Instinkt und schlug um mich. Da drehte mich dieses Etwas einfach um, drückte mich an den Felsen und küsste meinen Mund. Ich spürte Sebastians nackten Körper auf meinem und seufzte erleichtert auf. Als er endlich losließ, sprudelte es nur so aus mir heraus:

»Sag mal, spinnst du? Du hast mich total erschreckt! Machst du jetzt einen auf Neptun? Ich wäre fast gestorben, als ich dich nicht mehr gesehen hab. Ich habe mir schon ausgemalt, welches Tier dich unter Wasser gefressen hat. Jag mir bloß nie wieder so einen Schrecken ein! Hörst du?«

»Ich wollte doch nur, dass du ins Wasser kommst. Hat geklappt. Jetzt hab ich dich endlich da, wo ich dich haben wollte.« Gekonnt setzte er sein charmantes und umwerfendes Lächeln auf. Ich konnte ihm nicht böse sein.

»Aber …« Bevor ich noch etwas sagen konnte, küsste er mich wieder, presste seinen Körper an meinen und drückte mich an den Felsen. Ich fing zu zittern an. Nicht, weil mir kalt war, sondern aus purer Lust. Er küsste meine Wangen, meine Augen, meinen Hals und als er sich zu meinem Nacken beugte, spürte ich am andern Ende seine ganze Männlichkeit. Aufgrund der fehlenden Badehose, nahm ich den Unterschied zwischen Mann und Frau sehr deutlich wahr. Ich spürte seinen Körper, und der schrie regelrecht nach mehr. Jetzt überkam es mich auch. Ich berührte seinen Nacken mit meinen Lippen, mit meinen Händen massierte ich ihm sanft seinen Rücken und machte erst kurz vorm Po halt.

Mein spanischer Neptun war voller Leidenschaft und konnte sich kaum noch zügeln. Trotz der aufflammenden Begierde riss er sich aber ordentlich am Riemen und berührte nur die Stellen, die er beim zweiten Date gentlemanlike berühren durfte. Ich hatte da mein eigenes Schema: Alles war erlaubt außer Po, Brust und Intimbereich. Und dieses Schema hielt er ein. Obwohl wir nicht darüber gesprochen hatten. Das war ein ordentlicher Pluspunkt für ihn.

Prolls, die meinen, sich behaupten zu müssen und die uns Frauen immer gleich an die Wäsche wollen, kann ich partout nicht ausstehen.

Bei Sebastian war das anders. Ich hatte ein sehr gutes Gefühl, wenn ich ihn küsste. Er vermittelte mir Sicherheit. Mein Herz schlug nicht, es hämmerte. Es pochte so stark, dass ich glaubte, diesmal könne sogar er es hören. Zu gern hätte ich gewusst, was er dachte. Oder sollte ich es vielleicht besser gar nicht wissen? Womöglich war alles nur eine Illusion, und wenn ich aufwachte, dann befand ich mich wieder zu Hause.

»Kneif mich mal, ich bin gerade so glücklich.«

»Nee, ich weiß was viel Besseres.« Wild entschlossen nahm er mich noch kräftiger in den Arm und küsste mit einer Leidenschaft, bei der sogar Pretty Woman die Spucke weggeblieben wäre. Wir küssten und kuschelten und berührten uns im Wasser, die Sonne streichelte unsere Haut. Wir genossen es, einander zu haben.

Es musste einige Zeit vergangen sein, denn ich fing wieder leicht zu zittern an. Diesmal wohl doch vor Kälte. Sebastian bekam das sofort mit und reagierte:

»Na los, du kleine Wassernixe, raus aus dem Wasser, bevor dir noch Häute zwischen den Fingern wachsen!« hänselte er mich und gab mir einen Unterwasser-Klaps auf den Po. Zuerst stieg er selbst aus dem Wasser. Er stemmte sich mit den Armen gekonnt auf den Fels und schob sich aufs Trockene. Als er sich umdrehte, tauchte ich schnell unter. Ich musste meine Lust zügeln und die Kontrolle über meine vibrierende Liebesgrotte wiedergewinnen.

Mit einem Handtuch bekleidet, das sein bestes Stück im Zaum hielt, reichte er mir schließlich die Hand und half mir ans Ufer. Kaum aus dem Wasser, wartete die nächste Überraschung auf mich. Er hatte ein leckeres, gesundes Picknick vorbereitet. An alles war gedacht: Obst, Käse, kleine Tortilla-Sandwiches. Wir lachten, tranken Wein und knabberten unsere Snacks. Mit den letzten Sonnenstrahlen segelten wir heimwärts.

Im Hafen angekommen, merkte ich, dass die Knabbersachen vom Nachmittag nicht wirklich ausgereicht hatten, um satt zu werden. Ich verspürte einen leichten Hunger. Sebastian war auch darauf vorbereitet.

»Ich habe einen Tisch in meinem Hotel reservieren

lassen. Heute ist dort Paella-Tag. Da wir beide gerne Paella essen, habe ich mir gedacht, dass wir da unbedingt hingehen sollten.«

Ich gab ihm einen Kuss.

»Gerne, machen wir«, rief ich und biss mir verführerisch auf die Lippen. Ich freute mich tierisch und mein kleines Herz machte den nächsten Hüpfer. »Ich muss aber vorher nochmal zurück und mich duschen!«

»Du kannst bei mir duschen, wenn du möchtest«, entgegnete er ohne eine Spur von Zweideutigkeit in der Stimme. »Ich werde noch was aus dem Laden um die Ecke holen. Du kannst dir inzwischen alle Zeit der Welt nehmen.«

Zögernd stimmte ich zu. Natürlich wollte ich bei ihm sein, aber ich hatte Angst, dass ich wieder über meine Grenzen gehen und etwas tun würde, das ich später bereuen könnte. Ja, ich wollte mit ihm den Abend verbringen und ja, ich wollte mehr als nur ihn berühren, aber ich hatte auch Angst, diese magischen Momente zu zerstören und den Zauber des Verliebtseins zu brechen. Denn, wer weiß? Mein Urlaub ging bald zu Ende, was dann?

Mein innigster Wunsch war es, einen Menschen zu haben, mit dem ich mein Leben teilen konnte, der zu mir hielt in guten und in schlechten Tagen. Ich wollte nicht nur jemanden, der mir für ein paar Stunden und wenige Tage die Sterne vom Himmel holte, sich dann wieder verdrückte und mich in meiner Welt alleine ließ.

Diese Gedanken stimmten mich unsagbar traurig. Ich war unschlüssig. Zögernd lief ich die Treppe zu seinem Hotelzimmer hoch. Was würde passieren? Hatte er noch mehr geplant für heute Nacht?

Als er die Tür zu seinem Zimmer aufschloss, hing mein Herz sonst wo. Ich konnte nicht feststellen, wohin es gerutscht war. Ich glaubte, mein Kreislauf würde gleich versagen. In mir schlummerte ein unermessliches Verlangen, das mich an meine Beinahe-Errungenschaft in der Salsa-Bar erinnerte. Damals hatte ich auch den Drang nach mehr gehabt. Im Gegensatz dazu spielten jetzt hier Gefühle eine Rolle. Wie es aussah, hatte ich mich tatsächlich verliebt, und zwar genau in den Mann, der mir »tiefe Zuneigung mit fünf Buchstaben« erst in mein Kreuzworträtsel und dann in mein Leben geschrieben hatte.

»Marie-Louise, alles okay mit dir?« fragte Sebastian, als wir das Zimmer betraten.

»Ja, ich glaube schon.«

»Wenn du lieber möchtest, dann bring ich dich eben zu deinem Zimmer, dann kannst du dort duschen.«

»Nee, alles gut, ich bleibe bei dir. Ich muss ja bald wieder nach Hause fliegen. Die Zeit vergeht sowieso viel zu schnell.«

»Schade, dass du nicht länger bleibst, aber wir werden uns wiedersehen.« Damit gab er mir einen Kuss und huschte aus der Tür. »Bin in circa einer halben Stunde wieder da.«

»Bis gleich«, rief ich ihm hinterher und ging ins Badezimmer. Neben der Toilette lag eine Zeitschrift. Da ich neugierig war, warf ich einen flüchtigen Blick darauf: Eine Motorsport-Zeitung. Klar! Er fuhr Motorrad. Schließlich zog ich meine Strandklamotten aus und stieg unter die Dusche. Der Sand, der mir in den Haaren hing, ran mit dem Wasser über meinen Körper. Ich stellte fest, dass meine Haut eine Nuance dunkler geworden war. Die weißen Bikini-Stellen hoben sich deutlich ab. Es tat gut, das warme Wasser zu spüren. Ich massierte das Duschgel sanft ein und stellte mir vor, wie der heutige Abend verlaufen würde. Zuerst würden wir essen gehen, danach würde ich ihn nochmals auf sein Zimmer begleiten, und dann? Vielleicht würde er mich vorsichtig aufs Bett schubsen, mir mein Kleid ausziehen und mich vom Nacken bis hinunter zu den Beinen küssen. Ich stellte es mir wunderbar vor.

Okay, vorher musste ich mir erstmal mein Kleid wieder anziehen. Meine Begierde fuhr Achterbahn und hörte nicht mehr auf, mir ein permanentes Kribbeln im Unterleib zu bescheren. Die Lust wuchs sekündlich. Bald würde ich sie nicht mehr zügeln können, das wurde mir klar. Sanft berührte ich meine Brüste und streichelte meinen Körper. Meine Nippel wurden fest und das Verlangen, ihn auf meiner Haut zu spüren wuchs.

Ich stellte mir den Akt mit ihm vor, wie er langsam in mich eindrang. Leise stöhnte ich auf. Damit es zur einzigartigen Verschmelzung unserer beiden Körper kommen konnte, musste ich allerdings aus der Dusche kommen. Eins nach dem anderen. Als ich aus dem Bad trat, hörte ich ein Geräusch. Es kam vom Balkon.

»Hallo, ist da jemand?« Keine Antwort! Mir war mulmig zumute. Licht schimmerte durch die Glastür, ich zog den Vorhang zurück. Was ich sah, verschlug mir fast die Sprache: Auf dem Balkon verteilt standen lauter Teelichter, auf dem Tisch drei große Kerzen. Sogar eine weiße Tischdecke fehlte nicht. Rote und rosa Blütenblätter lagen um zwei Teller herum drapiert. Kleine Muschelschalen rundeten das prachtvolle Ambiente ab. Meine Panik verflog. Jetzt wusste ich, dass es sich nicht um einen Einbrecher handelte. Dafür stieg meine Nervosität wieder mal ins Unermessliche. Ich biss mir ein wenig die Lippen auf, wie ich es immer tat, wenn ich aufgeregt war.

»Du siehst umwerfend aus!« flüsterte Sebastian. Er schenkte uns Rotwein ein.

»Danke, du hast dir große Mühe gemacht«, strahlte ich, »aber ich dachte, wir essen im Restaurant.«

»Ja, tun wir auch. Restaurant Balkonia«, witzelte er, gab mir einen Kuss und spätestens nach diesem Kuss wusste ich, dass er sich heute Abend nicht nur mit mir »unterhalten« wollte. »Ich hab's mir einfach anders überlegt und die Paella aufs Zimmer bestellt. Setz dich, sie müsste jeden Moment kommen.« Einladend rückte er mir den Stuhl zurecht.

Während ich wartete, huschte auch er noch schnell unter die Dusche. Wenig später stand er mit Jeans und schwarzem Hemd vor mir und rubbelte sich die Haare trocken. Es klopfte. Sebastian lief zur Tür. Er kehrte mit einer riesigen heißen Eisenpfanne zurück.

»Hmmm.« Der Duft der frischen Paella stieg mir in die Nase. »Du weißt, was Frauen brauchen!« Lachend nahm er meinen Teller und schöpfte eine ordentliche Portion von dem Reisgericht darauf. »Du bist schuld, wenn ich nachher nicht mehr in mein Kleid passe.«

»Wenn das so ist, dann packe ich dir noch einen Löffel drauf. Am besten, du ziehst es gleich aus.«

»Hey, soweit sind wir noch nicht!«

»Wein?«

»Her damit.«

»Aye, Aye, Chefin«, grinste er. Wir stießen an.

»Ich hoffe, du willst mich nicht verführen?« Spielerisch wickelte ich eine Locke um meinen Finger.

»Aber Marie-Louise, was denkst du von mir? Ich bin ein Mann. Männer verführen nicht, sie füllen nur ab. Der Rest erledigt sich meistens von selbst.« Bei diesem Satz wedelte er mit dem Wein schelmisch in meine Richtung. Nach eineinhalb Portionen kapitulierte ich und legte mein Besteck zur Seite. Er folgte meinem Beispiel.

»Möchtest du mit mir tanzen?«

»Ich weiß nicht, ob ich jetzt noch tanzen kann«, erwiderte ich kleinlaut.

»Na los, wir sind unter uns! Lass dich einfach nur führen. Vielleicht kann ich dich mit meinem Tanz beeindrucken.«

»Du hast mich schon mehr als beeindruckt.«

Er griff nach meiner Hand, zog mich hoch und ich merkte, dass mir der Wein in den Kopf stieg.

»Oh, langsam bitte.« Er konnte tatsächlich gut tanzen und führte mich professionell.

»Keine Angst, ich halt dich fest«, versprach er.

»Wo warst du nur die ganze Zeit? Warum habe ich dich nicht früher kennengelernt?« rutschte es mir heraus.

»Lass uns froh sein, dass wir uns überhaupt kennengelernt haben. Manche Menschen haben nicht so viel Glück und lernen sich niemals kennen.«

Wir tanzten zu spanischer Musik, die er mit seinem Handy abspielte, schauten uns in die Augen, und ich wusste, dass ich ihn wollte. Ich wollte diese Nacht mit ihm verbringen. Gekonnt tanzte er mich in Richtung Bett und schaute mir tief in die Augen. Selbst wenn ich mir vorgenommen hätte, ein braves Mädchen zu bleiben, spätestens jetzt hätte ich all meine guten Vorsätze über Bord geschmissen. Wir setzten uns, und er zog mich sanft zu sich. Seine Hände berührten meine Taille erst ganz sanft, dann wanderten sie hoch und wuschelten mir durch meine Lockenmähne. Er begann, meinen Nacken zu küssen, meine Arme. Ich gab mich ganz hin und versuchte diesen Moment einfach nur zu genießen. Ob ich meine Beine und auch die sonstigen Problemzonen richtig rasiert hatte? Ich schloss die Augen und bemerkte, wie er sich an meinem Kleid zu schaffen machte. Er küsste mein Gesicht und flüsterte:

»Marie-Louise, sag bitte, wenn du irgendetwas nicht möchtest. Ich will dich. Ich will dich spüren. Aber mir ist es wichtig, dass du das alles auch magst!«

Was? Welcher Kerl sagt denn so etwas? Das gibt es nicht! Passiert das wirklich gerade mit mir? Coole Sache. Wie in Trance nickte ich nur und versuchte, einerseits meine Nervosität und andererseits meine Ungeduld und Lust unter Kontrolle zu bringen. Er küsste meinen Bauch, streichelte sanft meinen Nabel und spielte dabei an meinem Piercing.

Mein Körper zitterte. Bei jeder Berührung, jeder Liebkosung lief mir eine Gänsehaut über den Rücken. Ich hatte mich schon lange nicht mehr so glücklich gefühlt. Er wanderte immer weiter hinunter und das wohlige Gefühl wurde stärker. Sanft, dann etwas fordernd, berührte Sebastian meine Beine, streichelte vorsichtig die Innenseite meiner Schenkel und küsste sie liebevoll. Er wusste ganz genau was er tat und wie er mich berühren musste. Das Gefühl, ihm nahe sein zu wollen, wurde intensiver.

»Dreh dich um«, bat er. Ich gehorchte. Für einen kurzen Moment glaubte ich, seine Sklavin sein zu müssen, um den devoten Teil des Spieles zu übernehmen. Vielleicht hatte er eine lustmachende Substanz in den Wein gekippt oder unter die Paella gemischt. Der Gedanke gefiel mir. Ich fühlte mich wie im Rausch. Ich lag nun bäuchlings vor meinem Gebieter, der mir meinen Nacken küsste und mich mit seiner Zunge verwöhnte. Seine Berührungen machten mich schier wahnsinnig. Er überhäufte meine Schultern mit Küssen und fing an, mich zu massieren. Um besser massieren zu können, öffnete er meinen BH. Mit einer Hand! Ich war beeindruckt. Ob es an seinem Beruf lag, dass er so gut massieren konnte? Mussten Sportlehrer so etwas können? Ab und zu stöhnte ich auf, weil er Stellen berührte, die ich an meinen Körper noch nie gespürt hatte.

Nachdem er mir den Rücken ausgiebig massiert hatte, drehte er mich zur Seite. Sanft küsste er meinen Hals und arbeitet sich wieder von oben nach unten vor. Meine Brust schrie nun vor Erregung buchstäblich nach mehr und wartete auf Liebkosungen. Zuerst küsste er sie, biss leicht hinein und streichelte in kreisförmigen Bewegungen um die hart gewordenen Nippel. Jetzt nahm er sie in den Mund und saugte an ihnen. Ich stöhnte, presste mich an ihn. In mir brach ein Vulkan voller Leidenschaft aus. Er hielt mich fest. Mein Kopf lehnte an seiner Schulter. Wir verharrten wenige Augenblicke in fester Umarmung, bis er sich losriss und mich blitzschnell auf den Rücken legte. Er zog mir den Tanga aus und spreizte meine Beine. Nun lag ich in voller Nacktheit vor ihm und mein Körper bebte, ja er schrie förmlich nach ihm. Ich wollte diesen Mann so sehr.

Aber dann kamen mir auch wieder Zweifel. Wenn wir es jetzt taten, wäre der Traum womöglich zerstört und die romantische Verbindung, die sich zwischen uns aufgebaut hatte, vielleicht dahin? Davor fürchtete ich mich. Ich drehte meinen Kopf zur Seite und atmete tief, in der Hoffnung die richtige Erleuchtung zu bekommen und das Richtige zu tun.

»Marie, alles in Ordnung?« Ich nickte und küsste ihn. Ich musste es darauf ankommen lassen. Er zog seine Shorts aus und legte sich nackt auf meinen Körper. Haut an Haut. Es war ein schier unendlich erfüllendes Gefühl, seine Nähe zu spüren. Seinen Geruch aufzunehmen, erregte mich.

Sein kleiner Sebastian war inzwischen definitiv nicht mehr klein. Er streifte meine Beine. Und wieder machte sich Angst in mir breit. Ich war hin und hergerissen. Auf der einen Seite zerschmolz ich fast vor Lust, und auf der anderen wollte ich es nicht, weil ich Angst hatte vor der nächsten Enttäuschung. Vor dem Schmerz, der ewig anhielt, bis er heilen würde. Mein Adonis bemerkte meine Unsicherheit und ließ kurz von mir ab. Hatte ich etwas falsch gemacht? Wollte er mich nicht mehr? Meine Sorgen blieben unbegründet. Er glitt an meinem Körper hinab und begann meine Schenkel ausgiebig zu küssen. Ganz langsam näherte er sich dem Zentrum meiner Lust. Liebkosend öffnete er mich mit seinen Fingern und drang zärtlich mit seiner Zunge in mich ein.

Zitternd vor Erregung krallten sich meine Finger in das weiße Laken. Seine Finger griffen in meine und hielten mich fest, während er den Akt mit seinem Mund vollendete. Mein Körper bebte, und ich schrie bei der letzten Bewegung, die seine Zunge in mir ausführte. Mein Körper bäumte sich auf und sackte erschöpft zusammen. Glücksgefühle!

Mein Atem ging schwer. Sebastian ließ von mir ab und deckte mich liebevoll mit einem Laken zu. Er verlangte in keinster Weise mehr, und das war auch gut so. Streichelnd verbrachten wir den restlichen Abend und das Letzte, an das ich mich erinnere, ist der Mond, der in unser Hotelzimmer lachte. Ob der gute Alte wohl wusste, wie pudelwohl ich mich gerade fühlte? Angeleuchtet von seinem magischen Licht kuschelte ich mich in die Arme meines Liebsten.

19. Aus der Traum

Kennst Du den Moment, wenn du denkst .... Sch...! ...?
Einfach die Beine in die Hand nehmen

Die darauffolgenden Tage und Nächte liefen nach dem gleichen Schema ab: Wir küssten und liebkosten jede erdenkliche Körperstelle des anderen, jedoch vereinigten sich unsere Körper nicht vollständig. Er küsste mich, knabberte an meinem Ohrläppchen und fuhr mir mit den Fingerspitzen über den Rücken. Alleine seine Berührungen ließen mich alles um mich herum vergessen, und ich stöhnte jedes Mal aufs Neue, wenn er Stellen berührte, bei denen ich vorher nicht gewusst hatte, wie empfindsam sie waren. Neuerdings stellten meine Handflächen und die Arminnenseiten hocherotische Punkte dar. Und er wusste definitiv, wie er sie zu drücken hatte. Wir verbrachten wundervolle Tage und noch schönere Nächte. Allerdings traute sich keiner von uns beiden, den anderen zu »mehr« aufzufordern.

Die Zeit verging viel zu schnell. Wir unternahmen eine Menge, machten Ausflüge und schauten uns die kleinen Städte in der Nachbarschaft an. Wir lagen am Strand, cremten uns ein und versuchten jede Minute miteinander zu genießen. Unsere letzte Nacht verbrachten wir am Strand in einem Strandkorb. Dieser Abend war der schönste meines ganzen Lebens. Sebastian hatte Windlichter mitgebracht und im Sand postiert. Ein Rosé zum Trinken und Tapas zum Essen sorgten für unser leibliches Wohl. Sebastian küsste meinen Hals und mein Gesicht. Leidenschaftlich neckte er mein Ohrläppchen und zog mich langsam zu sich. Geschickt wickelte er die Decke um mich und begann, mir darunter ein Kleidungsstück nach dem anderen auszuziehen. All das geschah ohne Worte und wir genossen jeden Augenblick. Das Meer rauschte, die Sonne ging unter und bei uns im Herzen wieder auf. Unsere Küsse wurden leidenschaftlicher denn je.

Plötzlich stand er auf und verschwand. Zuerst wusste ich nicht, was ich davon halten sollte. Was sollte das? Nur wenige Menschen waren noch am Strand, einige machten einen Abendspaziergang. Ich hörte ein kurzes Klack und neben dem Korb baute sich wie durch Geisterhand ein zusätzlicher Sonnenschirm auf. Und das, obwohl von Sonne keine Rede mehr sein konnte. Er knickte ihn ein und schaffte damit einen Sichtschutz mit eigener privater Atmosphäre. Jetzt verstand ich.

»Hast du mich erschreckt! Ich hab schon gedacht, du lässt mich hier sitzen!«

»Ach Quatsch, du Dummerchen«, neckte er mich liebevoll und zog sich die Hose aus. Sein Körper war einfach nur zum Anbeißen. Als Sportlehrer trainierte er natürlich regelmäßig, was sich optisch auswirkte. Seinen Intimbereich hatte er mit einem schnittigen Muster auf drei Millimeter rasiert. Damit würde er jedem Nacktmodel Konkurrenz machen können. Wow! Er sah gut aus, sowohl oben als auch unten. Schnell huschte er wieder unter unsere XXL-Decke. Wie ein Meisterdieb zog er mir gekonnt den BH aus und liebkoste meine Brüste. Die Lust überwältigte mich derart, dass ich alles um mich herum vergaß und ihn einfach nur machen ließ. Er küsste meinen Bauch, fuhr mit seinen Fingern gleichzeitig meine Beine hinunter und entwendete mir dabei geschickt meinen kleinen schwarzen String. Seine Zunge und seine Hände machten jetzt vor nichts mehr halt. Liebevoll küsste er mein Gesicht und begann, mit seiner Zunge meine zu suchen. Gleichzeitig berührte er mit seinen Fingern den empfindsamsten Punkt meines Körpers. Mit sanften und kreisenden Bewegungen drang er tiefer in mich ein. Ich stöhnte auf.

Mein Verlangen, ihn zu spüren, wuchs mit jeder Liebkosung. Mein Körper vibrierte vor Erregung. Das Feuer wurde entfacht, mein Feuer wurde entfacht. Es schrie förmlich nach mehr Brennholz. Es schrie nach Vereinigung. Ich stöhnte und versuchte dabei, nicht laut zu schreien. Schließlich wollte ich nicht im schönsten Moment erneute Bekanntschaft mit der Polizei machen, wegen Erregung öffentlichen Ärgernisses.

Theoretisch wollte ich warten, aber da war es auch schon zu spät: Die Praxis gewann! Eine einzige Bewegung und ich bekam seine volle Männlichkeit zu spüren. Ein Blick in seine Augen verriet mir, dass er darauf brannte, mehr und mehr in mich einzudringen. Mit gleichmäßigen und rhythmischen Bewegungen signalisierte ich ihm, dass es für mich in Ordnung war und er weitermachen konnte. Besitzergreifend führte er unser Liebesspiel an. Seine Erregtheit machte mich heiß. Ich spürte wie meine Lust immer stärker und intensiver wurde. Ich drückte mich fester an ihn, damit ich ihn tiefer in mir spüren konnte. Das wohlig warme Gefühl nahm zu und kam zum Höhepunkt. Er küsste mich so leidenschaftlich, dass ich es kaum noch ertragen konnte. Ich wollte dieses Gefühl der Explosion augenblicklich spüren. Um meine Euphorie und überschüssige Energie zu entladen, biss ich ihm in die Schulter, und da geschah es. Ein letztes Mal bewegte er sich in mir, er keuchte wild und ich merkte, wie sein Po zusammenzuckte und eine Gänsehaut bekam.

Da spürte ich zum ersten Mal im Leben, ja, wirklich zum allerersten Mal, innerlich einen regelrechten Knall meiner Glückshormone, ein Feuerwerk, das meinen ganzen Körper erfasste. Jetzt war ich mir hundertprozentig sicher: Es gab kein Entkommen mehr! Ich war verliebt.

»Guten Morgen, aufstehen! Du verschläfst noch deinen letzten Tag!« Seine stürmischen Küsse weckten mich. »Wann geht eigentlich dein Flieger?«

»Um 13.00 Uhr rum.«

»Dann haben wir ein kleines Problem, Marie-Louise.«

»Warum, wieso?« An seinem Blick merkte ich, dass es ihm ernst war. »Oh nein, wie spät ist es?«

»11.00 Uhr.«

»Oh shit! Ich muss mich beeilen; ich muss in mein Hotel und packen!« Schnell warf ich mir mein Kleid über und lief los. Bei mir angelangt, stopfte ich alles hastig in die Reisetasche und rannte zur Rezeption. Dort hatte Sebastian die offene Rechnung schon beglichen. Vor dem Haus wartete ein Taxi, das er mir bestellt hatte. Der Taxifahrer lud meine Tasche ein und los ging die Fahrt.

»Wie konnte ich nur die Zeit vergessen? Ich bin wieder einfach eingeschlafen. Mist, ich hatte doch gestern noch packen wollen. Auweia, hoffentlich erwische ich meinen Flieger!« lamentierte ich.

»Das schaffen wir schon. Was meinen Sie, wie lange

brauchen wir?« fragte er den Fahrer.

»30 bis 50 Minuten, je nach Verkehrslage.«

Mir wurde schlecht. Hilfesuchend blickte ich aus dem Fenster, als ob dort draußen die Lösung meines Problems läge. Es half nichts. Ich versuchte, meine Gedanken ein wenig zu sammeln. Zwar verpasste ich womöglich meinen Flieger, dafür hatte ich die Liebe erlebt. Sollte notfalls die Sache wert sein. Trotzdem: Mist!

Es war mittlerweile fünf nach zwölf und mein Flug ging zehn nach eins. Hoffentlich hatte der Flieger Verspätung, und ich konnte in Ruhe einchecken. Man kennt das ja: Ist man nicht in Eile, dann darf man sich die Beine in den Bauch stehen und ärgert sich, warum man kein interessantes Buch zum Zeitvertreib mitgenommen hat. Hat man es aber eilig, dann kommt alles, ob Zug, ob Bus, ob Flugzeug überpünktlich.

Um Punkt 12.30 Uhr kamen wir am Flughafen an. Ich bezahlte den Taxifahrer, spendierte ihm ein gutes Trinkgeld und bedankte mich, dass er zwei rote Ampeln für mich überfahren hatte. Wir hechteten in Richtung Eincheckhalle. Kaum am Schalter angelangt, sprudelte es nur so aus mir heraus:

»Hallo, ich bin ein bisschen spät dran. Nach Nürnberg, bitte.«

»Ihren Ausweis und Ihr Flugticket bitte«, entgegnete die Flughafentante. »Sie sind sehr spät dran, Frau Maus! Augenblick, ich muss kurz telefonieren.«

»Ja, okay.« Sie telefonierte.

»Ja, hm …, ja … Ich werde es ihr sagen.« Mit diesen Worten legte die Franconian-Airlines-Mitarbeiterin auf.

»Und?« Ich schaute sie fragend an.

»Es ist so: Die Check-in-Zeit beträgt für Ihren Flug 30 Minuten. Es ist jetzt 12.45 Uhr, dadurch sind Sie leider zu spät dran, Sie haben folgende Möglichkeit: Entweder Sie fliegen, die Bordkarte bekommen Sie dann am Flugsteig, oder Sie lassen sich umbuchen und zahlen 250 Euro Umbuchungsgebühren.«

»Hä?« Ich verstand nur Bahnhof. »Dann muss ich ja nur zum Flugsteig! Sagen Sie mir, wo ich hin muss, und ich renne sofort los.«

»Da gibt es nur ein Problem: Ihr Gepäck kommt nicht mehr mit. Es ist zu spät.«

»Oh nein, das darf doch nicht wahr sein!«

»Sie müssen sich entscheiden, was Sie tun wollen. Sie haben nicht mehr lange Zeit, die Kollegin hat schon mit dem Boarding begonnen.«

»Marie-Louise, ich nehme deine Tasche mit nach Hause, ich wohne ja auch in Nürnberg. Dann kannst du sie bei mir abholen. Hast du alles, was du brauchst, in der Handtasche?«

»Ja.«

»Das ist natürlich eine Möglichkeit.« Die Franconian-Airlines-Tante nickte.

»Okay, so machen wir es, schreib mir schnell deine Adresse auf. Ich hol die Tasche später bei dir ab.«

In Windeseile kritzelte er seine Anschrift auf einen Zettel und drückte ihn mir in die Hand.

»Jetzt müssen Sie sich aber beeilen, Frau Maus, Ihr Flieger geht in 20 Minuten, Gate 21. Sie laufen geradeaus und dann nach links.« Bevor ich losrannte, drückte ich Sebastian noch einen Knutscher auf die Wange, nahm meine Muschelkette ab und hängte sie ihm um. Die blaue

Muschel, die ich am ersten Tag am Strand gefunden hatte, sollte ihm Glück bringen.

»Danke für die wundervollen Stunden, es war super schön mit dir! Bis die Tage, ich melde mich sobald ich zu Hause bin. Die Kette ist für dich, damit du mich nicht vergisst.«

»Guten Flug! Und jetzt lauf!« winkte er mir nach.

Ich nahm nichts mehr um mich herum wahr, sah nur noch diesen langen Flughafengang und hörte meinen Atem. Panisch war ich auf der Suche nach Gate 21: 18 … 19 … 20 … Gate 21 lag natürlich um die Ecke, versteckt für mich.

»Stopp!« schrie ich lauthals, als ich die Flugbegleiterin sah, die gerade die Tür zur Brücke schließen wollte. Sie sah mich und machte sofort wieder auf. Dann griff sie zum Telefon. Dass die immer alle so viel telefonieren müssen!

»Habe noch eine Passagierin hier, bitte warten. Wie ist Ihr Name?« rief sie mir entgegen. Ich wollte meinen Namen zurückschreien, blieb aber an einer Sitzbank hängen und stürzte prompt. Leise schnaufte ich meinen Namen:

»Maus, Marie-Louise Maus.« Die Flugbegleiterin half mir hoch.

»Geht es Ihnen gut? Sie müssen sich beeilen, Frau Maus.« Eilig sammelte ich die Sachen ein, die mir aus der offenen Handtasche gefallen waren: Geldbeutel, Ticket, Schlüssel. Ein paar Papierchen ließ ich liegen. Das war nur Müll. Ich hatte in diesem Moment nicht mehr den Nerv, wichtig von unwichtig zu trennen.

Im Flieger fing ich an, mich langsam wieder zu beruhigen und mich zu entspannen. Das war anfangs nicht einfach. Es war ein äußerst beklemmendes Gefühl, mich hinzusetzen und so zu tun, als ob nichts passiert sei. Die anderen Passagiere schauten mich ziemlich schief von der Seite an. Sie hatten auf mich warten müssen. Kein Wunder also.

Na ja, da musste ich durch, egal, ich hatte es jedenfalls geschafft, Gott sei Dank! Das allein zählte. Ich war sehr müde und erschöpft. Im nächsten Moment schlief ich auch schon ein.

»Hallo, hören Sie? Aufwachen! Wir sind gelandet. Aussteigen! Alle anderen Fluggäste sitzen schon im Bus.« Die Flugbegleiterin rüttelte an meiner Schulter. Es dauerte ein paar Sekunden, bis ich realisierte, wo ich mich befand.

»Entschuldigung, ich steige aus«, murmelte ich. Benommen packte ich meine Tasche und beeilte mich, zum Ausgang zu kommen. »Auf Wiedersehen!« Zur Antwort erhielt ich ein missbilligendes Kopfnicken. Ach, mir doch egal, dachte ich. Wer weiß, was ihr passiert ist. Vielleicht durfte diesmal nicht sie an den Piloten ran, sondern die andre. Galgenhumor. Es konnte nur besser werden.

Mein Gepäck musste ich nicht abholen. Deshalb schwang ich mich gleich in mein Auto und fuhr ohne Umweg nach Hause. Dort angekommen, stellte ich mich unter die Dusche, packte anschließend meine Tasche aus und legte mein Portemonnaie auf das Schränkchen im Flur. Dabei fiel mir Sebastian ein und der Zettel, den er mir gegeben hatte, als ich auf dem Weg zum Gate war. Ich musste unbedingt nach ihm sehen. Mal schauen, wo er wohnte. Möglicherweise kannte ich die Gegend.

Vielleicht wohnte er in meiner Nähe? Seltsam, wir hatten über viele Dinge gesprochen, aber nicht darüber, wo wir wohnen. Seinen Nachnamen wusste ich auch nicht. Hatte ich ihm denn meinen gesagt?

Hektisch wühlte ich in meiner Tasche, in der Hoffnung, den Zettel schnellstmöglich zu finden. Nach einigen Sekunden dauerte es mir jedoch zu lange, und ich stülpte meine Tasche um. Heraus purzelte jede Menge Schrott: Eine Kleiderbürste, eine Nagelfeile. Komisch, dass die Beamten am Flughafen mir die nicht weggenommen hatten. Eine Handcreme, ein kleines Notebook, eine kaputte Sonnenbrille, Feuchttücher, Taschentücher, eine Zahnbürste, ein kleiner Anhänger, Kaugummis … aber kein Zettel mit der Adresse von Sebastian. Panisch durchforstete ich alle kleinen Fächer und Nischen meiner Tasche. Zwecklos. Schließlich gab ich verzweifelt auf. Ich überlegte, ob ich ihn woanders hingesteckt haben könnte. Schlagartig fiel es mir wieder ein: Mein Sturz am Gate! Ich hatte die vermeintlich unwichtigen Schnipsel liegengelassen. Mist, verdammter!

20. Die Konsequenz eines Tollpatschs

Schon als Kind ein Schussel
Wenig Verstand, mehr Dusel
Einfallsreichtum und Kreativität
Noch ist nichts zu spät

»Nein!« Ich schrie. »Frau Maus, Sie sind so doof!« Schrecklich, was konnte ich jetzt tun? Bei den Zetteln am Gate musste seine Adresse mit dabei gewesen sein! Wie sollte ich denn meine Tasche bei ihm abholen? Schlimmer: Wie sollte ich den Mann, den ich liebte, wiederfinden? Ich hatte keine Adresse, Keinen Nachnamen! Ich wusste nur, dass er Sebastian hieß und der tollste Mann war, den ich je kennengelernt hatte. Und er hatte auch nur meine Tasche und keine Adresse von mir! An der Tasche hing keine von mir, weil ich vergessen hatte, beim Check-in auf dem Hinflug eine anzubringen. Wie konnte ich ihn finden? Oder er mich? Wurde mir jetzt meine Schusseligkeit zum Verhängnis?

Ich hätte mir in den Hintern beißen können: Nur wegen meiner Schusseligkeit verpasste ich die Liebe meines Lebens. Ich musste unbedingt Lena anrufen.

»Lena, ich weiß nicht, was ich machen soll!« schluchzte ich ins Telefon. »Ich habe in meinem Urlaub jemanden kennengelernt, der jetzt meine Reisetasche hat, aber nicht meine Adresse. Er heißt Sebastian. Und dabei lief es mit uns so toll! Jetzt bin ich einfach nur verzweifelt, weil ich glaube, dass es mit ihm was werden könnte. Er hat mit mir ein Picknick gemacht und Paella gegessen, und er schaut unverschämt gut aus! Und der Stress am

Flughafen, da hat er dann meine Tasche behalten. Aber das Dumme daran ist, dass ich meine Adresse nicht an meiner Tasche habe. Er hat mir zwar seine gegeben, aber ich habe den Zettel liegen lassen. Und jetzt könnte ich einfach nur noch heulen. Und er war es doch auch, der mich gerettet hat.«

»Marie-Louise, ich versteh absolut kein einziges Wort. Kannst du dich klarer ausdrücken?«

»Gerade nicht. Lena, hast du Zeit? Können wir uns treffen? Ich weiß nicht, was ich machen soll.«

»In Ordnung, treffen wir uns um Fünf in unserer Lieblingsbar. Das ist in einer Stunde.«

»Okay, gut. Bis dann!« Mit einem Seufzer legte ich auf. Lena hatte immer die besten Ideen, wenn es Probleme gab. Bestimmt könnte sie mir den einen oder anderen Rat geben. In der Hoffnung, alles noch geradebiegen zu können, machte ich mich auf den Weg. Eine Träne rollte mir über die Wange, ich war im totalen Verzweiflungsmodus. Ob das Schicksal noch einmal gnädig mit mir sein würde? Ich hätte am liebsten die ganze Zeit laut geschrien. Ich konnte es mir einfach nicht vorstellen, ihn niemals wiederzusehen. Am liebsten hätte ich etwas kaputt gemacht oder jemanden zusammengeschlagen und ihn für meine Schusseligkeit bestraft. Aber das ging natürlich nicht. Die Leute hätten mich angeschaut und gedacht, dass ich eine Psychopathin sei! Eine schrecklich unglücklich verliebte Psychopathin wohlgemerkt! Und dann hätten sie die Polizei gerufen. Also lieber nicht.

Ich lief über den Marktplatz zu unserem Café. Schon beim Eintreten sah ich Lena. Sie saß am letzten Tisch und rührte in ihrem Latte Macchiato.

»Hey, Mausi. Was ist denn los? Erzähl es mir nochmal und in Ruhe. Was ist passiert? Und wer ist Sebastian? Und was ist mit Nick? Wie war dein Urlaub?«

»Wie? Was ist mit Nick? Mit Nick ist gar nichts mehr«, entgegnete ich verwundert. »Wieso sollte da etwas sein? Das mit Nick ist Geschichte!«

»Bist du dir da hundert Prozent sicher?«

»Ja, tausend Prozent. Warum fragst du?«

»Weil er gestern vor meiner Tür stand und fast geheult hat. Er will es wieder gut machen.«

»Was?« Mehr brachte ich nicht heraus. Als die Bedienung kam, bestellte ich mir als allerserstes einen Touchdown, den hatte ich jetzt bitter nötig.

»Marie-Louise! Es ist erst Nachmittag«, ermahnte mich Lena.

»Na und? Was soll's? Ich habe immer noch Urlaub, die Liebe meines Lebens verloren und meinen doofen Ex wiedergewonnen. Hey, ich habe jedes Recht hier auf Erden, mir diesen Touchdown zu gönnen, oder?«

»Ja, hast recht.«

»Also Lena, lass dir die Story von meiner heißen Eroberung erzählen! Es fing damit an, dass ich am Flughafen einchecken wollte …« Ich schilderte ihr alle Details. »Jetzt hat er meine Reisetasche, und ich habe seine Adresse nicht mehr. Was soll ich bloß machen?« Ich sah mich nach der Bedienung um und hob mein leeres Cocktailglas. Sie nickte freundlich und brachte Nachschub. »Ach Lena! Ich habe mich total verliebt, ich will ihn unbedingt wiedersehen. Sag doch was!«

»Und in deiner Tasche ist wirklich nichts, was deine Adresse enthalten könnte?«

»Nein, nichts.« Seufzend flößte ich mir den frischen Touchdown ein.

»Marie-Louise, es muss eine Möglichkeit geben, an seine Adresse zu kommen.«

»Wie denn? Ich kenne dummerweise nur seinen Vornamen, aber nicht den Nachnamen.«

»Na, du fragst einfach die Fluggesellschaft.«

»Gute Idee!« rief ich begeistert. Ich zog mein Handy aus der Tasche und suchte wie wild die Nummer der Auskunft, aber da hatte ich die Rechnung nicht mit Lena gemacht. Sie nahm es mir weg und steckte es für mich wieder in die Tasche. Ungläubig schaute ich sie an.

»Marie-Louise, erstens musst du dabei in einer besseren Verfassung sein und zweitens hast du schon ein bisschen was getrunken, die würden dich jetzt eh nicht ernst nehmen. Also: Morgen in aller Früh rufst du an, nicht eher! Okay?« Morgen früh. Sie hatte sicher recht. Ich wurde trotzdem traurig. Lena kam um den Tisch und nahm mich in den Arm. »Komm, Süße, wir finden ihn, und wenn wir jeden einzelnen Sebastian in Nürnberg anrufen müssen. Wir schaffen das, Kopf hoch! Ich glaube aber, jetzt gehen wir lieber erstmal. Du hast die zwei Cocktails innerhalb von zwanzig Minuten runtergespült. Komm, ich bring dich nach Hause.«

»Nach Hause ist dort, wo er ist, auch wenn ich nicht weiß, wo er wohnt.« schniefte ich.

»Marie, lass das Theater! Auf geht's!« An der frischen Luft machte sich der Alkohol bemerkbar wie ein Schlag in die Magengrube. Ich musste mich in einer Seitenstraße übergeben. Lena hatte Mühe, mich auf den Beinen zu halten. »Alles wird gut, Marie-Louise, ich bin ja da, lass es raus.«

Leider konnte ich nichts antworten, da schon der nächste Schwall Wodka mit Grenadine kam. Es war ein Jammer, dass all das, wofür ich teuer bezahlt hatte, jetzt einfach aufs Pflaster floss. Aber vielleicht besser so. Lena stützte mich, so gut sie konnte, und wir trotteten zum Hauptmarkt. Es war kühl geworden. Nicht nur temperaturtechnisch, sondern auch gefühlsmäßig war mein Thermostat richtig runtergefahren. Die schlimmsten Monate der Trennung hatte ich hinter mir, dann hatte ich jemanden kennen- und liebengelernt und, ich betone, durch meine eigene Schusseligkeit wieder aus den Augen verloren.

Als ob Lena meine Gedanken lesen konnte, fing sie mit Nick an:

»Er ist gestern zu mir gekommen. Nick war drei Stunden bei mir und hat mich vollgequatscht. Marie-Louise, er liebt dich und will dich. Er hat mir versichert, dass er mit der Kellnerin Schluss gemacht hat. Er hat gemerkt, dass die Zeit mit dir viel besser war als mit den anderen.«

Ich bemühte mich, ihre Worte auszublenden und mich auf meinen Sebastian zu konzentrieren.

»Lena, ich muss mich setzen«, unterbrach ich sie. Wir nahmen neben dem Schönen Brunnen platz. »Ich fühle mich im Moment ein bisschen verloren. Ich weiß überhaupt nicht, in welche Richtung mein Leben gehen soll. Ich möchte weg, einfach alles hinter mir lassen und mich erholen.«

»Marie-Louise, das wird wieder besser werden! Erinnere dich: Vor ein paar Wochen wolltest du noch deinen Nick wiederhaben. Jetzt bist du auf Wolke sieben und findest nicht mehr zur Erde zurück. Du wirst ihn wiedersehen. Morgen rufst du die Fluggesellschaft an. Punkt. Und jetzt ist Schluss mit der Heulerei.«

Am nächsten Morgen wachte ich mit unheimlichen Kopfschmerzen auf. Ich hätte es wissen müssen. Diese verdammten Touchdowns haben es wirklich in sich. Die heißen nicht umsonst so, die können einen echt runterbringen. Aber gut schmecken sie. Hm, na ja, für den Moment halt.

Es war Sonntagmorgen. Ich hatte den schönsten Urlaub meines Lebens verbracht. Auf Mallorca mit einem wundervollen Menschen, mit meinem Seelenverwandten, falls es so etwas gibt. Während ich mir eine Kopfschmerztablette in Wasser auflöste, griff ich nach meinem Handy. Ich wählte die Nummer der Auskunft und ließ mich mit Franconian Airlines verbinden.

»Guten Tag, Franconian Airlines, mein Name ist Kramer. Was kann ich für Sie tun?«

»Guten Morgen, Maus mein Name. Frau Kramer, ich rufe Sie an, weil ich eine Auskunft von Ihnen benötige.«

»Wie kann ich Ihnen helfen, Frau Maus?«

»Es ist so: Ich bin gestern vom Urlaub zurückgekommen und konnte am Flughafen nicht mehr mit Gepäck einchecken, weil es schon so spät war. Da habe ich mein Gepäck jemandem mitgegeben, der später zurückfliegt. Er kommt morgen von Palma de Mallorca nach Nürnberg. Mein Problem ist, dass ich diesem Jemand mein Gepäck gegeben und seine Adresse verloren habe. Ich habe nur seinen Vornamen und ich würde gerne mein Gepäck abholen. Können Sie für mich seinen Nachnamen rauskriegen?«

»Frau Maus, ich würde Ihnen wirklich gerne helfen, aber diese Informationen unterliegen dem Datenschutz. Ich darf Ihnen solche Auskünfte nicht geben.«

»Ja, ich weiß, das kann ich mir auch gut vorstellen, und ich verstehe Sie ja, aber können Sie nicht mal eine kleine Ausnahme machen? Ich wäre Ihnen sehr dankbar.«

»Frau Maus, tut mir leid, aber das geht nicht.«

»Okay, danke trotzdem.« Aus ihrer energischen Stimme schloss ich, dass ein weiteres Nachbohren keinen Zweck hatte. Enttäuscht legte ich auf. Wie ein kleines Kind setzte ich mich aufs Bett, hockte meine Beine an und hielt sie mit den Armen fest umklammert.

Natürlich konnte ich nicht ewig so vor mich hinstarren. Ich musste etwas unternehmen. Draußen waren 23 Grad, die Sonne schien. Ich aß einen Happen, schnappte mir eine Decke, eine Flasche Wasser, mein Handy, stopfte alles in den Rucksack und schwang mich auf mein Rad. Planlos fuhr ich durch die Gegend und versuchte, meine Gedanken wieder unter Dach und Fach zu bekommen. Es funktionierte nicht. Ich radelte wie ein Zombie. Nach langer kopfloser Irrfahrt hielt ich an einer Wiese und legte mich in die Sonne. Ich hatte jemanden ganz Besonderen verloren. Nun lag ich hier.

Positiv denken! Es heißt doch so schön: Man sieht sich immer zweimal im Leben. Ich starrte in den Himmel. Seltsame Wolkenhaufen schwammen über mir durchs Blau. Ob die meine Gedanken hören konnten?

»Was meinst du da oben, du Wolkenelefant? Drehst deine Runden um die Erde und schaust dir die verzweifelten Menschlein an. Ist es auf der anderen Seite der

Weltkugel schöner als hier? Und er? Begegnest du ihm auch? Ob es für ihn auch das gewesen ist, was es für mich war? Ich fand es einfach perfekt! Der schönste Urlaub überhaupt. Sag was!«

Der Elefant antwortete nicht. Er zog weiter. Jetzt entdeckte ich einen kleinen Fisch und mit etwas Fantasie konnte man dahinter einen Löwen brüllen sehen. Es sah so aus, als wollte der Löwe den kleinen Fisch verspeisen, aber dazu waren sie zu weit auseinander.

Sebastian. Wie konnte ich ihn finden? Eine Anzeige in der Zeitung schalten? Oder zum Radio gehn? Im Telefonbuch nachsehen? Bringt nichts ohne Familiennamen. Sebastian wusste, wie ich heiße, aber das nutzte ihm nicht viel, weil ich nicht im Telefonbuch stand.

Ach verdammt! Es wäre so schön gewesen, wieder jemanden zu haben, an den ich mich hätte anlehnen können. Vielleicht sollte ich wirklich zur Zeitung gehen? Gleich morgen nach der Arbeit würde ich das tun. Am besten zur Fränkischen Post. Die lasen hier die meisten Leute.

Sein Flieger kam morgen an. Wüsste ich die Uhrzeit, könnte ich mich wie ein Besucher am Ankunftsterminal hinstellen und warten. Aber leider gab es fünfzehn Flüge von Malle nach Nürnberg pro Tag, und ich konnte nicht auf jeden warten, weil ich arbeiten musste. Also Annonce. Falls er die Fränkische Post las …

Zehn Minuten vor Schließung stürmte ich am nächsten Abend ins Redaktionsbüro der Zeitung. Eher war ich nicht aus unserem Schönheitssalon rausgekommen.

»Hallo, kann ich bitte noch eine Kleinanzeige schalten

für morgen?«

»Sie kommen aber ganz schön früh«, erwiderte die Brillenschlange, die hinter dem Annahmeschalter saß. »Frühestens Donnerstag wird sie erscheinen. Die Zeitung für morgen ist schon im Druck. Wie lautet der Text? Kommen Sie, ich habe keine Lust auf Überstunden.«

Sehr nett, dachte ich mir. Man sollte so unfreundlichen Leuten, die im Kundendienst arbeiten, mal ein Seminar über Freundlichkeit spendieren.

»Natürlich habe ich mir schon einen Text überlegt: ‚Suche meinen Seelenverwandten Sebastian, im Urlaub auf Mallorca kennengelernt, Adresse leider verlorengegangen. Damit du mir nicht mehr verloren gehst, melde dich, damit ich dich diesmal festhalten kann. Deine Marie-Louise'.«

Die Tippse vor mir grinste total doof und mochte sich ihren Teil denken. Mir war das egal, ich hatte schließlich eine Mission.

»Das macht dann 35 Euro.«

»Was? Das waren doch nur zwei Zeilen«, erwiderte ich empört.

»Nein, das waren drei Zeilen und pro Zeile zahlt man hier für gewöhnlich zehn Euro und zusätzlich fünf Euro Spätaufnahmegebühr.«

»Was? Spätaufnahmegebühr?« Ungläubig schüttelte ich den Kopf. So was Blödes hatte ich schon lange nicht mehr gehört. Aber da ich leider darauf angewiesen war, kramte ich in meiner Tasche nach dem Geldbeutel und zahlte widerwillig. Diese dumme Pute hatte mir meinen Feierabend nun mächtig verdorben. Mit böser Miene verließ ich das Büro. »Man sollte dieses Blatt ‚Fränkische

Abzocke‘ nennen«, maulte ich leise, »das würde eher passen.« Mürrisch lief ich zu meinem Auto.

Die nächsten Tage wollten und wollten einfach nicht vergehen. Ich versuchte, jede einzelne Stunde irgendwie totzuschlagen, versuchte mich mit allen möglichen Dingen abzulenken, leider ohne Erfolg. Ich ging joggen, schwimmen, radfahren, ins Kino. Ich kaufte mir sogar eine Gitarre, weil ich Gitarre spielen schon immer mal hatte lernen wollen. Nachher stellte ich fest, dass es mega-anstrengend und schwierig ist, mehrere Saiten auf einmal zu drücken, ohne sich dabei weh zu tun. Musikalisch durchgefallen. Keine Eigenschaften eines Mozarts sichtbar. Eher die einer Mozartkugel.

Nein, so schlimm stand es noch nicht mit meinem Gewicht, obwohl ich nach der Trennung von Nick erst zu viel gegessen und mich dann auf 56 Kilo runtergehungert hatte, was mir bei 1,70 Körpergröße ein durchweg gutes Ergebnis schien. Man sollte sich öfter trennen, das senkte die Fressgrenze um ein Vielfaches. … Ach Sebastian!

21. Volldepp – oder doch die große Liebe?

Bestellung aufgegeben
Schnitzel statt Steak erhalten
Umtauschgarantie?

Ich konnte es zuerst gar nicht glauben: Sebastian hatte sich tatsächlich gemeldet! Vor ein paar Tagen noch wäre ich der blöden Schreckschraube bei der Fränkischen Post fast an die Gurgel gegangen. Heute hätte ich sie am liebsten geknutscht. Oh Mann! Ich würde ihn wiedersehen! Ich freute mich riesig, mindestens so riesig wie der Mount Everest hoch ist. Er hatte sich auf meine Anzeige gemeldet, und ich würde ihn gleich heute Abend treffen: um acht Uhr in einer mexikanischen Bar.

Ich konnte meine Freude unmöglich für mich behalten. Er hatte eine Nachricht mit seiner Handynummer hinterlassen, und ich hatte ich ihm gleich geschrieben. Jetzt war es kurz vor halb Acht und ich musste mich wieder mal beeilen, um nicht zu spät zu kommen. Ich tuschte mir noch ein wenig die Wimpern, trug leicht schimmernden Lipgloss auf die Lippen auf und betrachtete zufrieden mein Werk. Dann hechtete ich aus dem Haus, als ob es um Leben und Tod ginge. Die Uhr zeigte zehn vor acht. Kurz vor der Bar hörte ich auf zu rennen, schließlich sollte mein Auftritt sexy sein, wenn ich einmarschierte, und nicht verzweifelt wirken. Marie-Louise, du musst dich zusammenreißen. Meine Oma pflegte immer zu sagen: »Gut Ding will Weile haben.«

Ich fand allerdings, dass mein »Ding« nun wirklich lange genug »Weile« gehabt hatte. Ich wollte ihn hier und jetzt und ihn nie wieder loslassen. Kurz bevor ich die Bar betrat, atmete ich noch einmal tief durch und öffnete die Tür. Angespannt schaute ich mich um. Leider entdeckte ich ihn nirgends. Deshalb beschloss ich, mich an den Tresen zu setzten. Dort bestellte ich mir meinen Lieblingscocktail. Ach, wie ich dieses saure, süße Etwas liebe, wenn es durch meinen Rachen fließt. Dieses Getränk ist absolut der Knüller!

Es war schon 20.15 Uhr und Sebastian war immer noch nicht da, zumindest hatte ich ihn bisher nicht gesehen. Ob er sich absichtlich verspätete? Fünf Minuten später wurde ich von einem Typen angequatscht.

»Hallo, schöne Frau, ganz alleine hier?«

Oh, mein Gott! Typischer Macho-Spruch. Ich hasste solche Typen. Um ihn kurz zu beschreiben: enganliegende Jeans, die mit Löchern übersät waren, dazu ein Nietengürtel und ein T-Shirt mit dem Aufdruck »I'm the best, f… the rest.« In seinen Haaren klebten etliche Tuben Haarfestiger oder Haarwachs und seine Augenbrauen waren geschminkt. Dezent zwar, aber ich bemerkte es doch. Der Typ war ungefähr so groß wie ich, er rauchte eine Zigarette und blies mir den Rauch ins Gesicht. Aus welchem dummen Filmklassiker hatte er denn diese Szene? Ich verkniff mir ein Lachen und sagte zu ihm:

»Mach erst einmal deine Hausaufgaben, Kleiner, dann reden wir weiter.«

»Oh, ein Miezekätzchen mit Humor«, grinste er. »Ich stehe auf Frauen mit Humor.«

Langsam bekam ich Panik. Nicht, weil dieser kleine, schmierige Lackaffe vor mir stand, sondern weil jeden Moment Sebastian kommen und mich mit diesem komischen Etwas sehen konnte.

»Wir könnten doch genauso weitermachen wie auf Malle.«

»Hä, was meinst du damit?«

»Du bist Marie-Louise, richtig?«

»Äh …, ja. Wieso?«

»Ich bin dein Sebastian.«

»Was?! Das soll wohl ein schlechter Scherz sein! Du kleiner Hosenscheißer willst mein Sebastian sein?«

»Ich bin dein Seelenverwandter, Chéri!« Mit diesem Satz nahm er meine Hand und versuchte, sie zu küssen, aber ich reagierte schneller: Ich zog sie zurück, holte aus und verpasste ihm eine Ohrfeige. Er wich zurück und erwischte mit seinem Ellbogen meinen Touchdown. Der Kellner kam schnell wie der Blitz angeschossen und beseitigte das Malheur.

»Die Rechnung geht auf den Casanova hier«, sagte ich bestimmt und bevor sich der beschweren konnte, sprang ich vom Barhocker und suchte das Weite.

Was hatte sich dieser kleine Idiot nur dabei gedacht, sich als Sebastian auszugeben? Es gab wirklich kranke Typen. Enttäuscht ging ich nach Hause. Schluss mit Zeitungsannoncen, beschloss ich. Ich musste ihn auf andere Art finden. Welche Möglichkeiten blieben mir? Fernsehen? Nein, das kam nicht in Frage, da würde ich mir blöd vorkommen. Leisten könnte ich mir das sowieso nicht. Radio? Ich wusste nicht, welchen Sender er hörte. Plakate drucken? Briefe schreiben an alle Sebastians, die in Nürnberg wohnten? Oder sollte ich alle Schulen in Nürnberg anschreiben und nachfragen, ob ein gewisser Sebastian dort Spanisch und Sport unterrichtete? Es gab viele

Schulen in Nürnberg und viele Institute, die Spanisch anboten. Zu viele. Ich war schon wieder ziemlich geknickt. Eben noch dachte ich, dass ich ihn zurückbekäme und dann erschien dieser Schwachmat! Ich hatte mich wie verrückt auf diesen Moment gefreut und nun? Das Leben konnte manchmal ganz schön gemein sein.

»Leben, du kannst ein echtes Arschloch sein!« Es war dunkel geworden. Nachdem meine Wut ein wenig verraucht war, wurde mir kalt. Ich zitterte am ganzen Körper. Trotz der kühlen Abendluft machte ich auf dem Heimweg den Umweg zum Schönen Brunnen. Ich hatte bekanntlich nur einen Wunsch, nämlich, meinen Sebastian wiederzusehen. Wenn ich an dem Ring dort am Brunnen drehen würde und das Universum nachher dachte, dass ich einen Kinderwunsch hätte, müsste es mir erst einmal den Mann schicken, damit das mit den Kindern klappen könnte. Theoretisch gesehen müsste es in dieser Reihenfolge funktionieren.

Also stieg ich zum Messingzaun hinauf und drehte den Ring dreimal. Sicher ist sicher, ich konnte meinen Wunsch gar nicht oft genug wiederholen. Aber dreimal reichte dann auch.

Um mich herum waren junge Leute unterwegs, die lachten, sich angeregt unterhielten und im Gegensatz zu mir echt Spaß zu haben schienen, viele Pärchen, die in der Altstadt umherschlenderten. Hand in Hand gingen sie spazieren. Ich wünschte, es genauso tun zu können.

Es ist doch immer das Gleiche: Wenn man selbst niemanden hat, dann sieht man umso mehr glückliche Pärchen, die kaum ihre Finger voneinander lassen können. Die einen haben Glück, die anderen nicht. Ich gehörte zu den andren. Und schuld daran war Nick. Wäre er nicht fremdgegangen, wäre ich nicht nach Mallorca geflogen, hätte nicht diesen tollen Mann kennengelernt und müsste jetzt nicht um ihn weinen! Wieso konnten Männer ihre Piepmätze nicht einfach in ihren Hosen behalten? Warum war der Trieb bei Männern nur so stark?

Ja, ja … Alles geht wieder auf die Evolution zurück: Der Mann ist für die Fortpflanzung verantwortlich und muss so viele Nachkommen und Stammhalter machen, dass die Spezies überlebt und sich weiterentwickelt. Fragt sich nur, wo da die Frau bleibt? Wir gelten nach wie vor als schwächeres Geschlecht, aber hey: Wir haben doch schließlich auch ein Mitspracherecht oder? Wir müssen uns immerhin die Figur versauen lassen bei einer Schwangerschaft. Wir leiden und werden fett und das nicht nur einen Tag sondern ganze neun Monate lang. Wo bleibt da die Gerechtigkeit? Auf der anderen Seite betrachtet, würden die Männer die Kinder bekommen, wäre die Menschheit längst ausgestorben. Hätte der liebe Gott nicht zuerst die Frauen erschaffen können? Dann gäbe es jetzt vielleicht auch keine Kriege. Es gäbe keine Machtspiele … Gut, wahrscheinlich bin ich in dem Punkt zu optimistisch. Aber immerhin: Frauen könnten sich in Führungspositionen beweisen. Es gäbe keine Parkplätze, in die man nur seitwärts einparken kann, das Telefonieren wäre auf der ganzen Welt kostenlos und Schönheits-OPs, die gemacht gehören, würden vom Staat finanziert. Die Lebensmittel- und Pharmaindustrie mit ihrer Profitgier würden in die Schranken gewiesen, und jeder könnte sich ein gesundes und glückliches Leben leisten. So ungefähr. Die Welt wäre definitiv viel harmonischer! Wir Frauen haben nämlich nicht dieses »Ich-hab-den-Größeren-und-das-zeige-ich-auch-der-ganzen-Welt-Gen«. Nein, wir Frauen würden die Welt besser machen. Warum brauchen Frauen überhaupt Männer? Nur zum Kinder machen, das ist es auch schon! Für den Spaß kann sich jede Frau ersatzweise auch einen Vibrator kaufen. Der käme immer nur dann zum Einsatz, wenn die Frau es auch will. Oder eben nicht. Genau!

Ich beschloss: Sollte ich meinen Sebastian nicht mehr finden, dann würde ich mir auch so ein Gadget zulegen. Okay, wenigstens hatte ich damit jetzt so etwas wie einen Notfallplan. Ich hoffte allerdings, dass dieser nicht zur Anwendung kommen müsste, denn tief im Herzen wartete ich trotzdem lieber auf meinen Traumprinzen.

Apropos: Vor Jahren bin ich übrigens mal ein richtiger Fan von Prinz William gewesen, diesem Engländer. Ich hatte davon geträumt, dass er mich mit einem weißen Schimmel abholen käme, um mich aus gefährlichen Situationen zu retten. Ich schätze, ich hatte diesen Traum mit Millionen anderer junger Frauen geteilt. Dann kam Kate. Leider. Dabei war ich mir sicher gewesen, dass ich Schwung in diese öde Monarchie gebracht hätte.

Vorbei. Ich würde schon noch meinen sterblichen Otto-Normalverbraucher-Prinzen finden, sprach ich mir Mut zu. Vor mir versteckt sich keiner. Sebastian, ich werde dich finden, und wenn es das Letzte ist, das ich in meinem kleinen, nichtigen Leben hinkriege. Ich werde dich finden!«

Am nächsten Morgen jammerte ich wieder Lena die Ohren voll.

»Lena, ich weiß nicht mehr, was ich machen soll! Jetzt habe ich über zehn Schulen angeschrieben und fünf Rockbands angerufen, aber ohne Erfolg. Hilf mir, gib mir einen Tipp!«

»Ach, Liebes, ich würde dir furchtbar gerne einen Tipp geben, aber ich weiß nicht, welchen. Bist du dir sicher, dass du nicht doch deine Adresse aufgeschrieben hast?«

»Nein, hundertprozentig. Ich habe keinen einzigen Anhaltspunkt in der Tasche, dass sie mir gehört. Ich bin so doof, warum habe ich den Zettel nur versemmelt?«

»Marie-Louise, mach dich bitte nicht verrückt. Versinke nicht in Selbstzweifeln und Selbstvorwürfen! Es ist passiert. Du kannst es nicht ändern. Wenn es das Schicksal will, dann wirst du ihn wiedersehen. Glaub mir!«

»Würde ich ja gerne. Im Moment habe ich aber einen Durchhänger, bin kraftlos und fühle mich völlig ausgelaugt. Mir ist nach gar nichts momentan; ich will einfach nur schlafen und am liebsten nie mehr aufstehen.«

»Lass dich mal nicht hängen, Fräulein Maus! Wir machen am Freitagabend einen Mädelsabend, haben Fabi und ich beschlossen, damit du nicht mehr so in den Seilen hängst.«

»Weiß nicht, ob das eine gute Idee ist. Ich vermiese euch bloß wieder das Wochenende.«

»Quatsch, es ist eh schon beschlossene Sache. Ob du willst oder nicht, wir kommen. Punkt.«

»Aye-Aye, Chef, bis Freitagabend.«

Ein bisschen hatte Lena es doch geschafft, meine Stimmung zu heben. Entweder würde es ein Saufgelage, und ich versenkte meinen Schmerz in Touchdowns, oder wir machten einen DVD-Abend. Ich tippte eher auf

Letzteres. Dennoch müssten wir zum DVD-Abend auch trinken. Unbedingt. Unvermeidlich bei meiner Stimmung. Auch recht, dann musste ich mir für Freitagabend schon mal keinen Kopf machen, wie ich einschlafe; das würde dann wohl der Alkohol übernehmen. Es galt also nur noch ein paar Arbeitstage zu überleben und das Wochenende konnte kommen.

Die Woche verging schneller als gedacht und meine Chefin ließ mich am Freitag früher gehen, weil zwei Kundinnen abgesagt hatten. Auf dem Nachhauseweg hielt ich beim Supermarkt, um die wichtigsten Lebensmittel fürs Wochenende einzukaufen. Ich huschte zum Alki-Regal und packte mir eine Wodkaflasche, drei Alko-Pops, drei Nougatschokis und eine riesige Tüte Chips ein. Das sollte reichen.

Zu Hause duschte ich noch schnell und räumte ein bisschen auf. Allerdings war »ein bisschen« weit untertrieben, da ich schon ordentlich aufräumen musste. Ich hatte seit Wochen nicht mehr Staub gesaugt und alte Tüten von Chips und Fastfood lagen im Wohnzimmer auf dem Boden. Seit Nicks Ausräumaktion saß ich bekanntlich auf Decken und Kissen und aß von einem Tablett, das vor den Decken lag. Allerdings musste das auch mal saubergemacht werden. Als erstes trug ich Teller und Tassen in die Küche und begann mit dem Abwasch. Im Radio lief »The Power of Love« von Jennifer Rush. Nick und ich hatten ihre Musik sehr gerne gemocht.

Ein Blick auf die Uhr verriet mir, dass meine Freundinnen gleich kommen würden. Ich schnappte mir einen Müllsack und beseitigte den gröbsten Abfall. Kehren. Fertig. Bei einem Mikrobiologen wäre ich zugegebener

Weise hygienetechnisch durchgefallen. Ich hätte wischen müssen, aber so viel Zeit blieb nicht mehr.

Früher war ich es immer gewesen, die die Wohnung geputzt hatte, nun hauste ich beinahe wie ein Messie. Ich schämte mich vor mir selbst, aber es gab Situationen im Leben, wo man nicht anders konnte. Ich fand einfach nicht die Kraft, aufzuräumen. Es klingelte an der Tür.

»Wow, pünktlich auf die Minute!« rief ich. »Bin gerade fertig geworden mit Putzen.«

»Aber Marie-Louise, was musst du denn putzen? Viel hast du doch gar nicht mehr zum Putzen«, entgegnete Fabi. Das war der falsche Spruch. Meine Augen füllten sich gleich wieder mit Tränen. Ich versuchte wegzuschauen, aber Lena sah es. Sie gab Fabi einen Klaps. Fabienne entschuldigte sich.

»Tut mir leid, Hasi. Es ist nur, dass ich manchmal einfach nicht überlege, was ich sage.«

»Schon in Ordnung«, murmelte ich und bat sie in meine leere Wohnung.

22. Ablenkmanöver!

Liebe ist mächtig
Sie austricksen?
Keine Chance!

Im Wohnzimmer machten wir es uns gemütlich, sofern man das als gemütlich bezeichnen konnte: Auf dem Boden standen drei Plastikbecher mit Möchtegern-Touchdowns, die Schokolade und die Chips lagen auf dem Tablett. Auf dem geputzten Tablett!

»Also, liebe Marie-Louise, wir haben uns was einfallen lassen, damit es dir wieder besser geht und du dich ein bisschen ablenken kannst.«

»Jetzt red schon, Lena, ich bin mega-neugierig.«

»Wir haben die Zeitung durchstöbert und sind bei den Kontaktanzeigen gelandet.«

»Hm …, nicht euer Ernst, oder?«

»Bevor du zu meckern anfängst, hör sie dir wenigstens an. Okay?« bat Lena.

»Ich glaube, ich brauch mehr Alkohol«, stöhnte ich. Fabi kicherte und kramte die Artikel aus ihrer pinkfarbenen Tasche. Schreckliche Farbe! Ich hatte diese Tasche noch nie gemocht. Fabienne räusperte sich kurz, faltete den Zeitungsabschnitt auseinander und fing an vorzulesen:

Attraktiv, wohlhabend, intelligent, geistreich, sportlich, elegant, sensibel, humorvoll, welterfahren und erfolgreich ... bin ich NICHT. Aber schreibt mir ruhig!

Ich konnte mich kaum halten vor Lachen und prustete los, wobei mir der halbe Touchdown als Sprudel-Fontäne zur Nase herauskam. Schnell wischte ich mir die Brühe mit einem Geschirrtuch ab.

»Das ist ein echter Spaßvogel. Gefällt mir. Aber was bedeutet ‚welterfahren'? Wahrscheinlich war er schon mal zum Bumsen in Thailand.« Jetzt lachten Lena und Fabi auch.

»Ja, so ungefähr, wobei er aber sagt, dass er nicht welterfahren ist, was bedeutet, dass er nicht in Thailand war, um zu bumsen. Das ist nur eine von den vielen Anzeigen, die wir dir mitgebracht haben.«

Ich zuckte mit den Achseln, um ihnen zu signalisieren, dass mir alles egal war. Der Text verriet leider nicht, wie alt der Typ war, aber gerade das machte ihn interessant, weil er eben nichts von sich preisgab.

»Also auf zur Nächsten«, quiekte Lena begeistert.

32jähriger attraktiver blonder 1,83 m großer Mediziner sucht Mädchen mit innerer Schönheit. Röntgenbilder bitte an Chiffre.

»Oh Mann, das wird ja immer besser.« Ich musste mir Lachtränen aus dem Gesicht tupfen. »Ich krieg mich nicht mehr ein! Ich mag Männer in Weiß, außer Zahnärzte, die verursachen für gewöhnlich Schmerzen. Auch sein Humor gefällt mir total. Am liebsten würde ich mich jetzt mit einem von beiden treffen.«

»Glaub mir, Marie-Louise, du wirst dich noch mit einigen von denen hier treffen«, grinste Fabi.

»Waaaas? Nee, oder? Was habt ihr gemacht?«

»Doch«, bestätigte Lena. »Für was oder wen denkst du, dass wir die Sachen hier rausgesucht haben? Nur, dass wir im Moment was zu lachen haben?«

»Ja, so ungefähr«, gab ich kleinlaut zu.

»Nix da, weiter geht's!« bestimmte Lena, woraufhin Fabi nickte und weiter machte.

Töpfchen sucht passendes Deckelchen zum gemeinsamen Köcheln und mehr. Die Zutaten sollten sein: Eine Prise Humor, fünf Esslöffel Treue, drei Teelöffel Intelligenz, unter 30 und hundelieb. Trifft es auf dich zu, dann melde dich, denn das Töpfchen will jetzt köcheln.

»Ich glaube, der will nur kochen«, sagte ich, als Fabi fertig war.

»Das müsste man halt herausfinden«, lachte Fabi. Lena drängelte:

»Die Anzeige, die jetzt kommt, ist auch gut. Pass auf.«

Auch Tollpatsche und Idioten brauchen Liebe! Wenn du beim Essen immer kleckerst, zu spät ins Kino kommst und nicht einparken kannst, dann haben wir schon drei Gemeinsamkeiten! Lass uns herausfinden, worin wir noch alles Nieten sind!

»Hey Mädels, ich glaube, ich habe schon meinen persönlichen Favoriten gefunden. Alleine wegen des Einparkens.«

»Das ist ganz egal, wer im Moment dein persönlicher Favorit ist, denn du wirst dich mit allen vieren treffen. Wir haben noch mehr Anzeigen hier. Aber wir dachten, dass diese Vier die besten wären. Und eines der Dates ist heute Abend in der mexikanischen Bar um 21.00 Uhr«, sagte Lena locker und als ob das kein großes Problem wäre.

»Wie bitte?! Seid ihr noch ganz bei Trost? Ich soll mich mit allen vieren treffen?«

»Ganz ruhig, Marie-Louise, wir sind in der Nähe und nehmen dich mit nach Hause oder holen dich da raus, falls sich rausstellen sollte, dass der Typ total balla balla ist«, grinste Lena frech.

»Ach komm, das wird ein Spaß!« Fabi schenkte sich nochmal einen Mini-Touchdown ein. Widerspruch zwecklos.

Eineinhalb Stunden später saß ich im »Bandidos« und trank Touchdown Nummer drei. Gut, die zwei Mini-Touchdowns von daheim konnte man nur begrenzt rechnen. Wie auch immer. Da saß ich nun, trank meinen Touchdown und wartete auf mein Töpfchen. Was hatten Lena und Fabi da bloß gemacht? Im Großen und Ganzen war es eine tolle und lustige Idee, würde nur nicht ich hier an der Bar hocken und auf Mister Chefkoch warten. Zwei Tische hinter mir saßen die Beiden und kicherten in sich hinein. Na wartet, dachte ich, es gibt Situationen im Leben, da bekommt man alles zurück. Aber schmunzeln musste ich letztendlich auch.

Ein Blick auf die Uhr verriet mir, dass es kurz nach neun war, also müsste Mr. Chefkoch mit Töpfchen jetzt langsam mal auftauchen! Woran sollte ich ihn gleich erkennen? Ach ja, an dem kleinen Kochlöffel, den er sich hinters Ohr klemmen wollte. Halleluja, das konnte echt heiter werden. Hoffentlich stimmte wenigstens die Backmischung! Na ja, wenn nicht, ich saß ja schon an der Bar, dann würde ich mir heute mein Töpfchen schönsaufen.

Es war zehn nach neun und ich hatte meinen Touchdown schon zur Hälfte leer, als die Tür aufging und ich die Luft anhielt. Ein großer, dunkelhaariger, gepflegter und gutaussehender Mann betrat die Kneipe, die Jeans nicht zu enganliegend und sein Hemd schaute auch gut aus. Mein Blick blieb an seinem Ohr kleben. Ach du meine Güte, das war er. Hinter seinem Ohr klemmte allen Ernstes ein Kochlöffelchen. Mein Chefkoch! Oh Mann, jetzt war ich nervös. Der schaute verdammt gut aus. Vielleicht durchbrach ich heute doch mal alle Schranken und nahm ihn mit nach Hause! Außer dem Latino, dem ich fast einmal verfallen wäre, hatte ich in Sachen One-Night-Stands noch keine ernsthaften Erfahrungen sammeln können. Wie sollte ich mich verhalten? Winken, aufstehen? Sollte ich ihn zur Begrüßung küssen oder ihm doch eher die Hand geben? Ich entschied mich für ein simples Winken und versuchte, dabei nicht in Richtung der Initiatorinnen zu schauen, die albern kicherten. Er lächelte und steuerte auf meinen Platz an der Bar zu. Die Blicke von Lena und Fabi durchdrangen meinen Körper und meine Nervosität verdoppelte sich.

»Hi, ich bin die Marie-Louise.«

»Schön, dich kennenzulernen. Ich heiße Michael. Entschuldige die Verspätung, hier bekommt man schlecht einen Parkplatz.«

»Ist nicht schlimm«, log ich. Denn natürlich ist es schlimm, beim ersten Date zu spät zu kommen.

»Ich musste mich noch um Katie und Frida kümmern.«

»Aha.« Wer zum Teufel sind Katie und Frida? Laut sagte ich: »Sind das deine Kinder?«

»Könnte man so sagen«, lachte er. »Es sind meine Bullterrier.«

Gott sei Dank, er hat keine Kinder, rechnete ich eins und eins zusammen. Aber Moment! Sicher ist das nicht! Es soll auch kinderliebe Bullterrier geben. Egal.

»Wie alt bist du?« fragte ich, um vom Thema abzulenken.

»Ho, ho, ho, ho, du kommst aber schnell zur Sache! Die Frage nach dem Alter. Macht man eigentlich nicht, oder? Gut, ausnahmsweise: 32.«

Da war ich schon ein wenig platt. Jemand, der nicht nur besserwisserisch war, sondern außerdem auch nicht auf allgemeine Fragen antworten wollte. Bei dieser »Rate-mal-wie-alt-ich-bin-Scheiße« war ich raus.

»Es ist unhöflich, eine Frau danach zu fragen«, moserte ich. »Dass sich auch Männer davon angegriffen fühlen, wusste ich bis jetzt nicht.« Daraufhin erklärte er mir allen Ernstes:

»Ein Date muss folgendermaßen ablaufen. Er macht ihr ein paar Komplimente, zum Beispiel, wie jung sie aussieht, damit er sie später mit nach Hause nehmen kann. Da wir jetzt schon beim Thema sind, wie alt ist denn mein Deckelchen fürs spätere Köcheln?«

Wow, das hatte gesessen, er brachte mich auf 180! So ein selbstgefälliger, arroganter Arsch war mir schon lange nicht mehr über den Weg gelaufen.

»Na, dann rate doch mal, wie alt ich bin.«

»Ach, komm doch nicht mit der Tour!«

»Ich bin 31«, log ich spontan. Was für ein Hirsch,

dachte ich mir. Ich mochte ihn absolut nicht. Er war ein arrogantes Rindvieh, das genau wusste, wie gut es ausschaute und natürlich auch, welche Wirkung es auf Frauen haben konnte. Er ging auf meine Antwort nicht weiter ein, sondern wollte seinen Fragenkatalog abarbeiten.

»Auf welche Sachen stehst du?«

»Wie meinst du das, auf welche Sachen ich stehe?«

»Ach komm, spiel nicht das brave Mädchen. Ich wette, du hast schon viel ausprobiert. Wenn du dich hier über eine Kontaktanzeige triffst, kannst du doch bestimmt gar nicht genug von Männern bekommen.«

»Für was hältst du dich eigentlich? Du bist weder Mr. Perfect, noch siehst du so aus. Du bist einfach nur ein blasierter, dummer kleiner Lackaffe, der irgendwelche Komplexe hat und sie nicht ausleben kann«, warf ich ihm ungeniert an den Kopf. »Ich bin kein Mädchen für eine Nacht und auch nicht für zwei! Wenn du jemanden zum Kochen brauchst, dann musst du woanders hingehen. Bei dir werden meine Herdplatten nicht mal warm.«

»Hey, hey, wow … langsam!« Er kam nicht mehr dazu, seinen Satz zu Ende zu bringen. Ich schüttete ihm meinen Touchdown ins Gesicht. Meine Freundinnen kicherten, griffen aber nicht ein. Gut, ich musste jetzt jedenfalls schnell machen, dass ich hier wegkam. Er starrte mich immer noch wie ein Auto an und schien überhaupt nicht zu begreifen, was abging. Bevor die Tür hinter mir zufiel, hörte ich noch, wie er mir böse Schimpfwörter hinterherschrie. Sehr böse Schimpfwörter. Tja, zum Kochen wird er heut dann wohl nicht mehr kommen, dachte ich. Ich hatte die Nase voll, aber sowas von! Lena und Fabi holten mich erst zwei Straßen weiter ein. Ich war so außer mir, dass ich sie laut anschrie.

»Ich bin verdammt nochmal sauer! Ich werde mich nie wieder mit irgendjemandem treffen. Schluss mit dem ganzen Quatsch, ich will jetzt alleine sein! Der Typ hat mich gerade voll alle gemacht. Ein Spatzenhirn!«

»Es tut uns leid, Marie-Louise, wir wollten dir nur einen Gefallen tun und dich bisschen aufmuntern«, versuchte Fabi mich zu besänftigen.

»Ja, ich weiß, und das ist auch voll süß von euch, aber das, was ich im Urlaub erlebt habe, gibt es kein zweites Mal. Es war wundervoll, wunderschön. Es hatte etwas Magisches! Es war schlichtweg etwas Unbeschreibliches, so etwas habe ich noch nie gefühlt, und ich kann nicht akzeptieren, dass es einfach weg sein soll und nie wieder zu mir zurückkommen wird.« Ich brach zusammen, setzte mich mitten in der Fußgängerpassage auf eine Bank und weinte.

»Marie-Louise, du wirst wieder jemanden finden.« Sie drückten mich und wiegten mich in ihren Armen. Ich konnte nur noch weinen, eine Träne nach der anderen kullerte. Das Schluchzen hörte nur allmählich auf und was blieb, waren eine unendliche Sehnsucht und die klitzekleine Hoffnung, das Verlorene eines Tages vielleicht doch wiederzufinden.

»Ich liebe ihn, Fabi. Ich bin verzweifelt.«

»Ich weiß, es braucht Zeit.«

»Schau halt nochmal nach, ob sich schon eine Schule gemeldet hat.«

»Ich will nach Hause«, war alles, was ich entgegnen konnte.

Daheim wurde meine Stimmung nicht besser. Ich saß

im Schlafzimmer auf der Luftmatratze und hielt meine Knie fest umschlungen. Es war ein Gefühl des Verlorenseins, des Alleinseins und des Selbstmitleids. Eine durchweg toxische Mischung.

Wer schon einmal richtig geliebt und diese Liebe verloren hat, der kann nachfühlen, wie es war, mit Trauer, Angst, Schmerz, Verzweiflung und fast ganz ohne Hoffnung zu leben. Ich dachte an viele Dinge, Worte und Gesten von ihm: die liebevollen Blicke, sein verliebtes Lächeln, sein Wesen an sich … Bei ihm hatte ich mich geborgen gefühlt und einfach nur ich selbst sein können. Bei Nick war das anders gewesen. Ich hatte seine Meinung vertreten und Dinge getan, die ihm wichtig waren, aber nicht mir. Ich war nie wirklich ich selbst gewesen. Aber bei Sebastian …

Im Moment wartete ich nur noch, dass dieses verdammte E-Mail-Konto endlich aufgehen würde. Ich war Fabiennes Rat gefolgt und wollte wenigstens wissen, ob eine der Schulen geantwortet hatte. Diese wenigen Sekunden machten mich schier wahnsinnig. Seitdem ich denen geschrieben hatte, checkte ich gefühlte tausendmal täglich meinen Posteingang. Aber leider blieb er auch heute leer. Das heißt, einige schrieben, dass sich kein Sebastian als Spanischlehrer an ihrer Schule befände. Was die Sache nicht besser machte.

Ich hätte mir in den Hintern treten können, dass ich die Chance vergeigt hatte, ihn jemals wiederzusehen. Ich konnte es mir nicht verzeihen. Alles schien sinnlos und leer. Ich wollte weglaufen, der erdrückenden Ruhe entkommen, kam aber nicht los. Ich war traurig und diese Traurigkeit gehörte zur Stille wie das Wasser zum Leben und das Feuer zur Leidenschaft. Ich hatte genug Wasser zu trinken und Wärme, die mich körperlich am Leben hielt, aber wer hielt meine Seele und meinen Geist am Leben? Wer half mir, mich selbst wiederzufinden? Wo war mein Weg, den ich gehen sollte? Ohne den anderen Teil, der mir fehlte, wollte ich diesen Weg nicht gehen. Ich wollte leben und mein Leben mit ihm teilen. Ihm meine Gedanken mitzuteilen, das war unverzichtbar geworden für mich. Die gleichen Vorstellungen und Werte haben, dieselben Dinge vermissen und wertschätzen, die gleiche Lebenseinstellung und gleiche Gedankengänge haben, das war etwas, das es für mich nicht zweimal auf der Welt zu geben schien.

23. Ein Unglück kommt selten allein

Also sprach die Traurigkeit:
Jetzt gibst du Ruh
Und übe dich in Geduld
Leicht gesagt

Es vergingen Tage und Wochen. Langsam wurde mein Leben wieder normal. Aber was heißt schon normal? Meine Gefühle waren nach wie vor stark, ich hatte lediglich gelernt, besser damit umzugehen. Ich weinte nur noch einmal pro Tag und ging jedes Wochenende aus, um mich abzulenken. Ablenkung war die beste Medizin. Außerdem blieben mir meine treuen Freundinnen Lena und Fabi und nicht zu vergessen meine Touchdowns. Ich wog jetzt ungefähr fünf Kilo weniger, was nicht hieß, dass ich mich fitter fühlte. Im Spiegel sah ich für mein Gefühl schon zu dünn aus. Größe 36 saß etwas locker an mir und meine Eltern begannen, sich wieder mal Sorgen um mich zu machen.

Zeit vermag Wunden zu heilen, aber jeder weiß, dass Zeit eine relative Sache ist. Der eine braucht mehr, der andere weniger. Ich war jemand, der definitiv mehr Zeit brauchte. Die Frage, die ich mir stellte, lautete: Wie lange würde es bei mir dauern? Der Herbst verging und Weihnachten stand vor der Tür. Und wer wollte dann schon alleine herumsitzen?

Nick hatte sich in der Zwischenzeit oft gemeldet, ich verweigerte jede Antwort. Der Gedanke, eine zweite Annonce zu schalten, ploppte in meinem Kopf regelmäßig auf wie lästige Werbung am Computerbildschirm:

»Suche meinen persönlichen Weihnachtsmann, der mir mein Geschenk bringt und sich spätestens zum Jahreswechsel mit seinen Rentieren wieder verp… verflüchtigt.«

Der Christkindlesmarkt wurde eröffnet und irgendwann sagte mir mein Kalender, dass der Heilige Abend ins Haus stünde, das Fest der Liebe, das Fest der Familie, das Fest für alle depressiven, alleingelassenen, verlassenen, unglücklichen Frauen, für die es zu Weihnachten erst recht einen Grund zum Weinen gab. Gut, würde ich Weihnachten bei meinen Eltern feiern. Wieder mal. Mit Alkohol ließ sich alles ertragen. Und den gab es bei meinen Erzeugern stets reichlich. Das Prozedere:

Zuerst würden Wienerle gereicht, danach eine Flasche Sekt, die Kekse von meiner Mom – selbstgebacken, bedauerlicherweise – und dann noch Wein und eine Bowle. Um Zehn würde »Stille Nacht« gesungen, wohlgemerkt mit mindestens 1,0 Promille im Blut, und bei »Oh, du fröhliche« kämen die letzten Reserven auf den Tisch. Danach ginge es in die Mitternachtsmette und man ließe sich vom örtlichen »Krähen-Chor« verzaubern. Bei so einem Pegel klingt alles schön. Der nächste Tag ginge kaum besser weiter, weil man noch den Abend zuvor verdauen musste. Und so weiter.

Dabei hatte ich mir felsenfest vorgenommen, zu Weihnachten nie wieder alleine mit meinen Eltern zu feiern. Wunsch nicht erfüllt bekommen! Blöd!

»Ja, Mom, ich fahre vorsichtig. Bin in circa einer Stunde bei euch.«

»Okay! Bis gleich, mein Schatz.« Mit Schwung ließ

ich mich in mein kleines Auto plumpsen. Oh Mann, mein chaotisches Leben spiegelte sich auch im Innenraum meines Autos wider. Wie innen, so außen, stellte ich nüchtern fest. Das ist eines der kosmischen Gesetze nach Hermes Trismegistus. Diese Gesetzmäßigkeit besagt, dass die Welt, die ich um mich herum wahrnehme, ein Spiegelbild meiner Innenwelt ist.

Ganz klar, ich müsste mal dringend ausmisten. Nicht nur mein Auto. Aber das war ein frommer Wunsch. Ich kannte mich. Es würde im Grunde genommen genauso laufen wie mit dem Fitness-Studio: Ich hatte mir im letzten Jahr felsenfest vorgenommen, dass ich im neuen Jahr regelmäßig gehen würde. Von wegen. Statt auf dem Laufband zu schwitzen, habe ich dann lieber im Supermarkt nach Nougat-Sonderangeboten Ausschau gehalten.

Der Verkehr war an diesem Tag nicht so schlimm wie erwartet. Ich hatte damit gerechnet, stundenlang im Weihnachtsstau zu stehen, denn es war schon der 22. Dezember. Glück gehabt, wenigstens in dieser Hinsicht. Seit dem frühen Morgen schneite es. Im Radio spielten sie mein ultimatives Weihnachtslied: »Last Christmas« von Wham! Ich liebe dieses Lied. Meine Stimmung besserte sich.

Während ich fröhlich die Melodie mitsummte, verwandelten sich die kleinen Schneeflöckchen in daumengroße Flocken und allmählich bekamen die Scheibenwischer Schwierigkeiten. Es schmierte auf der Scheibe. Erkennen konnte ich fast nur noch die Lichter vor mir. Theoretisch fuhr ich gerne Auto, aber in diesem Moment wünschte ich mir eine Couch und einen Glühwein.

Dann krachte es plötzlich und um mich wurde es

dunkel. Beim Versuch, die Augen zu öffnen, hörte ich Schreie.

»Schnell, holt jemand einen Krankenwagen!«

»Wir brauchen die Feuerwehr, sie muss herausgeschnitten werden!«

»Beeilung, sie verblutet sonst!« Ich verstand nicht, was um mich herum geschah. Ich war müde und mir war kalt, deshalb schloss ich meine Augen wieder.

Als ich sie das nächste Mal öffnete, sah ich meine Mom vor mir. Ich lag in einem weißen Bett in einem weißen Zimmer und wusste überhaupt nicht was passiert war.

»Oh mein Kleines, bin ich froh, dass du aufgewacht bist.«

»Mom, was ist passiert? Wieso liege ich hier?« Mein Kopf pochte, als ob jemand Nägel darin versenken wollte. Ich fasste an die Stelle, die mir derartige Schmerzen verursachte und ertastete einen Verband. Jetzt wurde ich doch ein wenig unruhig. Meine Mom beobachtete mich und nahm meine Hand. Schlechtes Zeichen.

»Ein Auto ist ins Schleudern gekommen, als es dich überholte. Der Fahrer hat komplett die Kontrolle verloren. Das muss Blitzeis gewesen sein. Oder er hatte noch dic Sommerreifen drauf. Jedenfalls hat er dein Auto mitgerissen. So ungefähr. Wir haben es von der Krankenschwester, die Dich aufgenommen hat. Der Fahrer wird noch operiert. Du wurdest auch operiert.«

Langsam kam ich zu mir. An den Unfall konnte ich mich überhaupt nicht erinnern. Ich spürte diese Schmerzen, nicht nur im Kopf, im ganzen Körper und besonders in meinem linken Oberschenkel. Vorsichtig hob ich die

Decke hoch und sah einen Verband, der vom Knie bis hoch zur Hüfte reichte, zusätzlich war mein Fuß eingegipst.

»Mom, was ist mit meinem Bein?«

»Kleines, es wird alles wieder gut.« Dieser Satz ließ schon mal nichts Gutes ahnen. Es machte mich immer wütend, wenn ich wie ein kleines Kind behandelt wurde. Ich lag hier und wollte wissen, was los war.

»Mom, was ist mit meinem Bein?« wiederholte ich mit Nachdruck. Ihre Augen füllten sich mit Tränen und mit zittriger Stimme brachte sie die schlechten Nachrichten hervor.

»Die Ärzte sagen, dass du einen sehr komplizierten Oberschenkelhalsbruch hast. Dein Fuß ist mehrfach gebrochen, und der Heilungsprozess wird lange dauern. Die Ärzte hoffen, dass alles wieder zusammenwächst.« Tränen rannen ihr übers Gesicht.

»Mom, was heißt das für mich? Müssen sie mir mein Bein abnehmen? Was passiert jetzt?«

»Schatz, wir müssen abwarten, und du musst dich schonen. Du darfst dein Bein die erste Zeit nicht bewegen.«

Geschockt von dieser Nachricht brachte ich keinen Ton mehr heraus. Eine Träne rollte über meine Wange. Beim Wegwischen spürte ich, dass mein Gesicht geschwollen war.

»Mom, sag, dass das alles nicht wahr ist. Ich wollte doch nur nach Hause fahren.«

»Du musst jetzt stark sein. Du schaffst es, mein Schatz!« Sie drückte meine Hand fest an sich und weinte. Ich war zu erschöpft, um noch etwas zu antworten. Ich schloss meine Augen und hoffte, dass alles nur ein böser Traum sei.

»Wenn ich wieder aufwache, dann packe ich meine Sachen und fahre nach Hause«, legte ich mir im Kopf meine Wahrheit zurecht. »Diesmal schneit es aber nicht, und ich komme heil zu Hause an.« Schließlich schlief ich ein.

Mit Schmerzen begrüßte mich der neue Tag. Die Krankenschwester, die mir mein Essen brachte, lächelte mich an, wünschte mir einen guten Morgen und stellte das Frühstück auf meinem Ausziehtischchen ab. Auf ihrem Namensschildchen stand »Christin«. Ich hielt sie am Handgelenk fest, wollte mehr über meine Verletzung wissen. Sie erklärte mir, dass alles stark geschwollen und geprellt gewesen sei und dass sogar ein Knochen aus meinem Oberschenkel herausgeragt hätte. Aber die OP sei gut verlaufen. Bestimmt ginge es mir bald besser. Aufmunternd nickte sie mir zu und verließ das Zimmer.

Nichts wurde besser. Im Gegenteil. Nach einer Woche konnte ich kaum noch meine Augen öffnen. Mir tat der Kopf fast mehr weh als das Bein und mein ganzer Körper zitterte. Schweißnass wachte ich durch ein Rütteln an meiner Schulter auf. Es war Schwester Christin.

»Wie fühlen Sie sich?« Sie legte ihre kalten Hände auf meine Stirn. Die Kühle tat mir gut und ich wünschte, dass sie die Hände nicht mehr wegnehmen würde. »Sie haben ja Fieber. Hier, trinken Sie ein Glas Wasser. Ich hole den Arzt.« Langsam versuchte ich mich aufzusetzen, was ein schwieriges Unterfangen war, da ich absolut keine Kraft hatte. Der Arzt kam recht zügig und gab Christin sofortige Anweisungen.

»Blutbild, Entzündungswerte, Abstrich an der Wunde und vorsorglich ein Antibiotikum verabreichen.«

Geschwächt von Schmerzen und zunehmender Appetitlosigkeit verbrachte ich die Zeit damit, mich auszuruhen und zu schlafen. Ab und zu bekam ich Besuch, was mich nicht wirklich positiv stimmte, geschweige denn meinen Gemütszustand änderte. Die Tage vergingen. Der Arzt kam regelmäßig, andere Medikamente wurden ausprobiert, diverse Fläschchen an den Tropf gehängt. Mein Körper kämpfte. Für mich war jedes neue Aufwachen eine Qual. Ich hatte Schmerzen.

Was mich schwer belastete, war die Tatsache, nicht alleine auf die Toilette zu können. Dies bedeutete, teilweise mein Geschäft im Bett erledigen zu müssen. Grausam! Als auch weiterhin keine Besserung eintrat, faselten die Ärzte irgendwas von einer zusätzlichen Entzündung und Infektion. Der Heilungsprozess meines lädierten Beines stockte. Irgendwann schlugen die Medikamente endlich an. Gott sei Dank.

Was an meiner Gemütslage nicht viel änderte. Fast taten mir die Schwestern leid, an denen ich meine schlechte Laune ausließ, obwohl sie nichts dafür konnten. Zermürbende Gedanken fraßen meinen Verstand schier auf. Ich schaute aus dem Fenster und sah, wie Regentropfen die Scheibe hinunter rannen. Es zeichneten sich kleine Wasserlinien ab. Am liebsten wäre ich jetzt einer von den Tropfen gewesen, die sich langsam aber sicher ihren Weg über das Fenster kämpften, schließlich irgendwo landeten und wahrscheinlich versickerten. Ich stellte mir vor, was passieren würde, wenn mein Bein gar nicht mehr heilen würde. Mein Schreckensszenario war, dass ich vielleicht mein Bein verlieren könnte und mich mit einem Rollstuhl anfreunden müsste. Zitternd kuschelte ich mich in die ungemütliche Krankenhausdecke und verlor den Kampf mit meinen Tränen. Sie versiegten allerdings irgendwann wie die Regentropfen an der Scheibe. Jetzt konnte ich nicht mal mehr weinen.

Lustlos betrachtete ich mein Frühstück. In manchen Stresssituationen aß ich sonst doppelt so viel, diesmal bekam ich einfach nichts runter. Das Gedankenkarussell drehte sich, mein Bein tat extrem weh. Es stach und pochte gleichzeitig, und ich konnte nicht genau ausmachen, was von beidem schlimmer war: Das Stechen oder das Pochen?

Die Zeit verstrich und verstrich doch so langsam, dass es zum Verzweifeln war. Eine Zeit, in der ich das Motzen, Frotzeln und Unglücklichsein neu erfand. Schließlich stand ein Gespräch mit den Fachärzten an, die mir mitteilten, dass ich die Infektion zwar überstanden hätte, sich aber die Muskeln und Sehnen deutlich zurückgebildet hätten. Das hieße Krankengymnastik, Bewegungstherapie und Massagen. Die gute Nachricht hatte demnach auch ihre Schattenseite. Ich musste mein persönliches Motto ändern, und das lautete bis dato: Das einzig Sportliche an mir ist mein Eisprung.

Am nächsten Tag wurden meine trüben Gedanken durch ein Klopfen an der Tür unterbrochen. Egal wer oder was es sein mochte, ich war mir sicher, dass es mich nicht aufmuntern konnte.

»Guten Morgen, Frau Maus, ich bin Ihr Therapeut Freddy, für Ihre Krankengymnastik.«

»Ach ja«, erinnerte ich mich, »da war doch was. Wir

können erst morgen damit anfangen«, sagte ich schroff. »Es geht mir nicht gut.« Dann drehte ich mich weg. Er kam um das Bett herumgelaufen und schaute mir direkt in die Augen.

»Frau Maus, es ist äußerst wichtig, dass wir jetzt mit der Therapie beginnen. Es ist wichtig, Sie fit zu halten.«

»Ich will nicht, ich hab noch nicht ausgeschlafen.«

»Es tut mir leid, dass Sie nicht ausgeschlafen haben. Sie können nach den Übungen weiterschnarchen. Es dauert auch nur 30 Minuten.« Mein Ärger legte sich ein wenig. Der Mann hatte ein wundervolles Lächeln. Anscheinend ein fröhlicher Typ. Er hatte einen Rollstuhl mitgebracht, den er jetzt neben meinem Bett postierte.

»Hm, früher oder später muss ich mich mit diesem Ding wohl anfreunden«, murrte ich.

»Frau Maus, halten Sie sich bitte am oberen Griff Ihres Bettes fest.« Damit meinte er diesen komischen Galgen. Es fiel mir schwer, mich hochzuziehen, aber Mr. Krankentherapeut machte keine Anstalten, mir behilflich zu sein. Er wartete geduldig ab, bis ich saß. Dann erst packte er mich bei der Hüfte und schwang mich gekonnt in den Rollstuhl. Wumms. Na prima.

Ich war schon jetzt komplett erschöpft, dabei hatten wir noch nicht mal angefangen. Freddy schob mich zum Aufzug, und wir fuhren in den Keller.

Wie praktisch, dort unten konnte er mich stehenlassen. Ich wollte nicht mehr in mein Zimmer zurück.

»Frau Maus, Geduld, die Räumlichkeiten befinden sich gleich um die Ecke«, kommentierte er, was ich selber sehr gut sehen konnte.

»Frau Maus, Frau Maus, die Räumlichkeiten«, äffte

ich ihn im Kopf nach. »Bla, bla, bla … Ich bin doch keine senile Oma.« Und dann rutschte es mir heraus:

»Ich heiße Marie-Louise. So alt bin ich nicht, dass du mich Frau Soundso nennen musst«, duzte ich ihn frech. Kaum ausgesprochen, wurde mir klar, wie unfreundlich ich Freddy gegenüber war.

»Okay! Kein Problem, Marie-Louise. Wir sind da.«

Die erste Übung, die wir machten, betraf das gesunde Bein. Freddy redete und redete auf mich ein. Ich hatte mich längst ausgeklinkt und schlichtweg kein Interesse, zuzuhören. Inständig hoffte ich, dass die 30 Minuten schnell vorbeigehen würden. Er merkte, dass ich nicht bei der Sache war und klopfte mir auf die Schultern.

»Es ist gut für dich, glaub mir, ich will dir nichts Schlechtes. Du musst es aber auch selbst wollen, sonst können wir nicht arbeiten.«

»Freddy, ich weiß nicht, was mit meinem Bein ist. Es kann gut möglich sein, dass ich es nicht mehr belasten kann, es aufgrund des Unfalls verkürzt bleibt und ich zu einem Krüppel werde, und du Klugscheißer redest, dass ich mich anstrengen soll! Für was denn? Für wen denn? Sag es mir!« Freddy schaute mich verblüfft an. »Oh, bist du jetzt sprachlos?« fuhr ich wütend fort. »Das tut mir aber herzlich leid. Schaff mich bitte wieder in mein Zimmer!«

Das war gemein, aber in diesem Moment fühlte es sich richtig an, anderen die Schuld für das zu geben, was mir passiert war. Ich schaute Freddy an. Etwas in seinem Gesicht hatte sich verändert. Sein Blick war auf seltsame Art leer. Er schwieg. Großartig. War er jetzt eingeschnappt?

Es war furchtbar, so auf der Matte zu sitzen und zu

warten, was er zu sagen hätte. Es tat mir inzwischen fast leid, aber zurücknehmen? Stimmte doch alles, oder? Endlich öffnete er den Mund.

»Also, Marie-Louise, manche Leute wollen kämpfen und manche schaffen es auch.«

»Na klar! Kommt jetzt eine Moralpredigt?«

»Ich habe auch gekämpft.« Er stand auf und machte sich an seiner Trainingshose zu schaffen.

»Oh, mein Gott! Was machst du?« Ich war alleine im Keller, konnte nicht weglaufen. Er zog seine Hose runter. »Bitte«, weinte ich, »lass mich in Ruh, ich schreie!« Er ließ sich von meiner Ansage nicht beirren. Unter der Trainingshose kamen Shorts zum Vorschein und … eine Prothese. Es dauerte eine Weile, bis ich meine Stimme wiederfand. »Oh! Das wusste ich nicht. Tut mir leid.«

Er nickte, zog die Trainingshose wieder hoch und holte den Rollstuhl. Ich schämte mich. Ich schämte mich sogar sehr. Ich wollte Mitleid bekommen und mich gehen lassen, aber mit so etwas hatte ich überhaupt nicht gerechnet. Sein rechter Unterschenkel war komplett durch eine Prothese ersetzt worden, aber er lief dennoch ganz normal. Es war mir kein bisschen aufgefallen. Ob ich etwas sagen sollte? Aber was? Ich schaute zu Boden, damit ich ihn nicht ansehen musste. Er hob mich hoch und setzte mich in meinen Rollstuhl. Der Weg zurück ins Zimmer kam mir auf einmal unendlich lang vor, und was sich noch viel schlimmer anfühlte, war diese Stille zwischen uns. Freddy sagte kein einziges Wort. Ich bekam auch keinen noch so kleinen Satz heraus. Es fühlte sich an, als ob ich tausend Frösche auf einmal in Mund, Rachen und Hals hätte. Ich fühlte mich total schlecht. Ich suchte nach den passenden Worten, um mich zu entschuldigen. Mir fielen keine ein. Er schob mich zum Fenster, ließ mich stehen und ging.

»Was?« Ich war irritiert. »Verschwindet er jetzt sang- und klanglos?« Eigentlich war die halbe Therapiestunde noch nicht zu Ende. In der Tür drehte er sich um.

»Bis morgen.«

Tür zu. Aber immerhin, er hatte wieder mit mir gesprochen. Gott sei Dank. Ich schaute aus dem Fenster. Draußen hüpfte ein kleines Mädchen an Krücken vorbei. Es machte wohl einen Spaziergang. Neben ihr eine Frau, wahrscheinlich die Mutter. Das Kind konnte kaum älter als acht oder neun Jahre sein. Wie tapfer sie mit den Krücken übte! Und die Mutter freute sich riesig über jeden gelungenen Schritt.

»Schluss mit dem Selbstmitleid!« beschloss ich. »Was haben dir die Anderen getan? Nichts. Musst du eben kämpfen, Marie-Louise Maus. Was die können, kannst du auch. Reiß dich gefälligst zusammen!«

24. Flott mit Krückstock!

Motivation wo bist du?
Ahhh, gefunden!
Bitte bleiben

Am nächsten Tag wartete ich schon auf Freddy. Er klopfte zweimal ganz sanft.

»Herein!«

Er ließ sich von unserer gestrigen Auseinandersetzung nichts anmerken und war einfach freundlich.

»Wie geht es dir, Marie-Louise?«

»Danke, besser und dir?«

»Ach, alles okay. Mein rechtes Bein zwickt nur ein bisschen.«

»Ist es das Bein, das nicht mehr da ist?« fragte ich vorsichtig.

»Ja, es zwickt und juckt manchmal fürchterlich und bringt mich zur Weißglut.« Er lachte. »Man sollte meinen, dass etwas, das man nicht mehr hat, auch keinen Ärger mehr machen würde. Aber so etwas gibt es. Das nennt man Phantomschmerz.«

»Ja, aber kannst du dann überhaupt arbeiten, Freddy?«

»An manchen Tagen geht es ganz gut und dann gibt es welche, wo ich die Augen zudrücke und einfach durch muss. Schließlich verdient keiner für mich meine Brötchen.«

»Oje, das tut mir leid.«

»Es muss dir nicht leidtun. Ich bin daran gewöhnt. Ich hab mein Bein schon seit zehn Jahren nicht mehr. Seit einem Unfall. Mein Cousin und ich fuhren in der Fränkischen Schweiz ein paar Runden mit unseren Motorrädern. So ein durchgeknallter Typ, auch mit Motorrad, kam mit einem Affenzahn von hinten. In einer Rechtskurve setzte er zum Überholen an. Innen, also rechts von mir! Wie bei einem Rennen. Ich hab mich erschrocken, musste ausweichen und bin mit einem entgegenkommenden Auto zusammengeprallt. Mein Cousin rettete mir damals das Leben. Ohne ihn wäre ich gestorben.«

Ich schluckte.

»Freddy …«, begann ich, »du, es tut mir schrecklich leid, dass ich gestern so zickig war.«

»Kein Problem! Ich weiß, wie du dich fühlst. Ich bin den Weg schon gegangen, den du noch vor dir hast. Aber so wie ich dich einschätze, kriegst du das hin. Äußerlich schaut es jedenfalls sehr gut aus.« Er lächelte mich aufmunternd an, und mir wurde ganz warm ums Herz. »Marie-Louise, das Wichtigste ist jetzt, nicht aufzugeben. Ich glaube kaum, dass es bei dir zu einer Prothese kommen wird. Manchmal neigen wir Menschen dazu, das Glas als halb leer anstatt halb voll zu betrachten. Ändere deinen Blickwinkel, und die Welt wird nicht mehr so grau sein. Glaub mir!«

In den nächsten 30 Minuten erfuhr ich mehr von Freddy als er von mir. Er war glücklich in der Fränkischen Schweiz aufgewachsen, hatte seinen Cousin als Spielpartner und besten Kumpel. Verlor seine Eltern sehr früh, deshalb zog er zu Onkel und Tante. Was ich bewundernswert fand, war, dass er dem Motorradfahrer, der an seinem Unfall schuld war, verziehen hatte. Ich wusste nicht, ob ich das bei dem Mann konnte, der meinen Unfall verursacht hatte.

Die Krankengymnastik war trotz der guten Gespräche nichts, das ich als spannend oder entspannend empfand. Sie war eher ziemlich unangenehm, aber Freddy meinte, dass es mit der Zeit besser gehen würde. Man müsse halt erst über seinen Schatten springen, bevor man sich irgendwas erhoffen dürfe. Und das sei mitunter der schwierigste Schritt: den inneren Schweinehund überwinden, um etwas zu bewegen.

»Na, das ist heute doch schon ziemlich gut gegangen«, stellte er nach einiger Zeit strahlend fest.

»Ja«, entgegnete ich, »du hilfst mir ja auch prima. Außerdem bekomme ich heute neue Befunde. Ich bin sehr gespannt. Später werden sie mir nochmal mein Bein röntgen, dann bin ich schlauer.«

»Ich drück dir die Daumen. Du hast heute echt gut mitgemacht.« Er lächelte, als ob ich etwas Großartiges geleistet hätte. Das gab mir ein gutes Gefühl. Ich mochte Freddy.

»Danke für deine Geduld mit mir, Freddy. Ich bin eben nicht einfach.«

»Jeder hat mal einen schlechten Tag. Es kommt nur darauf an, was man aus ihm macht.«

Ich war froh, dass ich Freddy als Therapeuten bekommen hatte.

»Danke. Ich freu mich auf morgen.«

Er klopfte mir kumpelhaft auf die Schulter.

»Klar doch, bis morgen und viel Glück mit den neuen Befunden.«

Es war schwer zu beschreiben, aber ich fühlte mich mit ihm verbunden, obwohl ich ihn gar nicht kannte. Es war keine Liebe, nein, aber eine Menge Sympathie.

Im Park ging ein altes Ehepaar spazieren. Langsam und händchenhaltend kamen sie an meinem Fenster vorüber. Ja, es gab wohl immer und überall Dinge, die kostbar waren: ein lächelndes Kind, ein glückliches Ehepaar oder eben ein Therapeut, der mir auf die Schulter klopfte und versicherte, dass alles gut würde. In ein paar Minuten wollte mich die Schwester zum Röntgen abholen. Dann würde sich zeigen, wie es mein Schicksal mit mir meinte. Ich schaute gespannt auf die Zeiger der Uhr und hörte ihr leises Ticken. Ich hatte Angst. Dennoch rollte ich schon immer langsam Richtung Tür.

In der Röntgenabteilung wurde ich schon erwartet.

»Sie sind Frau Maus?« fragte eine stark geschminkte Blondine im grünen Kittel, ohne mich auch nur anzusehen. Ich nickte, zu mehr war ich in diesem Moment nicht fähig. Ich war zu aufgeregt. Die Krankenschwester half mir beim Ausziehen und Hinlegen. Seltsam, tagtäglich auf Fremde angewiesen zu sein. Daran würde ich mich wohl nie gewöhnen.

Es dauerte nur ein paar Sekunden und die Bilder waren im Kasten. Blondie half mir wieder, mich anzuziehen. Sie roch eine Spur zu stark nach einem süßen Parfüm. Ziemlich aufdringlich und penetrant für meinem Geschmack. Zu manchen Leuten passte ihr Beruf absolut nicht.

Ich wurde in ein Besprechungszimmer gebracht. Überall an den Wänden hingen Bilder von irgendwelchen Organen. Ich rollte mit meinem Rollstuhl näher an eines davon, um mich abzulenken. »Herz«, las ich unter der Darstellung. So sah also ein Herz aus. Eigentlich nur ein Klumpen Fleisch. Die Tür ging auf, der Arzt erschien.

»Guten Tag, Frau Maus, wie geht es Ihnen heute?«

»Besser. Danke.«

»Also, Frau Maus, Ihrem Röntgenbild zufolge ist es mit den Brüchen tatsächlich besser geworden. Deutlich besser. Sie scheinen gut verheilt. Das heißt, weiter fleißig Bewegungstherapie und Massagen, damit sie bald in die Reha gehen können. Die notwendigen Unterlagen hat ihre Mutter für sie bereits ausgefüllt. Dass der Antrag für die Anschlussheilbehandlung in einer Kurklinik genehmigt wird, dürfte Formsache sein.« Ich wusste gar nicht, was ich vor lauter Freude sagen sollte. Ich bedankte mich. »Keine Ursache, ich bringe Sie noch raus.« Damit sprang er auf und ehe ich mich versah, stand ich schon wieder draußen im Flur und rollte zu meinem Krankenzimmer.

Die Therapie blieb auch weiterhin mühsam, aber ich spürte erste Erfolge. Und dann kam der Tag, an dem ich vom Rollstuhl auf Krücken umsteigen konnte. Das hieß: Ich durfte nach Hause! Der Rest würde ambulant beziehungsweise bei der Reha erledigt. Was für ein Ereignis!

Zuerst musste ich meine Mom anrufen und ihr Bescheid geben, dass sie mich abholen konnte. Ich freute mich. Freddy hatte recht behalten.

»Ja?«

»Mom, ich bin es! Rate mal, was los ist!«

»Oje, ist schon wieder was passiert?« kam die entsetzte Antwort meiner Mom.

»Nein, ich darf nur nach Hause.«

»Was, schon? Das ist ja fantastisch! Was hat der Arzt gesagt? Was macht dein Bein?«

»Mom, frag nicht so viel, sondern hol mich einfach

morgen früh ab. Ich erzähle dir dann alles haarklein.«

»Okay, mein Schatz, dann hole dich gegen zehn ab?«

»Ja, unbedingt, bis dann! Mom …« Ich machte eine Pause.

»Ist noch was, mein Kleines?«

»Ich liebe dich.«

»Ich dich auch. Ich beeil mich morgen.«

»Fahr langsam, Mom!« Diesen Satz hatte sie anscheinend schon nicht mehr gehört. Ehrlich gesagt hätte ich auch nicht gedacht, dass ich so einen Satz mal zu meiner Mom sagen würde. Aber es war nicht verkehrt, sich Sorgen zu machen um Menschen, die man liebte.

Daheim angekommen, kochte Mom mir mein Lieblingsessen: Spinat mit Rührei. Das Leben konnte schön sein. Ende der Woche bekam ich Post. Im Schreiben hieß es, dass ich nach Bad Staffelberg zur Reha sollte. Darüber freute ich mich riesig. Das war nicht weit weg. Meine Eltern, Fabi und Lena würden mich dort problemlos besuchen können. Es ging mir von Tag zu Tag besser.

25. Nach der Bergfahrt kommt die Talfahrt

Optimismus spielt Verstecken
Ohne mich!
Nach dem Hoch ein Tief
Was läuft schief?

Nach der Anschlussheilbehandlung in der Rehaklinik fühlte sich mein Leben fast schon wieder normal an. Nur, dass ich bis auf weiteres bei meinen Eltern wohnte. Mein altes Kinderzimmer hatte sich nicht verändert, seitdem ich ausgezogen war. Die mintgrüne Tapete verzierte immer noch die Wände und das hässliche Bild, das ich aus einem Urlaub mitgebracht hatte, hing so an der Tür, wie ich es angepinnt hatte. Ich war damals siebzehn Jahre alt gewesen und hatte mich malen lassen. Vermutlich hatte die Malerin gedacht, dass ich ein Junge sei. Anders konnte ich mir nicht erklären, warum sie mir so maskuline Züge gegeben hatte. Dabei hatte ich mich sogar bemüht, zu lächeln. Nichts davon war zu sehn. Über 50 Euro musste ich dafür blechen, pure Geldverschwendung. Ich fand das Bild schrecklich. Mein Vater liebte es. Eines Tages würde ich es klammheimlich vernichten.

Es tat gut, zu Hause zu sein, auch wenn ich die Krücken nach wie vor brauchte. Zumindest konnte ich mich alleine bewegen und in alten Sachen stöbern. Zum Beispiel entdeckte ich eine Kiste mit Fotoalben. Zwischen den Alben steckte mein Gedichtbuch, in das ich vor über zehn Jahren regelmäßig verschiedene Reimereien geschrieben hatte. Erschreckend, wie lange das alles her war. Jetzt saß ich hier und hielt Erinnerungen in meinen Händen: Gedichte, Gedanken, Schwärmereien über Kummer, Angst, Schmerz und Verzweiflung. Viel Zeit zum Schmökern blieb mir im Moment allerdings nicht. Meine Mom rief:

»Marie-Louise, Essen ist fertig!«

»Ich komme gleich.« Ich räumte den Krempel weg, so gut es ging.

»Marie-Louise, kommst du? Dein Essen wird kalt.«

»Ja, ich bin schon unterwegs. Ich bin nicht so mobil.« Mit diesem Satz quälte ich mich die Treppe hinunter. Meine Mom kam mir entgegen und stützte mich bis zum Küchentisch.

»Ach Maus, das wird wieder. Du musst langsam wieder etwas unternehmen, damit du besser drauf bist«, meinte sie. »Lass dich nicht hängen!«

»Mom, ich habe keinen Job! Mit welchem Geld soll ich denn was unternehmen? Und außerdem will ich nirgendwohin!«

Die Sache war nämlich die: Frau Beißer musste wegen meiner langen Abwesenheit eine neue Kraft einstellen und bat, unser Vertragsverhältnis auflösen zu dürfen. Was sollte ich sagen? So, wie ich im Moment herumhumpelte, konnte ich sowieso nicht zu ihr zurück und arbeiten. Meine Wohnung hatte Mom für mich gekündigt und sich auch sonst all der Sachen angenommen, für die ich selbst körperlich wie mental nicht in der Lage war. Manchmal fühlte ich mich wie ein Kleinkind: Zu nichts fähig und unschlüssig, irgendetwas zu tun, geschweige denn etwas auf die Reihe zu bekommen.

Ja, es tat gut, zu Hause zu sein. Es war aber auch frustrierend und auf Dauer ziemlich langweilig. Genauer gesagt, eintönig. Ich wurde wieder traurig, erschöpft und fühlte mich hilflos. Draußen hielt der Frühling Einzug und die Sonne lachte. Ich hatte wenig zu lachen. Immerhin, das Laufen klappte jeden Tag ein bisschen besser.

Mein 26. Geburtstag stand an. Ein Tag wie jeder andere in dieser Zeit. Mit meinem Bein ging es weiter aufwärts, was ich mehr oder weniger Freddy verdankte. Er gab mir per Telefonkonferenz viele Übungen auf und schimpfte mit mir, wenn ich mich nicht bemühte. Dass er sich trotz der räumlichen Trennung um mich kümmerte, bewirkte viel. Und das, obwohl ich nicht mehr bei ihm in Behandlung war, sondern mir einen Physiotherapeuten vor Ort hatte suchen müssen. Ich arbeitete auch bei dem fleißig an mir, aber Freddy konnte er nicht ersetzen. Dem Alkohol hatte ich seit meinem Unfall mehr oder weniger komplett entsagt. Auch insofern verlief dieser Geburtstag unspektakulär. Ich saß mit einem Kaffee draußen auf der Terrasse, als meine Mom nach mir rief.

»In der Post war eine Nachsendung von deiner alten Adresse. Ein Brief von einer Inge und einem Klaus. Kennst du die?«

»Hä?« rief ich zurück. »Nö, ich kenne keine Inge und auch keinen Klaus.«

»Aber die Adresse hier ist eindeutig deine.« Mom trat auf die Terrasse und drückte mir den Brief in die Hand.

»Tatsächlich!« Mein Name und die Nürnberger Wohnung. »Hm, vielleicht gibt es ja noch eine Marie-Louise Maus«, murmelte ich mehr für mich, »und derjenige, der den Brief geschrieben hat, hat nur die Postleitzahl verwechselt oder so. Na gut, mach ich ihn mal auf.«

26. Sie haben Post

Und es sind keine Rechnungen!
Halleluja!

Liebe Marie-Louise,
erinnerst Du Dich noch an uns? Das ist jetzt ziemlich genau ein Jahr her und damals war das, wenn wir uns recht erinnern, der Tag nach Deinem Geburtstag. Es müsste also jetzt wieder so weit sein.

Deshalb wollen wir Dir heute alles Liebe und Gute wünschen! Vor allem Gesundheit! Wie geht es Dir? Ein bisschen machen wir uns Sorgen, weil Du Dich nicht gemeldet hast. Dein Handy haben wir aufgehoben. Und unsere Einladung gilt natürlich nach wie vor. Da unser Sohn nicht mehr hier wohnt, steht sein Zimmer nach wie vor leer und Du könntest gern auch wieder hier übernachten. Bei Bedarf auch ein bisschen länger, wenn Du magst.

Klaus und Inge

Ihre Telefonnummer hatten sie als P.S. drunter geschrieben, damit ich vorher anrufen könne und sie auch wirklich da wären, wenn ich käme. Ich musste schmunzeln. Ja, jetzt wusste ich wieder wer Inge und Klaus waren. Durch mein chaotisches Leben hatte ich die Ereignisse von damals einfach komplett verdrängt. Toll, dass sie nochmal geschrieben hatten. Obwohl sie nicht ahnen konnten, dass ich einen Unfall hatte, las sich der Brief fast so, als ob sie mir gute Besserung wünschen würden. Warum sollte ich ihre Einladung nicht annehmen?

Ich hatte ja alle Zeit der Welt und einmal andere Leute sehen, konnte nicht schaden. Im Nu stand mein Entschluss:

»Mom, ich will verreisen. Kannst du mich fahren?«
Meine Mom, die sich neben mich gesetzt hatte und ihre Post durchsah, legte die Brille weg.

»Ja, natürlich! Vorausgesetzt, du willst nicht nach China oder Afrika. Meine Ortskenntnisse begrenzen sich leider auf Ober-, Mittel- und Unterfranken. Außerdem habe ich nicht ewig Zeit.«

»Ist schon klar, Mom«, grinste ich sie an.

Es war zwar nur eine kurze Fahrt, aber ich war trotzdem nervös.

»Mom, ich glaube, wir hätten schon die Erste abbiegen müssen.«

»Kind, keine Ahnung! Ich war hier noch nie.«

»Die Leute werden dir gefallen, Mom. Ich habe mich bei ihnen letztes Jahr auf Anhieb wohl gefühlt.«

»Ist schon ein komischer Zufall gewesen, oder?«

»Ich glaub, du musst an der Kreuzung links abbiegen.«
Überall blühten Blumen und die frische Landluft wehte durchs offene Fenster. Es roch nach Feldern und Bauernhof. Oder sollte ich besser sagen, dass sich eine kräftige Kuhdung-Note ihren Weg ins Auto bahnte? Hm, na ja, einige Gerüche bräuchte ich jetzt nicht unbedingt. Aber egal, das gehörte dazu.

»Oh Mann, stinkt das hier nach Scheiße«, stöhnte meine Mom. Sie pflegte stets sehr direkt zu sein. Ich musste laut lachen. »Habe ich was Komisches gesagt?«

»Nee, aber genau das habe ich eben auch gedacht«,

grinste ich. »Ich glaube, da vorn sehe ich schon ihren Hof.«

Meine Mutter bremste und fuhr in die Hofeinfahrt. Ein »Herzlich Willkommen« Schild hing am Zaun, das mir beim ersten Mal gar nicht aufgefallen war. Wahrscheinlich haben sie es immer dort hängen, weil sie das Zimmer manchmal auch vermieten, vermutete ich.

Ich hatte die Autotür noch nicht richtig auf, als schon Vincent, ihr neuer Golden Retriever, angerannt kam und mich bellend begrüßte. Inge hatte mir am Telefon von ihm erzählt und, dass ich nicht erschrecken solle. Er sei sehr jung und etwas stürmisch. Schnecke, ihr Schäferhund, sei im letzten Herbst gestorben.

»Wow, sieht das hier gemütlich aus«, meinte Mom. »Und alles so sauber und gepflegt! Ich glaube, ich bleibe auch übers Wochenende.«

»Mom …«, sagte ich mit Nachdruck, »mein Arzt hat mir zwar eine Auszeit an der frischen Luft empfohlen, er sagte aber nichts von Familienurlaub.«

»Ich weiß«, lachte sie.

»Ah, da ist ja unser Gast!« Mit diesen Worten stürmte Inge mit offenen Armen aus dem Haus und auf mich zu.

»Hallo Inge …«, zu mehr kam ich nicht, denn sie unterbrach mich sofort:

»Kommt erst einmal rein und trinkt einen Kaffee. Kuchen habe ich auch gebacken.«

»Das ist ja eine freundliche Begrüßung. Hallo, ich bin die Mutter von Marie-Louise«, stellte sich meine Mom vor. Nachdem wir uns umarmt hatten, gingen wir ins Haus. Die Küche war so gemütlich, wie ich sie in Erinnerung hatte. »Wie außen, so innen«, dachte ich. Manchmal stimmt es einfach.

Nach einer Tasse Kaffee verabschiedete sich meine Mutter. Inge brachte mich aufs Zimmer.

»Liebe Marie-Louise. Ich habe mir wie gesagt erlaubt, dich wieder ins Jugendzimmer meines Sohnes einzuquartieren.«

»Dein Sohn hat nichts dagegen?«

»Ach, und selbst wenn, dann kann ich es ihm erklären. Außerdem hat er sich eh nicht angekündigt. Der kommt höchstens mal kurz auf einen Sprung mit dem Motorrad vorbei.«

Auweia. Stimmt, das war ja der Typ, der letztes Mal plötzlich im Bad gestanden hatte und meinen Hintern bewundern durfte. Hoffentlich passierte das nicht wieder.

»Marie-Louise, wir essen um sieben Uhr, du bist herzlich eingeladen.«

»Inge, das ist echt lieb. Ich werde für das Wochenende natürlich bezahlen.«

»Ach was, das regeln wir schon«, sagte Inge bestimmend.

»Ich würde mich jetzt aber lieber gern schlafen legen. Dein Kuchen war sehr reichlich und seit meinem Krankenhausaufenthalt habe ich mich daran gewöhnt, zeitig zu Bett zu gehen. Ich bin immer noch schnell erschöpft.«

»Tu das, erhol dich, es wird dir guttun. Dann sehen wir uns zum Frühstück.« Inge war überaus mitfühlend gewesen, als ich ihr am Telefon von meinem Unfall erzählt hatte. Ich musste keine Sorge haben, sie mit meiner Absage zu beleidigen.

Das Zimmer ihres Sohnes war kein typisches Jugendzimmer für einen Jungen. Die Schränke wirkten altmodisch aber dennoch sehr schön. Beim ersten Mal, in der

Horrornacht, hatte ich das gar nicht so wahrgenommen. Ein paar Poster hingen an den Wänden, unter anderem eines von Johnny Cash und von Queen. Queen und Johnny Cash fand ich auch schon immer toll. Eine Gitarre stand in der Ecke und drei Siegerpokale krönten das kleine Regal neben dem Schrank. Auf dem Nachtschränkchen lagen Motorradzeitschriften. Wahrscheinlich dieselben, die ich vor einem Jahr im Bad gesehen hatte.

Ich ließ mich aufs Bett fallen. Plötzlich hörte ich eine Tür und dann Stimmen aus der Küche.

»Hey Mom, wie geht's?«

»Hey Basti, mein Schatz! Ich dachte, du kommst dieses Wochenende nicht?«

»Ja, ich wollte ursprünglich auch nicht kommen, aber ich muss meinen Kopf frei bekommen.«

»Wow«, dachte ich, »der hat aber eine tolle Stimme! Kommt mir irgendwie bekannt vor.« Dann erschrak ich, denn mir wurde bewusst, dass er eventuell hier hereinkommen könnte. Schnell schlüpfte ich ins Bett, zog die Decke über den Kopf und lauschte den Stimmen.

»Willst du was essen?«

»Nein, ich will lieber gleich schlafen. Ich bin total müde.«

»Oh, Junge, da muss ich dir was sagen. Wir haben heute Besuch und dem habe ich dein Zimmer gegeben.«

»Ach? Und wo soll ich dann ratzen?«

»Ich wusste doch nicht, dass du kommst! Aber ich bau dir sofort die Couch auf! Wenn wir die ausziehn …«

»Lass mal, ich geh in den Stall«, hörte ich ihn grummeln. »Heu ist perfekt.«

»Nicht gut«, dachte ich, dann nickte ich ein.

27. Tiefe Zuneigung mit fünf Buchstaben

Ein nasser Vierbeiner
Ein weiterer Sturz
Riesen-Pechvogel
Aber nur kurz
Kommt es zurück, das Quäntchen Glück?

Am nächsten Morgen wurde ich nicht von der Sonne geweckt, sondern von Fridolin, dem lästigsten Hahn, dem ich je begegnet bin. Schon bei meiner Ankunft hatte er mich nicht aus den Augen gelassen und überallhin verfolgt.

Bei diesen Viechern muss man immer höllisch aufpassen. Die können wirklich zuhacken. Als kleines Kind war ich einmal Opfer eines sehr aggressiven Hahnes geworden. Damals hatte ich den Kampf gewonnen, er war im Kochtopf gelandet, aber ich wollte es kein zweites Mal drauf ankommen lassen.

Noch ein wenig verschlafen stand ich auf und zog mich an. Mit dem neuen Verband, den mir mein Hausarzt am Vortag verpasst hatte, war ich ein wenig beweglicher geworden. Ich konnte vorsichtig auftreten und fühlte mich jetzt allmählich auch wieder wie ein Mensch. Ich lief ins Badezimmer und versuchte, so gut es ging, meine morgendliche Katzenwäsche zu verrichten. Mittlerweile konnte ich mich sogar wieder richtig duschen und kurz auftreten. Um die verbundenen Stellen vor Wasser zu schützen, wickelte ich eine Plastikfolie um mein Bein. Ein mühsames Geschäft, das seine Zeit dauerte, aber immerhin. Besser als zuvor.

Nachdem ich weitere 20 Minuten benötigt hatte, um mich anzuziehen und mich alltagstauglich zu machen, öffnete ich vorsichtig die Tür. Die Angst, den Sohn des Hauses zu treffen, saß mir im Nacken. Ich hoffte nur, dass ich ihm nicht begegnen würde.

»Guten Morgen, Marie-Louise, hast du gut geschlafen?« fragte mich Inge.

»Ja, habe ich, danke.«

»Komm in die Küche, Frühstück ist gleich fertig.«

»Das ist lieb, aber du musst dir keine Umstände machen, Inge.«

»Ach was, alle anderen haben schon gefrühstückt. Klaus ist längst wieder im Dienst. Gestern Abend habt ihr euch ja leider verpasst, ich soll dich aber schön grüßen.

Unser Sohn ist gestern übrigens doch gekommen. Ich weiß nicht, ob du es gehört hast. Er geht gerade mit dem Hund spazieren. Du hast die Küche also für dich alleine.« Ich atmete erleichtert auf, setzte mich an den liebevoll gedeckten Tisch, trank eine Tasse Pfefferminztee und aß ein Brötchen mit selbstgemachter Himbeermarmelade. Ein schöner Tag kündigte sich an. Die Sonne schien, und es war warm. Jedenfalls für fränkische Verhältnisse.

»Ich glaube, dass ich auch einen Spaziergang unternehmen werde!« verkündete ich. Das Wetter machte sogar die Sorge wett, dass ich ihrem Sohn begegnen könnte. Ich fragte nach einem schönen Weg, den ich mit meiner Geschwindigkeit innerhalb einer Stunde schaffen konnte. Mehr traute ich mir im Moment nicht zu. Sie gab mir eine ausführliche Beschreibung und widmete sich, nachdem sie sich vergewissert hatte, dass es mir gut ginge, ihrer Hausarbeit.

Langsam lief ich über den Hof. Es war ein schönes Fleckchen hier. Ich erinnerte mich an das Drama, als Klaus mich mit seinem Polizeiauto aufgegabelt hatte. Das war schon verrückt gewesen. Nette Leute.

Der Spaziergang tat mir gut. Obwohl das Gehen noch anstrengte und ich nur langsam vorankam, genoss ich die Sonne und die Natur. Die kleine Runde, die Inge mir beschrieben hatte, führte mich zu einem Teich mit Steg. Die Gegend in und um Himmelblau war atemberaubend schön. Was für eine Idylle! Ich genoss das Panorama und beschloss, mich ein wenig auszuruhen. Ich setzte mich auf den Steg und schaute ins Wasser. Forellen zogen plätschernd ihre Kreise. Und dann hörte ich es laut platschen. Etwas musste am anderen Ufer ins Wasser gefallen sein. Dort stand jemand und rief laut:

»Komm zurück!« Zu spät. Vincent kam aufgeregt quer über den Teich auf mich zu gepaddelt. Ich freute mich, dass mich der Hund erkannt hatte und sich über das Wiedersehen zu freuen schien. Er erreichte meinen Steg, nahm hechelnd Anlauf und versuchte, herauf zu klettern. Aber das war zu hoch. Er schaffte es nicht alleine und rutschte immer wieder ab. Ich überlegte nicht lange und beschloss, ihm zu helfen. Ich griff nach seinen Pfoten, um ihn herauszuziehen, aber er plantschte wie wild und ich bekam ihn nicht richtig zu packen. Ich beugte mich weiter vor, da passierte es: Ich verlor die Balance und landete selbst im Teich.

Kälteschock, gefühlte Minusgrade. Ich stieß einen Angstschrei aus. Meine Jeans und meine Fleece-Jacke sogen sich sofort voller Wasser, auch der Verband. Die nassen Klamotten zogen mich in die Tiefe.

»Das darf jetzt nicht wahr sein«, fluchte ich. »Das träume ich nur. Sowas gibt es nur in schlechten Filmen, oder?« Vincent hechelte neben mir und bellte. Ich versuchte mit aller Kraft, mich auf den Steg zu ziehen. Ich schaffte es nicht. Mit letzter Kraft drehte ich mich um, schnappte Vincent und hievte ihn auf die Holzbohlen. Er schüttelte sich das Wasser aus dem Fell und rannte dann in Windeseile davon.

»Na toll«, dachte ich und unternahm den nächsten Versuch, nun auch selbst auf den Steg zu klettern. Es klappte nicht. Der Steg reichte keine fünfzig Meter weit ins Wasser, weswegen ich begann, zum Ufer zu schwimmen. Das war aber leichter gedacht als getan und mit all den schweren Klamotten am Körper. Ich kam nur langsam, Meter für Meter, voran und allmählich ging mir die Puste aus. Ängstlich krallte ich mich am Steg fest, rutschte an dem glitschigen Holz aber ab. Ich sah mich schon als Wasserleiche. Ich wurde müde. Der See war fürchterlich kalt. Ich schloss die Augen …

»Hallo, geht es Ihnen gut?« hörte ich jemanden rufen. Seltsamerweise kam mir diese Stimme wieder bekannt, ja sogar sehr vertraut vor. Wahrscheinlich ein Traum. Ich blinzelte, so gut es im Wasser ging. Über mir stand ein großer Mann, griff mir unter die Arme und zog mich hoch.

»Marie-Louise, du?« rief der Mann erstaunt. Mehr hörte ich nicht. Ich sah nur noch ein strahlend blaues Augenpaar und zwei Sommersprossen, dann fiel ich in Ohnmacht.

Du-dumm, du-dumm … du-dumm, du-dumm. Ich hörte mein Herz schlagen. Es dröhnte in meinen Ohren. Immerhin, das konnte heißen, dass ich nicht ertrunken war. Du-dumm, du-dumm, … Aber sonst so? Was war denn nun schon wieder passiert? Wo war ich? Ich erinnerte mich düster, etwas sehr Schönes geträumt zu haben: Sebastians Augen, sein Gesicht, seine Stimme. Aber vielleicht war das alles auch nur ein böser Spuk gewesen.

Mit geschlossenen Lidern würde ich das allerdings nie erfahren. Vielleicht wäre es schlau, sie vorsichtig aufzumachen. Ganz vorsichtig, damit der Schock nicht zu groß werden konnte, falls ich wieder in einem Krankenzimmer aufwachte. Oder womöglich gar in der Psychiatrie, wegen notorischer Halluzinationen. Also vorsichtig und mit dem Schlimmsten rechnen!

Der erste Eindruck: »Kommt mir bekannt vor.« Ich lag in einem Bett. In einem Bett im Haus von Inge und Klaus. Genauer: Im Bett ihres Sohnes Basti, der …

Langsam fiel mir alles wieder ein. Der Spaziergang, der Teich und Vincent, der auf mich zu schwamm, und dann war ich plötzlich im Wasser gewesen und jemand hatte mich rausgefischt. Und dieser jemand hatte ausgesehen und gesprochen wie … Moment? Wie war das?

Die Tür ging auf. Ich konnte die Gestalt im sonnendurchfluteten Zimmer nicht sofort richtig erkennen. Aber die Statur, der Gang, … der Duft, … die Augen, die wunderschönen blauen Augen. Er stellte eine Tasse dampfenden Tees neben mir ab und setzte sich zu mir.

»Sebastian?«

»Ja.«

»Was machst du hier? Wie kommst du …«

»Ich wohne hier. Besser gesagt, ich wohnte.« Er lächelte und ergriff meine Hand. »Ich habe dich mal wieder retten und ein Stück durch die Gegend tragen müssen. Also eigentlich: Alles wie immer.«

»Wie immer.« Ich fiel ihm um den Hals, er presste mich fest an sich. Und endlich dämmerte mir, was hier vorging. Sherlock Maus hatte diesmal wirklich lange gebraucht, um eins und eins zusammenzuzählen. Fast zu lange. Anscheinend hatte der Unfall kurz vor Weihnachten auch ein paar Gehirnzellen in Mitleidenschaft gezogen. Meine Tränen liefen jetzt ungehemmt. Freudentränen. Wie aus weiter Ferne hörte ich ihn flüstern:

»Ich bin so froh, dass ich dich gefunden habe.«

Ich schniefte und wandte ihm mein verheultes Gesicht zu.

»Wenn du nicht nur mein Sebastian bist, sondern auch der Basti von …«

»… Inge und Klaus«, vervollständigte er meinen Satz, »dann heißt das, dass die Beiden meine Eltern sind. Ja. Meine Mom hat mir erzählt, was dir passiert ist. Es tut mir so leid!«

»Oh Gott, dann warst du mir die ganze Zeit so nah.«

»Ich wäre dir ja gern viel näher gewesen, aber du hast dich nicht bei mir gemeldet. Ich hatte keine Adresse von dir. Ich hab alles Mögliche versucht. Ohne Erfolg. Ich dachte erst, ich war vielleicht nur eine flüchtige Urlaubsbekanntschaft für dich, aber dann, weil du deine Sachen nicht mal abholen wolltest, bekam ich es mit der Angst zu tun. Überall habe ich nach dir gesucht, aber ich habe dich nirgends gefunden.«

»Erst jetzt, in deinem Bett.« Ich strahlte und versuchte, mir die Tränen wegzuwischen. Er hielt mich davon ab und begann, sie mir wegzuküssen, worauf natürlich prompt neue nachschossen. Als mein Gesicht etliche Umarmungen und Küsse später halbwegs getrocknet war, sah er mich mit verträumten Augen fragend an:

»Aber wenn du mich auch liebst, warum, zum Kuckkuck, hast du dich nicht gemeldet?«

Ich sah ihn schief an.

»Eigentlich solltest du dir das denken können, so wie du mich kennengelernt hast.«

»Sag nicht, dir ist auf dem Flughafen wieder was passiert?«

»Treffer. Ich bin in der Hektik am Gate gestürzt und hab dabei deinen Zettel verloren.«

»Ach herrje!«

Ich erzählte ihm von meinen fruchtlosen Bemühungen, ihn ausfindig zu machen, von der Annonce und dem Typen, der sich statt seiner gemeldet hatte. Er brach in lautes Gelächter aus, und ich stimmte ein. Ja, endlich, endlich konnte auch ich wieder lachen, völlig unbeschwert und glücklich. Dass ich das noch erleben durfte! Als wir beide wieder halbwegs bei Atem waren, sah ich ihn ernst an.

»Jetzt weißt du, was ich für ein Schussel bin. Glaubst du, du kannst mich trotzdem liebhaben?«

»Und ob, mein kleiner Schussel! Und wie ich dich liebe!« Er küsste mich. Erinnerungen an Mallorca stiegen in mir hoch. Ihm ging es offenbar ganz genauso, denn nachdem er mich losgelassen hatte, meinte er:

»Weißt du was? Das muss gefeiert werden. Du trinkst

jetzt deinen Tee, damit er nicht kalt wird, dann, wenn es dir ein bisschen besser geht, ziehst du dir was Trockenes an. Und ich organisiere uns inzwischen eine Flasche Wein und Paella. Okay?«

»Okay.«

»Und ehrlich, unter uns gesagt, ein Gutes hat deine Schusseligkeit: Erst habe ich dich dadurch kennengelernt, und dann bin ich dir dadurch wiederbegegnet. Auch wenn dazwischen für uns beide eine ziemlich lange und harte Zeit lag. Aber was soll's? Gut Ding will Weile haben. Heißt es doch immer, oder?« Er schmunzelte. »Tiefe Zuneigung mit fünf Buchstaben, sage ich nur.«

Meine Schmetterlinge im Bauch waren nicht mehr zu bremsen. Sie flatterten wie wild. Sie tanzten Salsa. Ganz sicher! Die Liebe war zu mir zurückgekehrt. Was sollte ich noch sagen?

»Danke Leben!«

28. Danke – Ein Nachwort

Ich möchte an dieser Stelle ganz vielen, mir wichtigen, besonderen Menschen danken, die mich ermuntert haben, meinen Hintern zusammen zu kneifen und weiter zu machen, wenn ich dachte, es geht nicht mehr. Danke für eure Inspiration und die Kraft, die ihr mir dadurch geschenkt habt. Sollte ich den einen oder anderen vergessen haben, bitte ich, es mir nachzusehen. Ich sage nur: altersbedingte Ü30-Demenz. Ich liebe euch alle.

Die ersten drei Danksagungen widme ich den Menschen, die sich getraut haben, mein »dodal-grasses« Fränkisch und meinen Schreibstil zu verbessern. Danke für eure Zeit!!!

Mein besonderer Dank gilt meinem Lektor, Herrn Wolfram Christ, der mit seinen ehrlichen und direkten Worten den Feinschliff beigesteuert hat, ohne meine Gedanken zu verfälschen. Danke für die guten und bereichernden Diskussionen.

Danke an Tanja Vogl, meine ehemalige Schulkameradin, die trotz ihrer oberpfälzischen Sprache meine fränkische Grammatik aufpoliert hat.

Danke an Herrn Moritz Siegel, der als erster Mann mein Buch durchgesehen und trotz vieler männerfeindlicher Äußerungen nicht das Weite gesucht hat. Vielen Dank, dass Sie Knowhow und Ideen mit einfließen ließen.

Danke an meine Familie, insbesondere meinen Cousin Michael Zeuß!

Danke an Kathi Spellitz, die Lady aus Wien, bei der

alles begann. In ihrer Wohnung auf ihrer Couch habe ich die ersten Sätze zu meinem Werk verfassen dürfen. Danke, dass Du mich damals so liebevoll und fürsorglich aufgenommen hast.

Danke an Selina, die ich durch glückliche Umstände kennenlernen durfte und die mein Leben bereichert hat.

Danke an Steffi Schultz, Merle Liebscher, Julia Mally, Doris Schlee, meiner wundervollen Nunu, Carmen Wittig, meiner persönlichen Kräuterhexe Johanna Essl-Schulz und Sandy Scholz. Danke, dass Ihr all die Jahre an mich geglaubt habt. Ihr seid toll!

Danke an Beate Leihbecher, die mich durch ihre objektiven und konstruktiven Beratungen ein Stück in die richtige Richtung gestupst hat.

Danke an Kathrin Heerdegen, die mich durch ihren trockenen Humor und ihre Sprüche inspiriert hat.

Danke an Nicola Spina, der mir ein Stück weit die Augen geöffnet hat und mir einen leichten Tritt in den Hintern verpasste, damit ich meinen Traum, mein Buch zu veröffentlichen, nicht aufgab.

Danke an Tobias Ebert und Christian Kuster, die mich des Öfteren vor dem technischen Break-Down retteten.

Thank you to Louis, who inspired me in an extraordinary way.

Danke an Barbara Schörner, den absolut wichtigsten Menschen in meinem Leben, meine zweite Hälfte, mein diplomatischer lebensnaher, weiblicher »Brudä«. Danke, dass Du mich in diesem Leben nicht alleine lässt. Fürs Nächste suchen wir uns ein wärmeres Land aus, okay? Du wirst immer meine beste Freundin bleiben, Du weißt einfach zu viel!

Bedanken möchte ich mich außerdem bei den vielen anonymen Zeitungsannoncen-, Autozettel- und was auch immer Schreibern und Sprücheklopfern, die ihre mehr oder minder schlauen Gedanken in Tageszeitungen und sozialen Netzwerken der Öffentlichkeit preisgaben und mir damit jede Menge Inspiration für entsprechende Annoncen, Autozettel, Sprüche etc. lieferten, mit denen meine Protagonistin konfrontiert wurde.

Mein letztes Dankeschön, gilt einem meiner treuesten Freunde, von dem ich mich 2011 leider nicht mehr verabschieden konnte. Unsere Freundschaft war einzigartig. Danke, dass ich Dich kennenlernen durfte.

Dear Tyler, you were one of my best friends. Thank you for your kind words and for putting your faith in me. You always believed in me. This book is for you. – Dieses Buch ist Dir gewidmet, lieber Tyler, und ich hoffe Du schmunzelst jetzt im Himmel:

Für Tyler Martin – In loving memory

(Du bleibst unvergessen in meinem Herzen)

Obwohl die Sonne für dich nicht mehr lacht
Weiß ich, dass deine Seele über mich wacht
Ich sehe zum Himmel und atme tief ein
Im Herzen würd ich gern bei dir sein

Ein kleiner Stern funkelt in schönster Pracht
Er spendet dir Licht in dunkeler Nacht
Du bist weit fort, siehst auf mich hernieder
Deine Wärme spür ich immer wieder

Du streichelst mich sanft, wenn ich schlafen gehe
Du gibst mir Halt, wenn ich neben mir stehe
Es geht dir dort gut, wo du jetzt verweilst
Gedanken und Glück von fern mit mir teilst

Eine Träne rollt über mein Gesicht
Sie flüstert leis, bitte vergiss mich nicht
Für dich hätte ich alles gegeben
Denn du warst mir Halt in meinem Leben

Jedoch teilt das Schicksal andre Karten zu
Spielt mit meinem Frieden, gönnt mir keine Ruh
Eines Tages werden wir uns wiedersehn
An der Himmelspforte gegenüberstehn

Und glücklich sein